中国儿童文学艺术发展研究

李佩航 著

北京工业大学出版社

图书在版编目（CIP）数据

中国儿童文学艺术发展研究 / 李佩航著． — 北京：北京工业大学出版社，2023.6
　ISBN 978-7-5639-8653-8

　Ⅰ．①中… Ⅱ．①李… Ⅲ．①儿童文学—文学研究—中国—当代 Ⅳ．① I207.8

中国国家版本馆CIP数据核字（2023）第 096281 号

中国儿童文学艺术发展研究
ZHONGGUO ERTONG WENXUE YISHU FAZHAN YANJIU

著　　者：李佩航
责任编辑：张　贤
封面设计：知更壹点
出版发行：北京工业大学出版社
　　　　　　（北京市朝阳区平乐园 100 号　邮编：100124）
　　　　　　010-67391722（传真）　　bgdcbs@sina.com
经销单位：全国各地新华书店
承印单位：河北赛文印刷有限公司
开　　本：710 毫米×1000 毫米　1/16
印　　张：12
字　　数：240 千字
版　　次：2023 年 6 月第 1 版
印　　次：2023 年 6 月第 1 次印刷
标准书号：ISBN 978-7-5639-8653-8
定　　价：72.00 元

版权所有　翻印必究

（如发现印装质量问题，请寄本社发行部调换 010-67391106）

作者简介

李佩航：马来西亚国立大学博士在读，高等教育方向。现就职于成都师范学院，讲师职称，主要教授"儿童文学""大学语文"等课程。曾指导省级大学生创新创业训练计划项目，并获得优秀奖。在省级期刊发表论文五篇，参编教材一部，参研省级课题三项。

前　言

"鸟儿在天上，鱼儿在水里，孩子们呼吸在童话里。"儿童与文学之间有着十分紧密的关系，好比鱼和水的关系。儿童具有丰富的想象力，在文学的熏陶下，他们与世界的关系更加融洽。从某种意义上来讲，儿童文学的发展与社会的整体发展有紧密的关系。

对儿童的关爱与期待是儿童文学产生的根本原因，它是人类文明的结晶。儿童文学具有一定的教化作用，它通过传播爱来引导儿童的发展。

从名称上不难看出儿童文学是专门为儿童打造的文学，它不仅可以引导儿童认识、理解并拥有爱，还可以教导儿童崇尚真实、追求理想，同时儿童文学也可以在一定程度上满足儿童的审美需求。此外，儿童文学是一种快乐的文学，它不仅可以给儿童带来欢乐，还可以使儿童拥有一个幸福美好的童年生活。从整体上来讲，儿童文学使儿童的生活变得丰富多彩。

儿童文学是一种"立人"文学，是站在更高的（人文艺术层面）阶梯上再现儿童的天真的文学，是对成人文明的补充。

儿童文学对于儿童而言具有十分重要的作用，它不仅丰富了儿童的精神生活，同时在小学教育中具有十分重要的地位。从当前小学语文教材的设置情况来看，儿童文学是其教学内容的重要组成部分，也是小学开展思想品德教育的关键教材。除此之外，儿童文学也是培养学生思维能力的重要手段。

本书共分五章，其中第一章为儿童文学概述，共分三节进行叙述，分别为儿童文学的基本理论、儿童文学的叙事、儿童文学的体裁；第二章为古代中国儿童文学艺术的发展，分别从民间文学是儿童文学的摇篮、传统文化与儿童的精神境遇、中国儿童文学的历史资源三个方面进行阐述；第三章为现代中国儿童文学艺术的发展，共分三部分进行叙述，分别为现代中国儿童文学的起步、现代中国儿童文学的发展、现代中国儿童文学的春天；第四章为新时期中国儿童文学艺术的发展，共分三节内容进行叙述，分别为新时期中国儿童文学艺术的新观念、新媒体时代中国儿童文学的发展趋势、新时期中国儿童文学的深层拓展；第五章为中国儿童文学艺术的未来发展方向，共分两节进行阐述，分别为跨世纪儿童文学的整体走向、现实主义：中国儿童文学的发展主潮。

笔者在撰写本书的过程中，得到了许多专家学者的帮助和指导，参考了大量的学术文献，在此表示真诚的感谢。本书内容系统全面，论述条理清晰、深入浅出，但由于笔者水平有限，书中难免会有疏漏之处，希望广大同行批评指正。

目　录

第一章　儿童文学概述 ··· 1

第一节　儿童文学的基本理论 ··· 1

第二节　儿童文学的叙事 ·· 21

第三节　儿童文学的体裁 ·· 27

第二章　古代中国儿童文学艺术的发展 ····································· 59

第一节　民间文学是儿童文学的摇篮 ···································· 59

第二节　传统文化与儿童的精神境遇 ···································· 63

第三节　中国儿童文学的历史资源 ······································· 65

第三章　现代中国儿童文学艺术的发展 ····································· 72

第一节　现代中国儿童文学的起步 ······································· 72

第二节　现代中国儿童文学的发展 ······································· 89

第三节　现代中国儿童文学的春天 ······································· 117

第四章　新时期中国儿童文学艺术的发展 ·································· 130

第一节　新时期中国儿童文学的新观念 ································· 130

第二节　新媒体时代中国儿童文学的发展趋势 ························ 141

第三节　新时期中国儿童文学的深层拓展 ······························ 147

第五章　中国儿童文学艺术的未来发展方向 ································ 160

第一节　跨世纪儿童文学的整体走向 ···································· 160

第二节　现实主义：中国儿童文学的发展主潮 ························· 167

参考文献 ··· 182

第一章 儿童文学概述

儿童文学起源于人类对儿童的爱与期待，是人类文明的结晶。它以对真善美的颂扬担负起培育良知、教化人类的重任。本章为儿童文学概述，共分三节进行叙述，分别为儿童文学的基本理论、儿童文学的叙事、儿童文学的体裁。

第一节 儿童文学的基本理论

一、儿童文学的概念及层次

（一）儿童文学的概念

儿童文学作为文学范畴中的一个分支，以其丰富的内涵和重要的地位占据着文学的一席之地。要学习儿童文学，首先必须搞清楚一个问题，什么是儿童文学？

什么是儿童文学？这个问题在历史上曾经出现过种种不同的说法。但最有代表性的当属"儿童本位论"的儿童文学观、"儿童教育论"的儿童文学观及20世纪80年代以后出现的多元化的儿童文学观。儿童文学主要是为广大儿童服务的，为此服务对象是其定义的主要依据，也是它区别于成人文学的重要标志。

如果要给儿童文学下定义的话，可以这样说，儿童文学指的是那些为了满足儿童健康成长、审美发展需求而创造的文学，它是具有独特艺术性的各类文学的总称。

实际上，儿童文学的接受对象不仅是儿童，还包括成人读者，如家长和中小学教师、儿童文学编辑等。

（二）儿童文学的层次

儿童文学根据儿童的年龄特征可以分为三个层次，即幼儿文学、童年文学、少年文学。不同年龄阶段的儿童（幼儿期为0～6岁、童年期为7～12岁、少年期为13～15岁、青少年期为16～18岁），他们心理、生理的发展各有不同的特征，他们对儿童文学的需求有明显的不同，其中不仅包括对儿童文学的内容和形式，同时也包括对儿童文学的表现手法。也正是由于这一方面的原因，20世纪80年代之后，我国儿童文学学术界对儿童文学进行了精细划分，将其细分为幼儿文学、童年文学、少年文学。这三个层次的接受对象在年龄阶段、心理特征等方面差异很大，这就在客观上规定了幼儿文学、童年文学、少年文学对包括主题内容和艺术手法在内的美学特征具有各自的独特要求。儿童文学作家只有在了解儿童世界的基础上才可以创造出符合儿童认知的文学作品。

儿童文学有广义和狭义之分，广义的儿童文学实际上是幼儿文学、童年文学、少年文学的总称，是以0～18岁的未成年人为主要阅读对象的文学。狭义的儿童文学主要指以7～12岁的儿童为接受对象的文学，不包括幼儿文学和少年文学。

1. 幼儿文学

幼儿文学的服务对象主要是0～6岁的婴幼儿，我们又可以将其称为婴幼儿文学。此阶段的婴幼儿处于身心发展的初期阶段，他们的知识和生活经验并不是十分丰富，为此该阶段的婴幼儿主要以游戏活动为主。从宏观角度来讲，幼儿文学应当是对现实世界的简单描绘，从而帮助幼儿了解世界、认识世界，并在此基础上逐渐培养幼儿的想象力和语言能力，使幼儿养成良好的行为习惯。从某种意义上来讲，幼儿文学十分重视游戏性、趣味性及娱乐性，其在设置人物和故事情节时一般较为简单，为此我们也可以将幼儿文学称为"浅语"艺术，也就是说幼儿文学借助通俗易懂的语言表达方式让幼儿掌握其中的道理。通常情况下，幼儿文学的体裁主要有以下几种：儿歌、图画书、幼儿影视、童话以及幼儿故事等。

2. 童年文学

童年文学是以7～12岁的儿童为主要阅读对象的文学。处于这一阶段的儿童已经开启了学校活动。童年文学在小学语文教育中具有非常重要的作用，它有助于指导小学生的人格养成、思维发展。受年龄因素的影响，该阶段的儿童已经无法满足对已知事物的认识，他们的想象力逐渐变得丰富，喜欢对未知事物的探索。他们在学校教育的影响下具有了一定的阅读能力，为此他们想凭借自身的阅读能力获取更多的知识。一般来讲，这个年龄段的儿童喜欢阅读那些故事性、情感性、趣味性以及非功利性的文学作品。也正是由于这一原因，童年文学内容要具有一定的想象，同时童年文学作品中的人物形象要鲜明生动，其语言也要更加具有吸引力。当前，童年文学的体裁主要有以下几种：儿歌、童话、儿童散文、儿童小说、科学文艺作品、儿童戏剧等。

3. 少年文学

少年文学的服务对象为13～15岁的少年，处于该年龄段的少年其心智得到了较大的发展，处于半成熟期阶段。学习是这个年龄段的主要活动，当然此阶段与童年时期的学习有一定的区别。从心理的角度来看，这个阶段的少年正处于幼年期向青春期转变的时期，为此他们的情绪并不是十分的稳定，同时少年的性发育、性特征也逐渐突出。所以少年文学尤其要重视对少年审美的引导和教育，正是在这样的环境下，少年文学往往采用现实主义创作手法，同时在其文学创作中也适当地引入了一些成人文学的表现技巧。此外，少年文学中的人物形象塑造主要以具有当代意识的典型形象为主，十分重视对人物性格的描写。现阶段少年文学的体裁主要有以下几种：少年散文、少年小说、少年报告等。

幼儿文学、童年文学、少年文学三者具有不同的特点，但也互相渗透。所有儿童文学作品的创作和选择要和其年龄相适应。把儿童不感兴趣的成人作品选进相应的教科书，或者拿成人世界的理念来教育儿童，这都会与儿童的接受心理和欣赏水平不相吻合，与儿童的审美意识不相融合，优秀的成人文学作品不能等同于优秀的儿童文学作品。

（三）儿童文学的内涵

儿童文学作为特色十分鲜明的文学分支，从整体来说，它既是充满诗意的浪漫文学，又是趣味盎然的快乐文学。它的具体含义可以做如下解释。

1. 儿童文学必须具备一般文学的特征

儿童文学是文学，也就要具备文学的一般特性，符合文学创作的一般规律。儿童文学的文学性是十分重要的。有些所谓的儿童文学作品之所以不能吸引儿童，其主要原因在于文学作品没有魅力。例如一些儿童文学作品以某种理念、某种教条为文学故事创编的主要依据，按照这样的文学创作方式，其必然会陷入构思公式化的境地，最终创造出来的儿童文学语言粗糙且缺乏艺术性。一般情况下来讲，儿童对文学有一种天然的亲和力，优秀的儿童文学不仅可以激起儿童亲切、愉快的感受，还可以对儿童起到良好的教育作用，同时也可以满足儿童的审美需求。

从某种意义上来讲，文学是一种语言艺术，为此儿童文学也属于一种语言艺术。文学作品中不仅蕴含着人们的情感，同时也蕴含着人们的思想，当然人们的思想在文学中的体现并非抽象的，而是通过生动形象的描述体现出来，这也是艺术最主要的特点之一。我们可以将"形象"看作艺术区别于其他科学的基本特征。

受年龄因素的影响，具体形象是儿童思维发展的特点，为此儿童文学也应当具有一定的形象。

写给儿童看的作品必须注意形象。儿童主要是通过具体形象来认识世界的，写给儿童看的文学作品不仅要具有一般文学作品的特征，如趣味性、生动性、形象性等，还要结合儿童的实际情况，使其语言更加符合儿童生理发展的特点，如简洁、直白、浅显等。

从儿童发展的角度来讲，不同的年龄段对他们的发展都具有不同的意义，而不同年龄段的儿童对儿童文学作品的需求也有所不同。正如我们说的文学是一种语言艺术，而语言是由不同的词汇构成的。相关研究表明，不同年龄段的儿童所掌握的词汇量是不同的，为此使用哪些词汇、使用多少词汇都要做到严谨。一般情况下来讲，7岁、8岁、9岁、10岁和11岁的儿童在阅读要求上有明显的不同，越是年龄小的儿童，这种阅读差异就越明显。儿童的发展经历了"幼儿—童年—少年"的过程，在这个成长过程中，他们的儿童性逐渐淡化，成人性逐渐增强，为此他们所阅读的儿童文学作品也应当根据这一变化情况做出适当的改变，也就是说儿童文学作品的儿童性越来越淡，而成人文学性越来越强。由此可以看出，年龄越小的儿童，其儿童文学的特点也就越发明显。

2. 儿童文学必须具备儿童属性

儿童天真幼稚，缺乏系统的知识，他们往往通过直观的表象来认识外界事物，为此具有形象性特点。此外儿童的想象力也十分丰富，一般情况下他们的想象主要以无意想象为主，所以儿童的想象经常脱离现实并与现实混淆。

他们活泼好动，喜欢游戏；游戏是他们生活中最主要的活动方式。他们在游戏中感知世界、创造世界、获取乐趣、培养想象、发展思维。他们以自己熟悉的口语化语言参与交际、实现表达。所以，儿童文学除了具有文学特征以外，还必须具有儿童属性。

如众所知，儿童的生理发展是儿童心理发展的基础。一般情况下来讲，儿童的心理发展与其生理发展有十分紧密的关系，尤其与脑和神经系统的发展关系密切。例如，儿童的行为控制与其大脑皮层的意志机能发展水平有直接的关系，二者呈正相关关系。另外，儿童的抽象思维与其自身的第二信号系统发展水平有直接关系。相关研究表明，1岁以前的幼儿没有思维，他们只能感受外界的事物；1~3岁的幼儿形成了思维，但是其思维往往是随着动作而存在的，也就是说没有动作就没有思维；3岁以后的儿童形成了独立的思维，其思维摆脱了动作的支持，此阶段儿童主要是对具体事物的形象进行思维，逐渐形成了抽象逻辑思维；7岁以后儿童的抽象逻辑思维得到了快速的发展。由此可以看出，儿童的生理特征对儿童的心理发展具有一定的制约作用，年龄越小这种制约作用就越明显，随着年龄的增长，这种制约作用逐渐减小。而这种特征表现在儿童文学上就是儿童要求儿童文学具有鲜明的儿童属性。

首先，儿童文学是为儿童服务的文学。成人文学作家在写作时可以自由地书写客观世界，也可以自由地表现内心世界，但是儿童文学作家不能按照这样的方式进行创作，他们在创作文学作品时不能随意地表现自我。从某种意义上来讲，儿童文学作家在创作儿童文学作品时必须有儿童，同时他们应当清楚地认识到他们所创作的作品是为那些心智尚不成熟的儿童服务的，而这些服务对象——儿童与成人有明显的差异，尤其是在审美需求方面。一个优秀的儿童文学作家在创作时应充分考虑到读者的年龄特征，如果不能做到这一点，他所创作的文学作品将会丧失所有的阅读对象。

其次，儿童文学是适合儿童接受的文学。儿童文学作家所创作的儿童文学作品务必与儿童的心理、生理相符，同时也要符合儿童学习发展的规律。从某种意义上来讲，儿童文学与儿童心理学、儿童教育学有着十分紧密的联系，为此儿童文学作家应当充分了解这些理论知识内容，这也就要求儿童文学作家不仅要具有文学的艺术性，还要具有儿童教育家、儿童心理学家的科学性，由此可以看出儿童文学是具有鲜明科学性的文学。

最后，儿童文学必须是儿童可以接受的文学。如果一部文学作品中到处都体现着成人想象、成人趣味，那么儿童是不愿意接受这样的文学作品的，所以它不属于儿童文学的范畴。一些儿童文学作品的用词过于华丽且成人化现象严重，如果用这样的语言表达方式来描述一个故事，会增加儿童的理解难度，所以这样的文学作品也不属于儿童文学的范畴。此外，还有一些文学作品虽然内容描写的是儿童生活，但是却站在成人的角度进行描写，并用成人的审美观点来代替儿童的审美，这样的作品也不属于儿童文学的范畴。

二、儿童文学的本质和特征

成人文学作家是儿童文学创作的主体，从本质上来讲，儿童文学是成人与儿童在审美领域的生命交流，这在一定程度上也表明儿童文学是成人与儿童共同编织的生命之梦，现代儿童文学的美学特质也就在于成人与儿童的两种审美意识的融合与协调。

（一）儿童文学的本质

阅读儿童文学作品和其他文学一样，是一种审美的精神活动，为此儿童文学的本质是审美。从某种意义上来讲，文学是作家对社会生活能动的审美反映的产物，以语言塑造生动具体的、概括的、具有审美意义的艺术形象是它的基本特征。儿童文学作家在创作儿童文学作品时也是按照美的规律，并结合儿童对美的认知规律进行创作的，以此来向儿童展示现实生活中的美与丑。与此同时，儿童文学作家也利用儿童可以接受的表达方式，引起儿童的阅读兴趣，进而满足不同年龄段儿童的审美需求。由此不难发现，儿童文学是一种供儿童审美的文学。

也正是由于儿童文学的审美本质，让我们清楚地认识到儿童文学反映社会的形式，它是一种具体的、具有审美意义的艺术形象。此外，在儿童文学本质的作用下也引出了对儿童文学形象的质量衡量，即其真实性、倾向性、形象性等。受儿童文学本质的影响，儿童文学作家在创作儿童文学作品时应充分结合儿童的现实生活，充分考虑儿童的生活经验和对事物的感受，而不应当将某种概念、某种理论作为儿童文学创作的依据，在儿童文学创作过程中要经历形象的触发、酝酿、形成的阶段，同时儿童文学创作的过程是形象思维的过程，是典型化的过程。此外，儿童文学的本质在一定程度上决定了儿童文学的欣赏过程，一般情况下，其欣赏过程包括形象感受、审美判断以及体验玩味等，从某种意义上来讲，儿童文学欣赏过程的特点是审美享受和对艺术形象的再创造。另外，儿童文学的本质也在无形中决定了儿童文学的评判标准，即从形象分析入手分析。同时，儿童文学的本质也在一定程度上体现了儿童文学的社会本质、社会作用以及儿童文学的内容。

（二）儿童文学的特征

1. 儿童文学的年龄特征

我们所讲的儿童文学特征主要指的是儿童文学作品反映的对象和接受对象的心理特征。

（1）不同年龄阶段儿童的心理特征

从心理学角度来讲，儿童期主要指的是 3～15 岁年龄段的人。从这个年龄段不难发现这是人成长发育的旺盛时期，在这个阶段与儿童思维紧密相关的生理结构及其反应机能处于快速发展的阶段，所以在这个阶段儿童逐渐由不成熟走向成熟，由不定型逐渐走向定型，此外不同年龄段的儿童也具有了其独有的特征。具体来讲，我们可以将儿童时期划分为以下几个阶段：第一，幼儿期。该阶段为

3～6岁的学龄前期；第二，童年期，该阶段为7～11岁的学龄初期；第三，少年期，该阶段为12～15岁的学龄中期。

幼儿期的儿童主要具有以下几个方面的特点：一是儿童的思维具有明显的形象性；二是大部分儿童的注意力并不是很集中，同时注意力也不持久；三是儿童逐渐形成了有意想象，但是其依然以无意想象为主；四是初步形成个性倾向，也形成了一定的概括性道德标准；五是语言和理解能力均处于发展阶段。

童年期是儿童心理发展的一个关键时期，在这个阶段儿童发生了以下变化：第一，儿童对外界事物的感知能力提升，同时他们的语言表达能力也有了明显的提升。第二，不管是儿童的抽象思维，还是儿童的心理都呈现出有意识地发展的特点。第三，儿童的个性倾向以及自我评价得到了很好的发展，他们开始尝试进行自我评价。此外，此阶段的儿童开始自觉使用道德意识进行评价。第四，儿童的逻辑思维具有很强的形象性。第五，儿童的集体意识并不是很强，有待进一步发展。同时他们对现实生活中的善恶美丑往往通过表象判定。第六，儿童的求知欲较强，他们渴望探索那些未知的事物，甚至是沉迷于那些距离他们很远的东西。

从儿童成长的角度来看，少年期是其由稚嫩走向成熟的时期，在这个阶段儿童具有较大的可变性，儿童变化的可能性也较大。在少年期，儿童的抽象思维和语言表达能力都得到了快速的发展。此外，在这个时期儿童的独立性、自觉性、纪律性以及义务感都在逐渐形成，同时儿童的生活经验和文化知识也逐渐增多，他们的自我意识也日益增强。

（2）不同年龄阶段儿童对儿童文学的要求

不同年龄段儿童的心理特征不同，他们对儿童文学的需求也有所区别。

幼儿时期儿童对文学的要求具体如下：第一，内容方面。儿童文学的内容应当阐述初步道德观念，抑或是包含必要的知识，同时其内容要具有一定的趣味性。第二，表现方法。该时期儿童文学的表现方法应当以反复和对比为主。第三，语言方面。此时期儿童的语言能力并不是很好，为此儿童文学的语言要通俗易懂，口语化和规范化相结合，同时其语言也要形象有趣。第四，形式方面。从形式上来讲，此阶段儿童文学应采用图文并茂的形式。第五，体裁方面。此阶段儿童文学的体裁主要有儿歌、小说、图画故事等。

童年时期儿童对文学的要求具体如下：第一，主题方面。儿童文学的主题应以单一、具体为主，采用循序渐进的方式，由浅到深，让儿童掌握其中的知识与道理。第二，人物形象。此阶段儿童文学作品中的人物形象应当是有理想的、有追求的、有奉献精神的。同时，此阶段儿童文学作品中的人物形象也可以是否定性的。作家在刻画人物形象时应当多对人物的外貌以及动作进行描写，尽量不要过多地刻画人物的心理活动。第三，情节方面。该阶段儿童文学作品的情节要生动、故事性强。第四，结构方面。儿童文学作品的结构要紧凑、完整。第五，语言方面。此阶段儿童文学作品的语言要简洁、生动、有趣。第六，基调方面。乐观、向上是这一时期儿童文学作品的主要基调。第七，内容方面。文学作品的内容要以光明、健康为主。第八，体裁方面。此阶段儿童文学的体裁主要有寓言、儿童诗、儿童故事等。

少年时期儿童对文学的要求具体如下：第一，主题方面。儿童文学作品的主题要丰富多义。第二，题材方面。该时期儿童文学作品的题材不仅要广泛，同时也要具有一定的内涵，也就是将那些歌颂生活美好的事物作为题材，当然作家在创作儿童文学作品时，也不必刻意回避生活中的黑暗面。第三，人物刻画方面。人物刻画的主要对象是少年，当然文学作品中也可以适当对成人的人物形象进行刻画。第四，情节设计。此时期儿童文学作品的情节既可以是曲折的，也可以是经过淡化处理的。第五，表现手法和艺术风格。儿童文学的表现手法和艺术风格应朝多元化的方向发展。第六，体裁方面。此阶段儿童文学的体裁主要有小说、散文、报告文学、少年诗歌等。

总而言之，儿童文学作品随着儿童年龄的变化，也发生了相应的变化，作品中的儿童性逐渐淡化，而成人性逐渐增强。

2. 儿童文学的民族特征

无论哪个民族，该民族作家所创作的文学作品必然蕴含着浓郁的民族气息，作品的方方面面都体现了民族性。儿童文学作品作为文学的一个分支，同样具有这样的文学特征。人类从来都不仅仅生活在当下，他们借助超自我的意识形态将过去保存下来，这其中蕴含着一个民族的文化与习俗，而这些内容也渐渐为当下而服务。

所谓的儿童文学的民族特征主要指的是儿童文学作品中所反映的民族性，一般情况下它主要体现在文学作品的内容、形式等方面。

（1）儿童文学民族特征的成因

儿童文学是文学的一个分支，为此它的内容与形式可以在一定程度上反映一个民族的特色，在儿童文学作品中我们可以看到该民族的思维方式和审美方式。从某种意义上来讲，儿童文学以自身独特的民族特色融入世界文学，并为世界文学的发展做出自己的贡献。

通常情况下，一个特定民族的儿童文学势必蕴含着浓郁的民族特性，这主要是由该民族儿童的心理、语言以及生活情况决定的。在一个民族的发展历程中，他们逐渐形成了有别于其他区域民族的生活、行为以及心理习惯，同时也产生了属于自己民族的语言，而儿童在这样的环境下生活，势必会继承本民族的特性，而儿童文学作家也具有本民族的独特精神和气质。这些都在极大程度上决定了儿童文学的民族特点。一个民族的儿童文学以及它独具风格的艺术表现形式，是这个民族历代的儿童文学作家在长期的生活实践和艺术实践中共同创造出来的。儿童文学的民族特征是民族个性的体现，是不同民族的儿童文学相互区别的重要标志。

（2）儿童文学民族特征的具体表现

第一，儿童文学作家在选择作品题材时优先考虑本民族儿童的审美特点。凡是一个优秀的儿童文学作家都会自觉关注那片生他养他的土地，他们会密切关注本民族的生活形态和历史文化传统，同时那些优秀的儿童作家也会十分关注本民族儿童现在及未来的发展。例如日本著名的儿童文学作家壶井荣创作的《二十四只眼睛》，这部作品主要讲述了第二次世界大战期间日本滨海地区一个穷渔村的故事。故事中的主人公是大石久子老师和12名学生，受战争的影响，这些学生经历了与亲人的生死别离。作家借助日常生活中的平凡故事向读者传递了日本人对战争的反感，对和平的渴望。而我国著名儿童文学作家徐光耀创作的《小兵张嘎》同样以抗日战争为题材，在作品中作家刻画了一个活泼、机灵的人物，名字叫张嘎。他的父母在战争中不幸离世，而他则在八路军这个集体中存活下来，并成为一名合格的小战士。故事表达了中国儿童奋起抗战、保卫和平的愿望。无论是《二十四只眼睛》，还是《小兵张嘎》都是作家从本民族儿童的审美角度选择的作品题材。

第二，儿童文学作家的作品中蕴含着由民族精神积淀形成的审美意象。这从不同民族的儿童文学作品中便可以看出，如美国儿童文学作家弗兰克·鲍姆的《奥兹国的魔法师》。作品中的奥兹国是一个远离现实、充满虚幻的地方，这部作品中到处浸染着"美国梦"以及美国人喜欢冒险、猎奇的童话意象。而我国明代作家吴承恩所著的《西游记》中到处体现着我国民族的思想文化，体现着由中华民族独特精神积淀形成的文化意象。无论是书中天宫的神仙，还是凡间的妖魔鬼怪，都是我国封建王朝体制的变形化。此外，书中玄奘去往西天取经，强调的是国泰民安，其中蕴含着儒释道思想。《西游记》中的各种意象都在不同程度上反映了中华民族以儒家为核心的特征及暗含的佛教智慧。

第三，不同民族的儿童文学具有自己独特的民族形式。具体表现在以下三个方面：

①从某种意义上讲，经过千锤百炼的民族语言是体现儿童文学民族形式的第一要素，这主要是由于语言是思想的躯体，是文学的重要载体。作家在创作文学作品时，主要借助的是语言要素，通过语言的刻画，打造出一个个鲜明的人物形象和故事情节。自五四运动之后，我国优秀的儿童文学作家将中华民族语言的概括力和表现力体现得淋漓尽致。例如李昆纯创作的儿童诗《冬爷爷捏红了弟弟的鼻子》，整首诗仅仅用了46个字。作者利用简练、精致的语言描述了在一个寒冷的冬天，大雪纷飞，一个小男孩拿着弹弓打饿鸟的画面。即便在同一个语系中，不同民族的儿童文学也存在明显的差异。例如，柔和、甜蜜是意大利儿童文学作家的象征；辞藻华丽、风格庄严是西班牙儿童文学作家的标志；严密、优雅则是法国儿童文学作家的体现。

②洋溢着民族审美意识的幻想是儿童文学民族形式的特殊表现形态。但凡一个拥有悠久历史的国家，都有属于他的神话般的童年时期，同时也有着本民族对世界的原始诠释，这也就是说该民族通过幻想的方式来对整个世界进行描述，如天堂、地狱、神仙、天使等。随着民族的形成和发展，承袭着原始思维的民族审美意识也不断发展。作为民族审美意识（审美理想、审美趣味、审美感受等）的特殊表现形态——幻想，就成为区别不同民族儿童文学的一种独特的表现形式。世界各国从民间文学发端的儿童文学史表明，儿童文学思维方式承袭着幻想——这种特殊表现形态的必然性。例如同样都是童话中的幻想人物稻草人，不同民族的作家对其表现的形态就有所不同。众所周知，我国是一个农业古国，人们对土地的依恋已深深植入人们的审美意识之中，所以叶圣陶创造了富有中国特色的"稻草人"形象，在他的笔下，稻草人不能说话、不能移动，但是它有感觉、思想与情感。几乎与叶圣陶同时期的美国作家鲍姆的童话《奥兹国的魔法师》中也有"稻草人"，作者将稻草人刻画成与人一样的形象，它不仅可以走路，也可以说话，这在一定程度上反映了美利坚民族在形成和发展中的迁移的历史情结。

③作家为了体现民族体裁需要借助一定的文学表现手法，这也是儿童文学民族特征的具体体现。例如，我国著名的儿童戏剧家任德耀创作的《马兰花》，在创作的过程中运用了写意的风格，这是我国传统文学采用的形式，并以此来唤醒儿童对童话的想象。此外瑞典童话作家阿·林格伦的童话以及法国小说家儒勒·凡

尔纳创作的科幻小说等，都采用了欧洲古老的"三部曲"形式来叙述故事。

总而言之，儿童文学民族特征的形成主要受两方面因素的影响：一是该民族的社会生活对儿童文学的综合作用；二是该民族的民族传统、民族心理对儿童文学的培育。一旦儿童文学的民族特征形成，那么它将具有较强的稳定性，当然它也不是一成不变的，它会随着社会生活的发展以及民族心理素质的发展而逐渐变化。

3. 儿童文学的艺术特征

从宏观角度来讲，儿童文学的艺术特征主要表现在以下几个方面：第一，儿童文学具有多样的，有明显倾向的题材范围；第二，促进儿童健康成长是儿童文学的主题思想；第三，儿童文学作品符合儿童的心理和审美特点，且具有鲜明的人物形象；第四，儿童文学的情节描写具有活泼性和童趣性；第五，儿童文学的篇章结构清晰、完整；第六，儿童文学的语言简洁、规范；第七，儿童文学具有一定的幻想色彩；第八，儿童文学的艺术表现手法丰富多彩。

（1）题材与主题

通常情况下儿童文学的题材是文学家在儿童现实生活中选取出来的，然后经过一定的加工处理，从而形成塑造儿童文学形象及表现儿童文学主题的生活材料，是儿童文学作品具体描绘的事物。例如金波创作的诗歌《蓝萤火》，作家选取了了繁星闪烁的夏夜中到处飞舞着萤火虫，一个孩子坐在祖母的身边听老人讲故事，并在梦中走进了蓝色的童话世界的题材。这已经不是客观存在的实际生活，诗人所写的梦中景色是创作主体进行的二次加工。

一般来讲，儿童文学题材的选择是多样的且具有倾向性，因为现实生活中的内容是十分丰富的。儿童文学创作的题材有很多，如历史、神话、农业、工业、学校生活等。从具体的儿童文学作品中来讲，主题主要指的是可以表现主题的具体的人物和事件。总的来讲，儿童文学作家在选择儿童文学作品的题材时应以儿童理解为前提。

儿童文学主题是指通过作品中描述的社会生活所展现的中心思想，又被称为主题思想。从某种意义上来讲，它是题材的客观意义和主体能动阐发的有机融合。它不仅包含了题材自身的含义，同时也囊括了主体情思。一般情况下，主题产生于生活的暗示，并最终形成于形象表现的过程之中。

从某种意义上来讲，儿童文学要求主题具有引导儿童健康成长的意义，这主要是由于儿童文学的最终目的是促进儿童的健康成长。如果想要使儿童读者清晰地掌握作家的写作意图，儿童文学作品必须有一个明确的主题。此外，为了让儿童在阅读儿童文学作品时获得良好的情感体验，并获得思想启迪，同时使儿童的审美能力得到提升，就需要儿童文学作品的主题具有一定的意义。当然我们需要注意的是明朗并不代表着说教，"明朗"主要针对的是"晦涩""模糊""费解"来说的。此外，"有意义"也并不与趣味性的、积极健康的儿童文学作品冲突。

（2）情节与结构

儿童文学情节主要指的是儿童文学作品中各个人物关系之间的关系以及他们之间所发生的各种事件的总和。一般情况下，情节主要由开端、发展、高潮以及结局四部分组成。从某种意义上来讲，情节性是儿童文学与其他文学之间存在差异性的重要标志之一，即便是在那些抒情类型的儿童文学作品中，依然有明显的情节性。例如《少年英杰之歌》中每一首诗的创作都建立在一定的故事情节上，并以此来颂扬少年英雄。

儿童文学要求情节具有完整性，同时还要具有一定的故事性。儿童受年龄因素的影响，他们十分喜欢单纯、完整、故事性强的文学作品，他们在阅读文学作品时，迫切期望知道故事的结局，为此儿童文学作品具有较强的情节性。与此同时，儿童文学作品中的情节又常常以曲折生动以及巧妙的悬念设置来吸引儿童读者。

所谓的儿童文学结构主要指的是儿童文学作家在现实生活中选取一定的题材，并在构思文学作品主题的同时组织作品中各个人物与环境的关系，设置符合儿童逻辑的情节次序。从某种意义上来讲，新颖、完美的结构是儿童文学作家艺术创造力的一种表现。在儿童文学创造实践中，常用的结构方式主要有以下几种：一是按照事件发生的自然进程来安排；二是将各个生活场景平列，然后通过对各个侧面的描写来彰显作品主题；三是纵横交错的复式结构。

通常情况下，儿童文学作品的结构形式并不是一成不变的。儿童文学具有文学的一般特征，为此在构建儿童文学作品结构时需要注意以下几点：第一，结构要服从主题的需要；第二，结构要服从作品人物性格的塑造；第三，结构要符合文学作品完整、统一的艺术形式的基本规律；第四，结构要符合不同文学体裁的特殊需要；第五，结构要符合民族艺术欣赏习惯。在满足以上五点需求的同时，儿童文学作品的结构设计还要符合儿童的理解能力和接受水平。为此文学作家在设计作品结构时要做到严谨，确保作品的整体脉络清晰、层次分明。例如安徒生童话中的《卖火柴的小女孩》采用顺序的方式讲述了卖火柴的小女孩冻死街头的故事，作者在创作中并未采用倒叙的表达方式，其主要是为了让儿童更好地理解童话故事。

（3）儿童文学形象

儿童文学形象是指儿童文学作家结合儿童的心理特征，对儿童的现实生活进行艺术化的处理，并以此将儿童的现实生活呈现在儿童文学作品之中，其中包括人物、生活环境、场景等实物。此外，还包括抒情作品中的意境和神话、童话等作品中的幻想境界。由于儿童文学作品所描写的内容主要是以人为中心的社会生活，所以我们所说的儿童文学形象主要指的是人物形象，而人物形象中最重要的则是主人公形象。

儿童文学作品中的主人公主要指的是儿童文学作家结合作品故事和情节发展需求而构思的主要人物。通常情况下，一部作品的主人公可以是一个，也可以是多个，这主要受文学作品篇幅的影响。此外，儿童文学作品的主人公可以是成年人，也可以是儿童，通常情况下，儿童往往是儿童文学作品的主人公。另外，主人公也是儿童文学作品中矛盾冲突的主体，他是作品内容、结构设置的主要依据。从某种意义上来讲，一部文学作品的主人公的性格直接决定了这个作品的题旨。除此之外，儿童文学作品中的其他人物形象设计也要紧紧围绕主人公展开，同时其他人物形象也要对主人公的形象起到衬托作用，只有这样儿童文学作品中主人公的形象才会更加鲜明。

儿童文学形象是由儿童文学作家创造出来的，在人物形象创作过程中，作家将自己的思想情感融入人物形象之中，所以人物形象有作家的审美观点，同时也蕴含着作家所体验到的儿童的审美意识。为此儿童文学作家在塑造人物形象的过程中要达到以下几点要求：第一，个别性与概括性的统一；第二，主观性与客观性的统一；第三，文学性与儿童性的统一。儿童文学作家要想达到以上几点人物塑造要求，就需要做到个性化、形象化、拟人化、儿童化以及以主人公为中心。

（4）儿童文学情趣

儿童文学情趣是每一种儿童文学体裁都具有的特点，儿童文学情趣又被称为儿童文学趣味性。这是儿童文学作品在反映儿童现实生活时结合儿童的审美需求，并借助艺术手段来表现出来的趣味性。从本质上来讲，儿童文学情趣就是借助儿童文学作品向儿童传递审美情趣。同时儿童文学情趣也是审美意识的组成部分，它是人的审美情感以及审美能力等方面的具体表现。

儿童文学情趣不仅属于儿童文学作家，同时也属于儿童。之所以说儿童文学情趣是作家的，主要是由于它是作家结合儿童的审美需要，将各种审美对象对儿童的吸引融合在作品之中的，所以说它是作家的。而我们又说儿童文学情趣是儿童的，主要是由于儿童在阅读文学作品时，他们不仅接受了作品中蕴含的情趣，并在此基础上生成了新的情趣。

从某种意义上来讲，儿童文学情趣的形成是美感效应的过程。通常情况下，惊险、热闹的场面，有节奏的声调等都是生成儿童文学情趣的"酵母"。此处我们所讲的"酵母"是生成儿童文学情趣的关键条件，将这些"酵母"融入儿童文学作品之中，就会产生与之相对应的情趣，从而提升儿童文学作品的艺术魅力，让更多的儿童喜欢上该作品。

具体来讲，儿童文学情趣的魅力主要体现在儿童文学作品的情节、结构以及语言等方面，同时情趣也是赋予儿童文学作品独特魅力的主要原因。从某种意义上来讲，儿童文学作品的情趣是对儿童心理的具体反映，它具有鲜明的儿童性，所以儿童文学作家如果想要使作品具有情趣的魅力，就需要深入儿童的生活，了解不同年龄段儿童的兴趣，然后进行巧妙的构思，从而提升作品的吸引力，紧紧抓住儿童的好奇心，引领儿童走进儿童文学作品的艺术境界，获得真正的美感。

（5）儿童文学语言

儿童文学是由语言构成的，为此它也是语言的艺术。语言是文学的第一要素，儿童文学作家通过对各种语言的加工，形成了艺术语言。一般情况下，一部优秀的儿童文学作品都是由语言构成的，如儿童诗歌、儿童故事、儿童小说以及童话等。从整体上来看，不管是何种形式的儿童文学体裁，其语言都十分简练，形象十分鲜明，这对提升儿童的观察能力有重要的作用。此外儿童文学语言的这一特性不仅有助于提升儿童认识事物的能力，也有助于提升儿童的思维能力。儿童在阅读儿童文学作品时，在其规范化的语言的影响下，逐渐掌握了语言的正确使用方法，进而提升儿童的语言能力。从当前小学语文教材中我们不难发现，将近80%的课文都是优秀的儿童文学作品。

儿童文学作家在创作儿童文学时，应当采用"儿童语言"，切勿使用晦涩的语言，但是我们要知道"儿童语言"并不等同于"娃腔"。所谓的"儿童语言"主要是建立在广大民众以及儿童的口语的基础之上，然后作家对这些语言进行加工创造形成的，这样的语言不仅形象生动、音乐和谐、富于儿童情趣，同时还具有一定的启发性。

通常情况下，儿童文学对语言的要求要高于其他文学，儿童文学的语言必须建立在简明、生动的基础上。首先，简明主要指的是儿童文学语言尽量要选择那些简单明了的词语，不要使用晦涩难懂的语言，也不要瞎编乱造。儿童文学语言既可以运用重叠形容词，也可以使用重叠语气助词等，并以此来增强儿童文学语言的形象性。其次，生动主要指的是儿童文学作家要运用有限的语言材料来描绘出生动形象的画面。由此可以看出，儿童文学语言是一种高难度的语言艺术。

（6）儿童文学幻想

我们所说的幻想主要建立在人的理想和愿望的基础上，人通过对还未实现的事情进行想象就是幻想。从本质上来讲，幻想是客观事物在人意识中的反映。

从儿童心理学的角度来看，儿童具有强烈的好奇心，同时也具有幻想的心理特征。从某种意义上来讲，幻想是儿童的一项天赋技能，所以儿童文学要具有一定的幻想。丰富奇妙的幻想是儿童文学的主要特色之一，如果一部儿童文学作品没有了幻想，那么它将失去灵气，也无法与儿童的精神世界产生共鸣。尤其是幼儿时期的儿童，无意想象占据主导地位，他们的脑海中充满了各种幻想。为此作家在创作儿童文学作品时要满足儿童的这一心理需求，在构建作品结构时为儿童提供充足的幻想文学内容，同时还要注重对儿童幻想的引导。从以上的分析中我们不难发现，幻想是儿童文学作品的核心，同时它也是评价一部儿童文学作品优劣的重要指标。

从某种意义上来讲，幻想在儿童文学作品中起着十分重要的作用。当然幻想并不是凭空的想象，它建立在现实生活的基础上。例如《小马过河》，这个童话故事描写了小马、老马、老牛和小松鼠的故事，这则童话故事就是通过幻想来反映现实生活的，从而向读者传递生活中的真理，即只有通过实践才能获得对事物的正确认识。

总而言之，幻想是人们进行各种创造活动的前提和基础。对于儿童而言，幻想无处不在，它存在于他们的游戏里，存在于阅读中，也存在于他们的日常生活之中。为此儿童文学作品创作应具有儿童式的幻想，并借助儿童文学艺术形象的创造来唤醒儿童的幻想，并促进其发展。

三、儿童文学的意义与作用

（一）儿童文学的意义

从根本上来讲，儿童文学的意义在于帮助儿童健康成长，并成为一个健全的人，为此儿童文学对于儿童的成长而言具有现实、深远的影响。

1. 理想的传承与培养

文学体现着人类的理想，是人类精神追求的集中表现。作家因其对生活的感动记录着生活的美好，因其对未来的期待抒发着美好的理想。儿童文学因其读者对象的未来指向就更为集中地体现了人类的理想。从格林童话对善良、勇敢、忠诚的赞美到安徒生童话对人类崇高的不灭的灵魂的歌颂，从汤姆（《汤姆·索亚历险记》）对自由的渴望到张石牙（《独船》）对信念的捍卫，从皮诺曹（《木偶奇遇记》）变成了真的孩子到张嘎（《小兵张嘎》）成长为真的战士等，儿童文学把人类的理想愿望传达给正在成长中的儿童，使他们感受这一切、理解这一切、接受这一切，逐渐成为理想社会的建设者和创造者。优秀的儿童文学作品就是关注儿童成长的作家辛勤搭建的阶梯，引导着儿童走向成熟，走向生命的辉煌。

理想的传承与培养有着极为深远的社会意义。儿童文学作家应为健全民族性格、提高民族质量以至人类的质量做贡献。儿童文学因其文学的具体形象性和情感震撼力使理想的传承与培养变得更为自然和持久。

2. 文学的感性培养

从某种意义上来讲，文学不仅是生命的传承，同时也是传递情感的载体。文学是人类为自己及后人留下的宝贵财富，有文学相伴的人生是充裕的。但是，有多少人与文学失之交臂，又有多少人与文学分道扬镳，因为，在他们最渴望结识、最应该结识这位朋友的时候——他们年少的时候，竟无缘与之相识，可以说这是人生最大的遗憾。对文学的喜欢要从年少开始。少年期是形成美感的重要阶段。从贡献的角度来讲，文学能够给人带来美的享受，陶冶人们的情操，帮助人们宣泄自己的情感，这可谓文学给人带来的最大贡献。通过让儿童发现文学中的美，并与文学中的情感产生共鸣，引导儿童走近文学。从某种意义上来讲，如果我们将儿童带入文学的殿堂，那么就相当于给儿童编织了一个美好的人生。

对文学的喜欢要从文学的感性培养开始。人们对任何一种事物都是由熟悉开始渐进发展而最终走向热爱的。试想，一个儿童如果在襁褓中就能感受到摇篮曲的温馨静美，在牙牙学语时就感受到儿歌的欢快愉悦，在儿童诗、童话的奇异境地中体验到无限的惊喜，他怎么能不主动走近文学，愉快地享受文学所带来的一切？

对文学的理解和认识要从文学的感性培养开始。文学好似一个平易近人的朋友，他可以接纳所有的人，并默默奉献，但要走进他的内心深处，领略他最迷人的神韵，就必须掌握破解信息的密码。儿童从听一首简单的摇篮曲到听一首愉悦的儿歌，再到阅读一部优美的小说，在这个过程中，儿童逐渐发现文学作品中的美，并掌握文学传递美的方式，逐渐掌握开启文学心灵的钥匙，并与文学成为朋友。

儿童文学是文学世界里最璀璨的瑰宝，儿童文学是儿童最知心的朋友，儿童文学又是通向文学世界的桥梁。在儿童文学的滋养培育下，儿童一直与文学相知相伴。

3.间接体验的获得

儿童需要间接的生活体验。事实证明,人的成长是在种种经历和种种体验之中逐步完成的,学会把他人的经历和体验变成自己的收获,这是迅速走向成熟的宝贵经验。儿童的成长需要经历磨难,而这些在现实生活中很难做到,同时如果在现实生活中经历这些事情会给儿童造成不可逆的伤害,而儿童文学给他们提供了一个最丰富也最安全的体验生活的机会,让儿童在他人的经历、他人的感受中更深刻地认识生活、理解生活。

对于儿童而言,他们渴望获得间接体验生活的机会,而支撑他们走近文学的动力是文学中的未知因素,儿童带着好奇心探索文学作品中各种不可知的事物,他们将阅读文学当作一次愉快的探险活动,并希望在此经历一些新鲜的,甚至他在现实中力所不能及的事物。

儿童文学满足了儿童多方面的体验需求:一是"角色体验"。从老人到幼儿,从伟人到普通人,从动物到植物,儿童在阅读中把自己转换成各种角色,从而体验不同的身份、处境、情感。在丰富的、变化的感受中,他们提高了对生活的认识,也丰富了对未来的选择。二是"情感体验"。儿童文学作品容纳着儿童经历过和没经历过的各种喜怒哀乐,儿童从这些各种各样的情感体验中品尝到人生百味,因此,他们懂得了也学会了情感的获得与付出。三是"判断体验"。人是在对生活的不断判断中学会修正自我的,受儿童身心发展特点的影响,他们很难自觉地评判自己,而儿童文学把他人的感受和行为展示、剖析给儿童看,使他们逐渐学会了判断,也学会了反观自身。

体验生活对于儿童而言具有十分重要的意义,主要包含以下几个方面:第一,体验生活具有弥补作用。通过阅读文学,可以让儿童了解更多他们认知范围之外的事情,促进了儿童的健康成长。第二,体验生活是一个沟通的过程。儿童在阅读文学时可以对作品中的角色进行体验,也可以获得相应的情感体验,从而逐渐加深他们对自我及他人的认识,有助于加快儿童社会化过程的速度。

(二)儿童文学的作用

儿童固有的天性是追求光辉的不平凡的事物。优秀的儿童文学作品是儿童生命体验与心灵感受的结晶。如果说游戏是儿童的乐园,玩具是儿童的宠儿,那么儿童文学就是伴随儿童成长不可或缺的精神食粮。所以,在小学语文教材中,儿童文学不仅占据着大量篇幅,也发挥着举足轻重的作用。儿童文学是文学,因此,也具有教育、认识、娱乐、审美的作用。儿童文学的读者是身心正在发育的儿童，因而，它与其他文学的作用在具体内容上又有所不同。儿童文学的作用具体表现在以下五个方面。

1.进行社会化和启蒙教育，培养儿童优秀的思想品质

人从自然人向社会人转变的过程，就是人的社会化过程。在这个过程中，儿童文学起着重要作用。因为儿童文学是启蒙文学，对于儿童来说，它是最好的启蒙"教科书"。

首先，儿童文学具有传递日常生活知识的作用。例如儿童文学作家柯岩创作的《小熊拔牙》，该作品利用拟人化的表达方式为儿童讲解了讲究卫生的道理。此外，还有很多作品体现了儿童文学的这一作用。如儿歌《睡觉》，这首儿歌的节奏性很强，而且易学，歌曲中通过将人的睡姿与动物进行对比，从而让儿童了解睡觉的知识。

其次，儿童文学作家在创作作品的过程中十分重视儿童的感受，为此儿童文学作品具有很强的道德品质教育功能，儿童通过阅读文学作品来了解做人做事的道理，提升儿童的思想品质。从宏观角度来讲，儿童文学在发挥儿童德育功能时，其涉及的内容明显比其他文学广泛，同时也十分细致，小到爱父母、爱家，大到爱民族、爱国家。总之，儿童通过阅读儿童文学作品可以提升自身的思想品质，为其以后的健康发展奠定基础。例如童话《小猴吃西瓜》，写一只骄傲的小猴不听别人的友好劝告，吃西瓜时不吃瓜瓤而吃了瓜皮，该吃果肉的却吃了果核。类似的作品如寓言《龟兔赛跑》也是具有警戒教育意义的好作品。

儿童文学的警戒教育意义也就是我们平时所说的教育性，与其他文学相比，儿童文学的教育性更强，这主要是由儿童文学的启蒙特性决定的。结合儿童的年龄特点，儿童文学的教育不应当是枯燥乏味的说教，而应是寓于作品的形象之中，使其对儿童产生潜移默化的影响。儿童文学作家一定要避免教育片面化，在作品中简单直接地显示某种道德观念，或者用教育性代替文学性和艺术性，那必然导致故事公式化、人物概念化、语言干巴巴，这在无形中使其丧失了教育作用。儿童文学作为文学的一种，其教育也应当与艺术相融合。从某种意义上来讲，儿童文学的艺术性越强，其教育作用也就越容易发挥。儿童文学的教育性蕴含在艺术魅力之中。

2.增长儿童的知识，培养儿童的求知兴趣

童年时期的儿童有十分强烈的求知欲望，他们对自然和社会中的事物有强烈

的好奇心，在遇到新鲜的事物时，他们喜欢问"为什么"，并期望得到相应的答案。儿童文学不仅是儿童现实生活的体现，同时也蕴含了丰富的知识，这恰恰满足了儿童的求知欲望。例如，在儿童接触的儿歌中，大多数是描述各种事物特征的儿歌和知识性儿歌。如儿歌《向日葵》，这首儿歌采用艺术化的表达方式，让儿童了解向日葵的生长特点。儿童文学借助具体形象的表达方式介绍生活知识，这在极大程度上引起了儿童的兴趣。例如，《圆圆和方方》主要讲述的是圆形物体和方形物体方面的知识，创作者借助拟人的方式，将圆圆和方方比喻成两个人进行比拼。创作者通过这种具体形象的表达方式让儿童掌握了不同形状的物体的用途，同时也让儿童明白了相互合作、取长补短的道理。

儿童的生活空间十分有限，从生活中获得的直接经验较少。儿童文学则恰到好处地为儿童打开了另一扇窗户，开阔了儿童的眼界，使儿童间接地获得了经验和知识。如《小蝌蚪找妈妈》讲的是青蛙生长的知识。创作者通过小蝌蚪在找妈妈的过程中出现的几次错误，让儿童了解蝌蚪在不同的生长阶段的特征。儿童文学作品带给儿童大量新鲜的感性知识，儿童获得的感性知识越多，思维就越深刻，活跃的思维反过来又刺激并培养儿童的求知欲望，形成良性循环，循序渐进，不断扩大知识范围。同时，儿童在阅读文学作品时，他们的注意力、想象力、思维能力以及记忆力等方面都会受到不同程度的锻炼，从某种意义上来讲，多读多看儿童文学作品有助于儿童智力的开发，提升他们日常生活中发现问题、解决问题的能力。除此之外，儿童文学在传授知识方面具有密集性和广泛性的特点，这是其他文学无法取代的。

3. 丰富儿童的语言，发展儿童的思维和想象力

儿童文学具有发展儿童语言、思维和想象力的作用。学会说话可谓世界上最大的奇迹之一，也只有人类做到了这一点。人类将最初的哭声发展成清晰生动的语言。儿童文学在人类创造这个奇迹的过程中具有十分重要的作用，通常情况下一部优秀的儿童文学作品的语言是优美的、规范的，它是儿童学习语言的绝佳教材。儿童可以掌握大量的语言词汇，并学会如何正确使用语言，最终提升自身的语言能力。

语言优美、生动的文学作品能给儿童很好的语言熏陶。善于模仿的儿童会运用儿童文学作品中学到的语言知识来组织自己的语言，从而使自己的口语变得更加流利、规范。语言对思维发展有重要的意义，具体来讲思维活动需要借助语言，而语言的发展也可以在一定程度上推动思维的发展，为此儿童文学在锻炼儿童语言能力的同时，也无形中推动了儿童思维的发展。首先，儿童文学作品中有许多

生动形象的插图，儿童在阅读文学作品时可以借助这些插图在脑海中形成具体的意象，这在一定程度上发展了儿童的具体形象性思维。其次，有的儿童文学作品故事较为曲折，有的是绕口令，还有的是谜语等，这些都有助于提高儿童的分析能力和推理能力，进而促进儿童抽象逻辑思维的发展。

从儿童文学的题材上来看，它可以有效提升儿童的想象力。现阶段，儿童文学作品中不仅有童话故事题材，还有寓言、民间故事等题材，这些文学作品可以快速将儿童带入玄幻的世界，在这个世界里没有什么是不可能的，一切难题也会迎刃而解。儿童文学作家在创作这些作品时，为儿童提供了丰富的意象群，这为儿童创造新形象提供了依据，为儿童插上了想象的翅膀。

4.给儿童美的享受，提高他们的审美能力

儿童文学是一种传递美的文学，它借助丰富多样的、积极向上的内容让儿童感受生活中的美。从某种意义上来讲，儿童在阅读文学作品时的情形和接受思想道德教育、智力教育的情形有明显的不同。具体来讲，后者属于一种强制性的教育，但是前者并不是强制性的教育，所以儿童在阅读文学作品时不会有强迫感，反而会有一种愉悦感、自由感。儿童在阅读文学作品时，之所以有愉悦感，这主要是由儿童文学作品的内容决定的。大部分的儿童文学作品具有较强的故事性，所以儿童在阅读文学作品时会被其深深地吸引，此外其语言、色彩也可以让儿童沉醉于文学作品之中，并感受其中的美。儿童文学不仅能够带给儿童优美的美感，使儿童产生身心舒适的审美享受，还能带给儿童喜剧的美感，轻松、快乐、滑稽、幽默是儿童文学最受欢迎的品质。而崇高的美感和悲剧的美感在儿童文学中较少出现，但是，表现适度同样会引起儿童的愉悦。革命英雄人物故事、描绘祖国壮丽山河的游记散文能使儿童产生崇高、壮美之情，带有淡淡的悲剧色彩的童话能引起儿童深层的情感震撼。

儿童文学作品可以在一定程度上提升儿童的审美能力，具体来讲主要表现在以下几个方面：第一，对美的感受力。儿童在早期就表现出了感受对美的能力，如他们会不自觉地触摸自己认为美的东西，也会不自觉撕毁他们厌恶的东西。儿童文学在一定程度上可以引导儿童理解美，进而提升他们对美的感受力。第二，欣赏美的能力。一般来讲，儿童欣赏美的能力主要指的是他们对美的领悟、评价能力。儿童文学往往以具体形象的方式向儿童传递美，与此同时在作者的引导下，儿童理解、评价美的能力也会随之提升。

5.愉悦儿童身心，塑造儿童乐观开朗的性格

追求快乐是人们共同的愿望。尤其是未成年的儿童，快乐的情绪有助于他们健康成长、形成健全的人格。

儿童文学能给儿童带来快乐的情感体验。儿童文学尤其重视"寓教于乐"，大受儿童的欢迎。如日本作家新美南吉的《去年的树》，其充满幻想和奇特的故事情节深受儿童喜爱，而且其中朴素清浅的语言蕴含着深刻丰富的含义，对于儿童身心发展有很大的作用。相对于其他文学形式，儿童文学具有较强的娱乐性，为儿童带来快乐也是儿童文学的主要任务之一。如果一部儿童文学作品只包含道德教育，而缺少娱乐性，那么儿童不会喜欢这样的文学作品，只有那种既有娱乐性又有道德教育内容的文学作品，儿童才会接受它。实际上，许多优秀的儿童文学作品往往是"纯娱乐"的，没有过多的教育意义，但是儿童同样十分喜欢这样的文学作品。通常情况下，一部优秀的儿童文学作品不仅能给儿童带来欢乐，还能疏导儿童的情绪，使他们远离烦恼、宣泄忧郁，激发儿童快乐的情绪，振奋精神，达到心理上的平衡。如《三只小猪》等经典的儿童文学作品，这些作品的教育意义不大，但是能很好地起到愉悦身心的作用。

第二节 儿童文学的叙事

一、想象性关系的介入与叙事逻辑的形成

通过对儿童文学叙事的历史考察发现，儿童幻想小说（尤其是从安徒生开始的文人独创作品）叙事结构的形成是成人与儿童之间想象性关系介入的结果，这种介入体现出成人与儿童力图达成对话的双重声音。

为俄国形式主义思潮做出巨大贡献的普罗普在《民间故事形态学》中用功能分析法解释了民间故事工整的线性发展结构。但遭遇安徒生以来的文人独创的儿童文学文本时，普罗普的功能分析法便显得力不从心了。情节结构变得复杂多样，而且文本之间的个人性和差异性也开始增强，如故事打破时空的限制、出现开放式的结尾、情节淡化等。此外，结构也具有了表意的功能。传统叙事学对故事结构规律的把握只是提供了产生和阐释故事的可能构架，而文本以及读者阐释的语境最终导致了文本意义的无限丰富性。普罗普的分析之所以难以运用于文人独创的儿童文学文本，就在于作者、文本、读者以及各自的历史语境和当下语境共同

参与了意义的构成，成人对儿童的想象关系介入了叙事结构，使事件之间形成了相互容纳又彼此对话的复调关系。

幻想小说的产生既是人类渴求解放想象力的结果，又与现代社会的科学发展有着直接、密切的关系。科学的理性促使人类对现实世界有了多元的认识，而对幻想产生怀疑，幻想世界从现实中分离出来。与此同时，"成人—儿童"两极对立的现代童年观念建立，成人对儿童作为"他者"的排除和界定被有意识地反映到了文本之中，使文学叙事成为成人想象儿童的方式之一。"为儿童写作"的读者意识被纳入文本创作，促使叙事结构变得复杂，并开始融入成人的儿童观、作者对读者的界定与想象。对于被界定为弱逻辑的、感性的、未社会化的读者群体，成人有责任在故事中注入以成人世界为标准的道德规范和合法化知识。创作技巧被有意识地运用到儿童文学中参与意义的建构，叙事结构不仅是事件时序的排列，而且成为表达文本意义及这种想象关系的重要构成部分。

首先，读者意识的明确形成了复杂的叙事结构。比如，幻想小说在逐渐发展的过程中，其时序的排列被打破，出现顺叙、倒叙、插叙等多种叙事方式；叙事时间和故事时间分离，使叙事至少形成"故事发生"和"讲述故事"的双重结构；叙事者、人物之间形成多种对话关系；事件不再是零散的、无目的的被叙述，而力图在时间和空间的流动中体现意义等。

其次，叙事双重结构间的逻辑性增强。叙事者的评论不仅体现出强烈的儿童读者意识，而且与讲述的故事融为一体，形成了一种前因后果或者承接的逻辑联系。叙事者的目的不是揭示故事的内涵，而在于参与叙事。

二、叙事结构与话语标记

意义是否存在，最终依靠读者的推断和阐释的能力。20 世纪的幻想小说因大量借鉴了小说的叙事技巧，普遍采用写实主义手法构造复杂的幻想世界，其叙事结构不仅深刻反映作者的意识形态，而且为读者解读文本提供了依据，通过话语标记推进叙事进程，展现出丰富而多样的结构技巧。

在幻想小说的叙事中，叙事接受者和叙事者对双方话语的推断、鼓励和平等对话引导着故事继续向前发展。也就是说，叙事接受者对叙事者话语的推断导致了故事的进行，而读者对作者话语的推断使得文本的意义得以展现。同时，叙事者与接受者、作者与读者又分别拥有自身的语境资源。在符合儿童文学对话双方的语境和行为预期的情况下，根据话语标记推断进行的故事会有相当强的"可讲性"和真实感，这也是儿童读者能够认同该文本的标准之一。

三、叙事进程与读者阐释

随着20世纪以后幻想小说的迅速繁盛，作者会更为关注故事情节的曲折生动，幻想小说的结构已经变得复杂多样。即使是教育目的明显，甚至"代替"儿童发声的文本，往往也会利用结构上的变化或者话语标记来缩短与读者间的差距，而读者意识的参与，又在一定程度上改变了叙事的走向，从而使作者"代替"发声的权力关系弱化。比如作者拉格洛芙应瑞典教育部要求以介绍国家地理为目的创作的儿童教育读本《尼尔斯骑鹅旅行记》，采用冒险小说中多个事件与场景串联的结构叙事，形成一种连续不断的心理"体验"，其已不再采用民间文学反复呈现的"三段式"叙事，而是彼此牵连以丰富主题。叙事结构不仅包含动态的情节发展过程，而且因其多样模式的出现，形成了作者（成人）与读者（儿童）对话的复调性。这在后经典叙事学中被称为"叙事进程"。叙事学家费伦希望修正关于情节（时间序列）的普遍理解，认为叙事进程是文本动力与读者动力综合作用的结果。

（一）显性的叙事进程

费伦对叙事进程从开端、中段、结尾三个方面进行了更为细致的划分，每一阶段都由读者与作者共同完成。这对于很多情节发展标记显著的文本来说十分适用，比如采用第一人称的叙事，情节从头至尾都以二者间断续的互动对话为推动力，将故事导引至合理的逻辑方向。在另一些并非第一人称叙事或者叙事者有意隐身的文本中，常用一些特别的方式推进叙事进程。

文本中的补充叙事为读者提供了判断的方式和依据，叙事的走向既是作者希望的，也是读者愿意把握的，他们在有关童心的自然逻辑上获得了一致，这便是作者努力再现儿童的真实状态和声音并寻求对话的重要前提。

（二）隐性的叙事进程

在复杂的小说叙事中，结构并不总是一致，可能同时有几条情节线索，即使同一情节也可能出现几种不同方向的叙事推动力，从而邀请读者从多个角度进入文本。这在当代儿童幻想小说中尤其明显。

费伦对叙事进程的讨论主要关注的是具有明显动力走向的文本，但叙事学家申丹认为叙事中还会出现一种"隐性进程"，也就是叙事文学中蕴含着双重叙事进程，其中一个是故事情节的发展，另一个则是故事情节发展后的叙事暗流。通常情况下，叙事暗流与故事情节发展有所不同，甚至是反方向发展。这种隐性进程不是我们通常所理解的情节本身的深层意义，而是与情节并行的一股叙事暗流。如果情节后面存在隐性叙事进程，而我们仅仅关注情节发展，就难免会对作者的修辞目的、作品的主题意义和人物形象产生片面或者不恰当的理解。

由于我们看到的叙事运动不再是单一的情节发展，而是包含叙事暗流的双重叙事运动，它们都有自己的主题，这在一定程度上导致我们对文学作品的整体理解产生了变化。我们会看到两个叙事运动如何从不同的角度，共同表达作品的主题意义。隐性进程会揭示出人物的不同层面。看到隐性进程，我们就可以看到更加复杂的人物形象。

从西方民间童话到现代儿童幻想小说，叙事结构不再是简单静止的抽象形式，而逐渐成为具有丰富内涵的叙事语法。这种结构既融合了小说写实主义的复杂技巧，又因为成人对儿童的想象性关系而呈现出对话的复调形式，从而形成了儿童幻想小说的独特魅力。

四、中国现代儿童观与百年儿童文学叙事变革

普遍的叙事理论如何解读中国儿童文学叙事问题？

晚清以降，进化论引进国内，随着中国社会从近代到现代的整体转型，"儿童"和"童年"作为"人的解放"的重要内容从成人世界中分离出来，"儿童文学"应运而生。但中国"童年"自被"发现"起便不是作为独立并自足发展的概念，而与"国家和民族"叠合在一起，在与"西方"和"成人"的对照中，时间转变为由低向高、由落后向先进、由野蛮向文明等对立范畴和线性发展指向。国家和民族的发展与童年成长互为隐喻，二者叠合形成了有别于西方"童年"的双重时间指向，决定了20世纪儿童文学的叙事主流。"儿童"成为重要的启蒙符号，生发出与"新"和"未来"有关的抽象特质，西方示范下的"儿童文学"这一从未有过的新生文类，使现代作家产生了浓厚兴趣与关注热情。20世纪20年代以文学研究会掀起的儿童文学运动为契机，中国翻译、民间文学整理、出版、教育、创作等各个领域，都显示出开端期的现代儿童文学起点之高，这深刻影响了百年来中国儿童文学的发展方向。

由于特殊的历史语境，我国建构了迥异于西方的童年观和童年文化，进而决定了独特的书写方式。2013年，中国作家协会儿童文学委员会年会以"儿童文学如何表现中国式童年"为主题，明确提出"要体察中国经验的丰富性和复杂性""中国儿童的特殊经验决定了中国儿童文学的特殊性"。这是对经济全球化

背景下如何定位"中国"、定位"儿童文学"的理性抉择。置身于历史坐标会发现，对何为"中国"童年和"中国式"写作，以及如何寻找"中国风格"的书写方式，20世纪以来从未缺少过探索。从中国儿童文学诞生起便大量取用现实主义题材，到在毛泽东"中国气派"的文艺思想（1938）的影响下，文学家范泉提出"中国风格"的儿童文学写作（1947），再到20世纪60年代儿童文学的民族民间与现实道路的再认识、再解读，以及20世纪80年代作者曹文轩提倡的儿童文学"塑造民族未来性格"，历史语境中形成的讲述经验与局限，无疑为思考当下"中国童年精神"和"中国式书写"的可能路径积累了宝贵财富。因此，回归儿童文学的核心问题——叙事，追溯20世纪传统与现代交织的"童年"时间和叙事模式，是探寻儿童文学"中国"道路的重要方式。

"儿童本位"是我国著名作家周作人提出的，这一理论对20世纪儿童文学产生了巨大影响，人们将其当作评判一部作品质量高低的核心标准。然而关于"儿童本文"的界定，我国学术界对其有过曲折的探索。大部分的理论研究者认为现代中国的灾难现实直接导致我国现代儿童文学失去诗意、幻想以及浪漫等因子，这也是致使我国儿童文学走上现实主义道路的主要原因，直至20世纪80年代，我国儿童文学才有了质的变化，逐渐有了幻想、浪漫等因子。朱自强教授认为周作人提出的"儿童本位"受西方儿童文学、英国浪漫主义等思想的影响，然而"具有中国主体性的儿童文学创作"与"西方式的'儿童本位'的儿童文学理论"之间发生了错位。以上的研究虽然是为了梳理我国儿童文学的发展脉络，但是他们并未认识到"儿童本位"观念本身存在一定的局限性，也就是说"儿童本位"观念中的儿童参照的是西方中产阶级儿童生活，排斥童年在时间发展序列中的特殊性和复杂性，将"童年"同质化、纯洁化。

叶圣陶先生创作的《稻草人》被人们称为现代儿童文学的开山之作，同时它也被人们看作儿童文学由"儿童本位"向"现实主义"转变的标志，是在"为人生"艺术观念的影响下的自觉选择。但是"转向说"在一定程度上遮蔽了作家对"儿童"的重新定位，也忽视了作家对"怎样表现童年"的思考。从某种意义上来讲，浪漫唯美与现实关怀这两个题材的儿童文学作品是对西方儿童崇拜的摆脱，是对中国儿童特性深入思考的优秀案例。

《稻草人》中一共有四篇童话被人们认为是极具"儿童本位"特点的作品，即《小白船》《燕子》《芳儿的梦》《梧桐子》，其已经很难从年龄、国别、地域环境等方面分辨"儿童"。朱自强认为作家在极力捕捉儿童的情感、心理以及想象，但是其所表现出来的内容依然和现实中儿童的情感、心理以及想象有很大的区别，这主要是由于作家表现出的抽象的、浪漫的童心无法全面概括中国儿童丰富的内心世界。从某种意义上来讲，叶圣陶对周作人的"儿童"进行了改变，他将现实作为儿童文学题材的来源，作品中融入了浓烈的乡土气息，从而使其叙事变得更加丰富，同时也塑造出更加细腻的儿童形象。

为此《稻草人》完成了中国儿童文学从西方概念化的"儿童"到中国"儿童"的转换，同时也实现了我国儿童文学叙事法则的改变，这对现代中国儿童文学的发展有十分重要的作用和意义，尤其是对现在普遍使用而又谨慎辨析的"儿童本位"的观念是很好的反思与启示。从某种意义上来讲，《稻草人》是我国儿童文学进入自觉期的雏形，虽然它并不具备范型意义，但是叶圣陶在这部作品中为儿童概念注入了我国儿童的特性，赋予了它新的内涵，这也为我国儿童文学走中国特色道路奠定了基础。

20世纪30年代，我国左翼文艺活动得到了较大的发展，在这样的社会环境下，"化大众"逐渐进入"大众化"的轨道。这一时期，不仅重新规定了新—旧时间，也对"中国童年"进行了新的诠释：童年与乡土作为"过去"（而非未来和希望）都不再具备被"回望"、被"膜拜"的性质，它们是现代时间链条上因落后和幼稚而亟待成长的一环，必须朝向成熟和先进（以成人或城市为目标）的另一端前进。此时的童年成长被分隔为不同意义的时间片段和长度，表达出不同时间阶段截然不同的故事节奏和发展进程。"小英雄""接班人""好少年"作为成长终点的"共性"个体，以苦难结束、光明到来实现成长叙事的全部意义。

张天翼创作的《大林和小林》可谓确立了鲜明的乌托邦色彩的时间模式。例如，大林在成长过程中的失败缘于其未能选择正确的道路，而只有小林的奋斗和抗争才是正确的成长之路。而相对于农村而言，城市也是革命取得胜利的终点。这一模式在20世纪40年代至60年代臻于成熟，成为20世纪中国儿童文学的叙事主流，对今天的创作仍有潜在影响。

为此"童年"这个现代化的概念，在经过叶圣陶等人的本土化后，再次走上了"纯洁化"的道路。由此可以看出，五四运动时期人们一直讨论的是是否将童年封闭在纯真的世界，而到了20世纪30年代之后则成为探索童年成长的纯洁性。其中对"民族形式"的探索为中国儿童文学的发展积累了宝贵经验。民族—世界、传统—现代二元对立的现代性话语与线性时间指向使现代儿童文学一直被认为是从主题到叙事形式的新起点，但民间叙事形态一直隐匿其中并进行现代转型。这种形式上的"中国"探索，一直持续到今天对"中国式书写"的解读。

五四以来建立的儿童观和儿童文学创作，往往被视为西方影响下的现代产物，却忽略了中国传统时间观带来的潜在影响,这正是今天"中国式书写"需要且正在逐渐恢复的叙事方式。中国传统以大观小的哲学思维,从开阔的宇宙时空观望生命成长,提出了"复归于婴儿""赤子"等关于"人"的观念。这种不区分"先进""落后"等阶级对立和线性发展方向、没有时间终点的自然、整体性时间哲学观,平视童年的纯净澄明,以童心为原初追求人成长的开放、持久和不断完善。传统哲学的"童心",是连接儿童与成人精神成长的共同指向,也是作为现代性话语之一的"儿童本位观"在中国哲学体系中找到的有力证明。

整体时间观促使今天重新反思"古代的成人本位儿童观"和多年来对"教育性""成人化"文本的猛烈批判。现代以来线性时间的介入,改变了传统因个体生命体验而生发的叙事模式并激发出新的现代因素。比如,指向内部、过去形态的"寻根"时间(沈从文《阿丽思中国游记》);大时代退为背景、回归个体体验的时间(萧红《孩子的演讲》);以原初观照生命整体的时间(凌叔华、丰子恺、任大霖的作品)。

而20世纪80年代以来随着时间的推移,有关"童年"的叙事探索既隐含着叙事主流的余脉,更承接了中国传统时间模式的深刻影响。"中国"与"世界"的重新定位,从"塑造民族未来性格"到"提供良好的人性基础"(曹文轩),时间叙事已明显突破国家和民族与成长终点的限制。比如大时空下的个体时间模式在有关战争、灾难、历史回忆等作品中的体现;从"童心"出发观望精神深处哲学向度的元叙事探索。但西方作为参照的他者,其叙事模式和话语表达在"中国叙事"中仍有指向性特征,如"童年"—"城市童年"—"全球同一性童年"之间的隐形置换等。这正是当下强调"中国式书写"的重要原因。

第三节 儿童文学的体裁

一、儿歌与儿童诗

(一)儿歌

1. 儿歌的概念

儿歌是适合低幼儿童念唱的简短歌谣,又被称为童谣。它是儿童最早感受母语语言文化的重要形式,是儿童最早和最易接触的一种文学样式。儿歌被誉为"婴幼儿专用的精神食粮"，儿童的文学启蒙、音乐感受力培养和语言学习等多个方面，都离不开儿歌。

儿歌属于民歌的一种分支，全世界各地都有属于自己的儿歌。一般情况下，儿歌主要反映的是儿童的生活情趣，借助自身的内容向儿童传递生活、生产知识。同时儿歌的歌词一般采用比兴的手法，语句的音韵比较流畅，也比较容易上口。此外，儿歌的曲调和语言音调十分相近，节奏也比较欢快，有的儿歌是独唱形式，有的儿歌是对唱形式，如福建浦城儿歌《月光光》。有的儿歌是民间流传下来的童谣，有的儿歌由音乐作曲家创作。

2. 儿歌的特征

儿歌生长于民间文学的土壤，流传的方式主要是"口耳相授，代代相传"，深受幼儿喜爱。儿歌之所以"耳口相授，代代相传"，缘于其特殊的艺术魅力和审美特点。儿歌主要有以下特征。

（1）音韵和谐，朗朗上口

儿歌是一种以听觉为主要感知特点的语言艺术，是与音乐感知联系最为紧密的一种文学样式。鉴于年龄原因，幼儿或许对儿歌的内容不甚理解，但和谐的韵律、鲜明的节奏能在听觉感受上给其愉悦感。音韵和谐是儿歌的生命，押韵是使儿歌音韵和谐最重要的手段。许多儿歌采用叠词、叠韵、连韵等形式，便于幼儿念唱和记忆。那些不押韵、散文化倾向明显的儿歌，很难得到幼儿的青睐，也很难传唱开来。儿歌押韵的方式主要有四种，即句句押韵、隔句押韵、中途换韵、用同一个字押韵。例如经典儿歌《小白兔》：小白兔，白又白，两只耳朵竖起来，爱吃萝卜爱吃菜，蹦蹦跳跳真可爱。

幼儿总是从直接观察中获得对事物的简单认识。儿歌作者把握住这个特点，着力描绘兔子的颜色、外形、习性、食性。像这种直观的描绘，容易被幼儿理解。儿歌句句押韵，以"ai"韵一韵到底，音韵极为和谐、悦耳动听，读起来十分上口，便于幼儿口头传诵。儿歌的音韵和谐，不仅表现在押韵上，更突出表现在节奏上，可以说节奏是儿歌的灵魂。儿歌的节奏是由句子的整饬、句式的变化和句子字数的变化来决定的。一般来说，三字句为两拍，五字句为三拍，七字句为四拍。无论是民间童谣还是创作儿歌，凡广为流传的，无不是合辙押韵，节奏感强，易诵好记，富有音韵美的，如陕西儿歌《排排坐》：排排坐，吃果果，你一个，我一个，妹妹睡了留一个。

在这首儿歌中，有规律地出现了一定数量的音节，再由音节构成句子，句子因停顿而形成节拍。由于不同节拍停顿的错落变化，念唱起来，儿歌就具有了鲜明的节奏。

幼儿童喜欢儿歌，正是因为音乐和谐、朗朗上口的儿歌能像音乐一样满足他们听觉上的需要，使他们产生愉悦的感受。可以说，通过音韵和节奏体现出来的音乐性是儿歌区别于其他儿童文学样式的最显著的特点。

（2）篇幅短小，主题单纯

幼儿的心理发展正处于"无意注意"阶段，篇幅较长的儿歌不合适幼儿的心理特点，儿歌的篇幅应当短小。同时，幼儿生活经验少、辨物能力差而模仿能力强，因此儿歌要比儿童诗更加注重教育的针对性和方向性，一首儿歌主要集中讲一个道理或者突出说明一个意思就行。如传统儿歌《铜钉亮晶晶》：青石板，石板青，青石板上钉铜钉。铜钉亮晶晶，朝我眨眼睛。

作品主题突出，仅用短短的二十三个字，集中形象地刻画出广袤夜幕里繁星闪烁的景象，生动俏皮，符合幼儿的审美特点和接受特点。

（3）语言浅显，通俗易懂

儿歌是一种听觉的艺术，语言要合乎幼儿的口语特点，用口语去描绘他们眼中的世界，浅显通俗，使之一听就能明白。因此，优秀的儿歌作品总是着力于对记人、叙事、写景的具体描写，突出所写对象的声音、形态、色彩等，常用拟人、比喻、夸张等手段，通过大胆奇异的想象，绘声绘色地描摹出生动的形象。如儿歌《太阳和月亮》：太阳月亮两娃娃，打开妈妈化妆匣，太阳拿起胭脂抹，月亮抓到香粉擦，抹呀抹，擦呀擦，一个抹成红脸蛋，一个擦成白脸巴。

这首作品用精妙奇异的想象、趣味的构思、拟人的手法将"太阳""月亮"这两个天体与幼儿的生活场景相联系，构思奇特又符合常理。内容通俗易懂，口语色彩明显，如"抹呀抹""擦呀擦""红脸蛋""白脸巴"，画面感十足又朗朗上口。儿歌好听、好记，深受幼儿的喜欢。但凡儿歌背离了浅显通俗这一原则，必然得不到幼儿的喜爱。

（4）趣味盎然，娱乐性强

儿歌的趣味性是由其接受对象的年龄特征和审美情趣所决定的。低龄段的儿童，好玩好动、追求新奇，而短小有趣的儿歌正满足了他们这一特殊的心理特点和审美需求。儿歌中的颠倒歌更是充满荒诞幽默的趣味性。如民间儿歌《咬牛奶，喝面包》：咬牛奶，喝面包，夹着火车上皮包。东西街，南北走，出门看见人咬狗。拿起狗来打砖头，又怕砖头咬我手。

这首儿歌有意把事物的真相颠倒过来，说得跟实际相反，这就产生了离奇、诙谐的效果，荒唐可笑，幼儿觉得很开心。儿歌中列举的事物都是幼儿熟知的，而正是因为平时熟知的事物和本来的面貌颠倒了，才会在荒唐中让人开怀大笑。

（二）儿童诗

1. 儿童诗的概念

儿童诗的接受对象是儿童，其内容与语言十分符合儿童的心理特点，十分适合儿童吟诵、欣赏。一般情况下，儿童诗是一种自由体短诗，它的语言十分精练，同时也有着优美的意境。同时，儿童诗也在很大程度上反映了自然环境和社会生活，儿童在欣赏、吟诵儿童诗时可以从中受到感染和教育。从广义上来讲，儿童诗包含儿童可以读的诗和儿童写的诗。其中儿童可以读的诗又囊括了古诗和成人写的诗，当然这些诗必须是适合儿童阅读的。从狭义上来讲，儿童诗主要包括儿童写的诗和成人专门为儿童写的诗。总的来讲，儿童诗必须符合儿童的心理特点和审美特点，将童趣融入诗词之中，不要刻意强调韵律，同时篇幅也不应过长。

2. 儿童诗的特征

（1）韵律明快、自然

在节奏韵律上，儿童诗比儿歌自由，也比成人诗明快，这主要是由于儿童的听觉十分敏感。正如上文我们对儿童诗的概念进行分析时，提出儿童诗是一种自由体短诗，它与儿歌有着一定的区别，即不能在整齐的句式中表现出有规律的音频，同时儿童诗也不像儿歌那样遵循比较严格的押韵规则。儿童诗的节奏、韵律是内在的，力求内在的情感起伏和外在的音响节奏"声情相应"，表现出一种自然天成的抑扬顿挫以及作品内在情感的起伏，成为"语言的音乐"。例如寒枫的诗歌《轻轻》：轻轻的云朵，轻轻的风。轻轻的柳条，轻轻地动。轻轻的小船，轻轻地划。轻轻的桨声响不停。我轻轻地唱支划船歌，轻轻是我，我是轻轻。

这首优美的儿童诗描写的所有的事物都是轻轻地，如云朵、风、柳条、小船等，就连所唱的划船歌都是轻轻的。由此我们可以看出，作者用简单明了的语言为儿童描绘了一幅优美的画面。整首诗中体现了轻快的节奏和和谐的音韵，诗歌采用"轻轻"这一叠词，给人一种轻柔如梦的美感，让儿童进入美轮美奂的意境。

（2）语言浅显生动，具有音乐性

从某种意义上来讲，诗歌是语言艺术的最高形式，它对语言有着较高的要求，即语言需要精练，而儿童诗对语言的要求更高。我们只有运用凝练的、具有表现力的语言来表达深刻的思想和形象才能产生诗歌。只有描绘出让幼儿能够觉察到的形象的事物时，他们才能得到诗的陶冶。诗歌本身就要求和谐美好的音韵节奏，而儿童诗又是供儿童欣赏的，自然更要求具有音乐性。诗歌外在的音乐性由韵律，以押韵表现；内在的音乐性则靠情感，诉诸文字而呈现出节奏。儿童诗比较重视节奏和音韵，力争在情感起伏的过程中来彰显语言的音乐美。例如林武宪的儿童诗《阳光》：阳光，在窗上爬着，阳光，在花上笑着，阳光，在溪上流着，阳光，在妈妈的眼里亮着。

从这首儿童诗中，我们可以看到其语言具有浅显易懂、生动形象的特点。整首诗仅仅用了31个字，但是其中包含4个排比句。整首诗整齐连贯、一气呵成，深入人心。"爬""笑""流""亮"这四个动词用得十分巧妙，也正是由于这四个动词的使用，整首诗具有了生命的气息。

这样的儿童诗还有很多，如刘绕民的《摇篮》，这首儿童诗的语言不仅浅显易懂，同时也具有较强的音乐感，十分适合儿童朗读、吟诵，其内容具体如下：天蓝蓝，海蓝蓝，小小船儿当摇篮。海是家，浪做伴，白帆带我到处玩。

从诗歌的内容中可以看出，整首诗语言十分流畅，而且作者没有用一个生僻的字词。这首诗尤为可贵的地方在于作者将海边孩子的生活背景全部表现了出来，为儿童描绘了一幅生动的在海边生活的画面，也向儿童传递了渔家孩子对大海的热爱以及敢于闯荡世界的志向。

（3）构思饱含幼儿情趣，意境纯净

通常情况下，儿童会站在自己的视角去看待世界，并对其做出相应的评判。儿童具有十分丰富的想象力，所以他们总是喜欢借助这些想象力来解释他们所看到的事物。儿童诗的创作十分重视儿童的心理，以此来吸引他们的注意，这也使儿童诗具有构思巧妙、饱含童趣的特征。有的儿童诗通过对儿童生活中的平凡事物进行合理的加工设计，从而给人一种新颖独特的感受；有的儿童诗则采用巧妙、别致的形式；有的儿童诗在创作过程中加入了浓郁的童趣；有的儿童诗在创作过程中加入了一些悬念的情节，为儿童诗增添了一丝可感性，使爱听故事的儿童乐于接受。只有把真实的儿童感受通过巧妙构思，形象含蓄地表现出来，才能感动儿童。

意境，是指作者主观的思想感情与作品中所描绘的生活图景有机融合而形成的一种耐人寻味的艺术境界。儿童诗同样追求情与境的交融，力求通过形象化的描写，营造一种情感浓郁、意境优美的氛围，从而唤起儿童丰富的联想和情感共鸣。由于儿童诗取材于儿童生活经验，描绘的是儿童眼中的现实生活和自然景物，这就形成了一种与成人诗不同的纯净清新的意境。

例如王宜振的《秋风娃娃》：秋风娃娃可真淘气，悄悄地钻进小树林里；它跟那绿叶儿亲一亲嘴，那绿叶儿变了，变成一枚枚金币。它把那金币摇落一地，然后又轻轻地把它抛起；瞧，满天飞起了金色的蝴蝶，一只一只，多么美丽！

这首诗用童心诗化客观外界的自然物象，带着对大自然的美好情愫，以丰富的想象描绘了一幅金色四溢的绚丽图画。秋风被稚态化为淘气而有神奇魔力的娃娃，"它跟那绿叶儿亲一亲嘴"，绿叶变成了金币。风把金币抛起，"瞧，满天飞起了金色的蝴蝶"。在这富于童话色彩的诗歌意境中，儿童一定会深深地陶醉。

二、童话与寓言

（一）童话

1. 童话的概念

在传统观念中，童话是一种具有十分浓厚的幻想色彩的故事，人们借助这种幻想故事来寄托自己的理想和愿望。所谓童话，其实就是非写实性的儿童文学。童话的这种非写实就是借助想象和幻想表现人们努力超越客观现实的特殊的思维、心理与情感。它包含如下三层意思。

第一，童话是超越现实的。从某种意义上来讲，童话虽然是对现实生活的反映，然而它是超越现实的，是理想化的。童话中的人和物都经过了理想化的加工处理，如那些在现实中很难实现的事情，但是在童话中却轻而易举，又如在现实生活中我们无法摆脱的困境，而在童话中能轻松渡过难关。它以充满希望和美好的另一世界弥补了生活的缺憾，创造一个理想的甚至是美到极致的应然世界。读者就是因为这种默契才走进童话世界，沉浸其中的。

第二，童话是超越束缚的。童话对社会生活的反映是自由的，它不受任何事物的约束。一般情况下，童话世界是一个永恒的、自由的世界。所有的童话故事的发生都可以超越时空、超越自然。

在童话中，人的意愿能征服一切。人的愿望及行为在童话中获得了完全的解放。玫瑰公主微笑着从床上起来，依然像一百年前那样年轻美貌。它借助想象以实现对外在束缚的挣脱和征服。童话使刻画的形象和事物"与世隔绝"，所以它摆脱了社会和自然的一切束缚。

第三，童话是超越常态的。通常情况下，童话对现实生活在形态上的反映是怪诞的，它在极大程度上打破了正常的规则。人们在童话中实现了对现实的反叛：美人鱼走进了人类世界、宝葫芦改变了王葆的生活、皇帝光着身子游行、雕像救助了穷苦的人。

2. 童话的特征

（1）幻想是童话的基本特征

从某种意义上来讲，我们可以将童话比作一个可爱、美丽的仙女，她是想象女王的公主。世界著名童话作家安徒生曾对自己创作的童话作品进行解释，指出它们是富于幻想色彩的故事。童话就是将那些现实中不可能发生的事情，在幻想逻辑的编织下形成一个故事。例如在古老的童话故事《五卷书》中有很多玄幻离奇的故事，如猴子智胜海怪等。此外，在现实童话《稻草人》中也有这样的情境：田野中的稻草人因目睹人世间的惨剧而难过得昏了过去。最荒诞的童话《随风而来的玛丽·波平斯阿姨》中的玛丽·波平斯手中的指南针能把孩子们带到他们想去的任何一个地方；最受孩子们欢迎的童话《哈利·波特》记叙的是现代魔法世界的生活。这些故事都是现实生活中不可能发生的事情，但是它们在幻想的世界中存在。当然我们不能否认，不管是什么形式的文学都具有幻想的成分，但是在童话文学体裁中，幻想是其核心。

童话故事中的人物不论是常人式的（如王葆、皮皮鲁、哈利·波特），还是拟人式的（如人鱼公主、快乐王子、小老鼠斯图亚特），它们都是在幻想的世界中生成的假想形象。从某种意义上来讲，童话的故事情节完全可以依赖幻想，换句话来讲没有幻想就没有童话。

所谓的幻想主要指的是作家结合他们对现实生活的观察和认识，再结合其情感、审美、理想的需求，然后虚构一个在现实世界中不可能存在的虚幻世界。从根本上来讲，艺术创作与想象之间关系密切，也就是说艺术创作离不开想象，而幻想则是想象的主要成分之一，童话艺术体裁的创作过程只是将幻想进行了强化与放大，使之在形象的思维中，不惜超越自然力的限制，结合创作者的理想选择进行拼合、组织，从而创造出符合主观意愿的理想形象。例如格林童话《勇敢的小裁缝》，还有安徒生童话《灰姑娘》等。我们不得不承认幻想可以在极大程度上满足人们的情感、审美以及理想的需求，将那些希望有但又不可能有的尽量在童话故事中实现，将那些不希望有的但又很难战胜的尽量在童话故事中战胜它。

幻想是童话故事反映现实生活的有效手段，这主要是由幻想反映现实的目的所决定的。著名的美学家王朝闻指出艺术幻想是作家不满足于对现实形态的描述，而按照自己的需要对现实进行虚构的创作方式。童话作家正是借助这样的艺术创作方式，使故事变得更富有色彩，从而达到一种升华。例如《五卷书》中描写了吠舍出身的织匠凭借三界大神那罗耶那的神力，最终与国王的女儿成婚的故事。这则故事告诉我们一个道理。人的命运并不是不可逆的，如果想要改变自己的命运，就要凭借自己的努力，突破各种樊篱的阻碍。织匠在自己的努力下，感动了上天，并最终借助其力量实现梦想。另外，格林童话中也有此类的故事情节，"勇敢的小裁缝"凭借自己的机智、勇敢战胜了巨人、独角兽等，这些都是人世间和自然界强大力量的象征，从而表现了劳动人民不畏强暴、不怕困难的传统美德，在格林童话中劳动者的形象得到了美化。由此看来，童话通过幻想的方式反映现实生活具有特殊的表达效果。

从某种意义上来讲，童话的幻想是无拘束的，是自由的。第一，在童话创作过程中，作者可以在设定一定的假定条件之后，通过幻想展开自由的创造。例如张天翼创作的《宝葫芦的秘密》，作者将整个故事假定为王葆的梦，在这样的假定情境下，王葆就拥有了一个无所不能的宝葫芦，而幻想出的宝葫芦便可以在现实中神出鬼没。在童话中，作者也可以不做任何说明而自由地展开幻想，描摹出现实与超现实共存的虚幻境界。如陈丹燕的《我的妈妈是精灵》、阿万纪美子的《车的颜色是天空的颜色》、罗琳的《哈利·波特》。第二，只要反映的本质是真实的，就可以忽略事物的表面形态以及部分自然属性。例如童话《小红帽》中有这样的故事情节，小红帽被狼吞掉之后，她又从狼的肚子里面出来了，这些明显违背了日常生活逻辑，但是故事反映的是善与恶的斗争，以及最后善良战胜邪恶的现实。此外，黄一辉创作的《小儿郎·小儿狼》讲述了猎人和一只小狼成为朋友的故事，这在现实生活中也有悖于情理，然而这个作品如实地反映了作家的社会理想，同时也充分体现了现实中真善美的力量。由此我们可以看出，只要童话创作把握了事物本质的真实，它完全可以超越现实逻辑，并运用童话幻想的逻辑来反映现实生活的真谛。

（2）幻想与现实是紧密相连的

幻想是童话创作的核心，虽然幻想超越了现实，不符合日常逻辑，但是不管何种形式的艺术形象的创造都是建立在现实的基础上的，幻想同样如此。从本质上来讲，幻想是客观事物在人的意识中的具体反映。虽然从表面上来看，童话中的故事情节、形象设计都是如此荒诞，但是我们仔细去看，总会发现这些与现实生活有着密不可分的联系。无论是夸张的、假定式的童话故事情节还是童话形象都是作家对现实生活审美判断的结果。一个优秀的童话作家十分擅长将幻想与现实联系在一起，并以此来反映他们对客观现实的认识。例如叶圣陶创作的《稻草人》，张天翼创作的《大林和小林》等，这些作品都在一定程度上反映了当时压抑在人们心中的强烈呼声，同时也抨击了当时的专制统治。从整体上来讲，幻想世界产生于现实世界之上，而现实世界也映照在幻想世界之中。

（3）童话幻想与现实结合的方式

既然幻想是童话创作的核心，那么作家幻想水平的高低直接决定了童话作品的水平，而作家幻想水平的高低主要受其幻想与现实结合的巧妙程度的影响。具体来讲，幻想与现实结合的方式主要有以下三种：第一，幻想与现实的寻常结合。这种结合方式最大的特点是幻想有机融合在现实之中，从而使幻想故事就像现实一样真实地发生，如《卖火柴的小女孩》中那个卖火柴的小女孩在除夕之夜冻死在街头，这是对当时丹麦社会的真实写照，故事中小女孩四次擦火柴，不仅表现了小女孩纯洁美好的心灵和对美好生活的渴望，同时也将其与丑恶的现实做了鲜明的对比。第二，幻想与现实的异常结合。这种结合方式最大的特点就是采用离奇、夸张的方式使现实变形，从而起到意想不到的表达效果。例如科洛迪创作的《木偶奇遇记》，作家将现实生活中儿童说谎的常见现象与鼻子长长的奇异幻想结合在一起，从而使幻想形成一种新颖有趣的意境。第三，幻想与现实的反常结合。这种结合方式最大的特点是超乎自然。例如洪汛涛创作的《神笔马良》，书中马良在神笔的帮助下，穿越时空、随心所欲。不管童话作家采用哪种结合方式，只要能够巧妙地运用都可以创作出一部优秀的童话作品，当然也可以将三种方式混合使用，这在童话创作中也很常见。

（二）寓言

1. 寓言的概念

寓言是一种寄托深刻含义的短篇故事，在这些简短、生动的小故事的背后，向人们传递了一定的道理或教训，为此寓言具有劝喻和讽刺的作用。

通常情况下，我们在每一个寓言故事中都可以发现一种思想，这些都是人类在生存过程中积累下来的智慧。从寓言家所创作的作品中，我们不难发现他们在创作寓言时主要采用了讽喻、劝诫等方法，也就是将他们在生活中获得的启迪和领悟进行艺术化的处理，从而使其形成一种合理的、具有说服力的艺术作品。从某种意义上来讲，我们可以将寓言创作看成一种为思想穿上衣服，并赋予思想血肉之躯的创作过程，抑或是将其理解成将抽象化的思想具体化、形象化。

由此可以看出，寓言是一种特殊的文学体裁。通常情况下来讲，寓言中的角色既可以是有生命的人和动物，也可以是没有生命的事物，但是不管其角色是什么类型的，都蕴含一定的道理。

2. 寓言的特征

（1）寓意明确突出

我们在对寓言的概念进行论述时，可以发现它主要借助虚构的故事来传递深奥的道理或教训，从而借助这些故事让人们受到启发和教育，为此寓言的寓意十分明确。例如《守株待兔》就通过一篇简短的故事，让我们认识到不能将偶然发生的事情当作必然发生的事情。《南辕北辙》则让我们了解到做事情要有正确的方向。又如《农夫和蛇》的故事告诫人们不要怜惜恶人。此外，还有很多的寓言将侧重点放在了揭示社会问题和人们的愚蠢行为上，具有很强的讽刺性。例如《自相矛盾》深刻地讽刺了那些夸大事实、绝对化的人，而《画蛇添足》则讽刺了那些自以为聪明的人。另外，还有一些寓言侧重颂扬，它对现实中的真善美进行赞扬。例如《纪昌学箭》通过表扬纪昌刻苦学箭的故事，向人们传递了在学习本领的过程中遵循循序渐进的原则，打好基本功的道理。

由此可以看出寓言中的寓意是明确的、肯定的。从某种意义上来讲，寓言作家在创作中可以直截了当地表达自己对生活的看法和审美评价，这是其他文学体裁无法比拟的。一般情况下，寓意既可以在寓言中直接表达出来，也可以含而不露。

（2）比喻形象生动

从某种程度上来看，寓言也是一种比喻的、象征的艺术。黑格尔在《美学》中对语言进行了论述，并将其归为"比喻的艺术形式：自觉的象征"，这主要是由于寓言家在创作时采用了取譬引喻的艺术手法，寓言属于一种譬喻故事。

众所周知，比喻是一种表达情感和思想的方法，同时它也是形象地表达事物的方法。通常情况下，比喻是借助人们比较熟悉的事物来形容那些陌生的、深奥的事理，它是人们具体思维和抽象思维的有效结合。从某种意义上来讲，寓言的创作是作家借助现实中事物的具体形象，然后通过联想的方式来表达理性的思考，这也就是我们经常所说的"立象以尽意"。例如《揠苗助长》这则故事，讲的是为了让禾苗快速地成长，迫不及待地拔高禾苗，违背禾苗的自然生长规律，不仅没有达到预期的目的，还使得事情朝着相反的方向发展。这则故事告诫那些主观上急躁的人，凡事要遵循事物的客观发展规律。

比喻对于寓言创作具有十分重要的作用，通过这种艺术表现手法可以强化寓言的社会功能。在"不敢斥言"的年代，人们只能借助比喻这种巧妙的方法委婉地表达自己的想法。那些受到压迫的奴隶，他们不敢直接表达自己的想法，只有借助这种虚构的寓言来表达自己的情感，从而避免责难。在古代统治者政治高压的环境下，寓言作家将自己的思想情感融入虚构的故事中，这样可以很好地做到指桑骂槐，同时也具有较强的隐蔽性。例如克雷洛夫创作的《狼和小羊》，作家通过描写狼和小羊之间的各种纠葛来揭示弱者在强者面前总是有罪的社会，以此来讽刺沙皇蛮横无理的统治。寓言作为一种规劝、教育的艺术形式，创作者放下说教的身份，借助通俗易懂的小故事来教化人们。

寓言作家在创作时往往会将寓言中的每一个事件当作一个比喻，从而实现"借此喻比"的效果，明确寓言的寓意。为此我们应当注意到，寓言经过长期的发展，一些动物故事中形成了点名的形象特性，如兔子代表胆怯、懦弱的人，狼代表贪婪的人，狐狸代表狡猾的人，寓言作家并以此来讽刺现实社会中的人。此外，一些寓言作家喜欢赋予其笔下形象以特定的意义，如拉·封丹经常用狮子比喻国王，而用熊或老虎比喻贵族，用狐狸比喻朝中的大臣等。有的寓言作家也会赋予同一种动物两种不同的思想品质，甚至是两种完全不同的形象，并分别出现在不同的寓言之中。接下来我们以《伊索寓言》中的《乌鸦和狐狸》《狐狸和豹》为例进行分析，在《乌鸦和狐狸》这则寓言中，狐狸是狡猾、贪婪的象征，但是在《狐狸和豹》这则寓言中，狐狸则是心灵美的象征。为此我们在欣赏寓言时应当结合具体的情境进行分析，正确把握寓言中的寓意。

（3）故事简洁短小

一般情况下，寓言故事都比较简短，寓言作家在创作寓言故事时会在生活中选取精彩的片段，然后对其进行加工创作，为此大部分的寓言都十分精练、简短。一些寓言故事可能只用简短的两三句话来阐明一定的道理。

从某种意义上来讲，寓言之所以简短主要缘于其故事单一，并围绕其寓意展开。第一，虽然寓言故事中都有人或拟人化的形象，但是作家都是抓住其最本质的特点进行描述，不对其进行详细的刻画；第二，虽然寓言故事也包含情节，但是作家在创作时并不对其进行拓展，同时也不安排悬念；第三，寓言所用的叙述语言都是简洁朴素的。

寓言故事简短的根本原因在于作者希望读者尽快地把寓言中的故事与其所提出的教训或讽刺意义联系起来。所以必须尽可能使寓言的结构紧凑，不能有太多枝节，以免分散读者的注意力，削弱作品教训或讽喻的力量。著名的短篇科幻小说只有一句话:"最后一个地球人坐在家里,突然响起了敲门声。"虽然这个小说比寓言故事还要简短,但是它表达的效果和寓言大大不同。具体来讲,它的字里行间给读者带来了丰富的想象,这在极大程度上弥补了小说的空白。而寓言的简短则和小说不同,它是让读者在简短的寓言中理解作家设定好的寓意。新时期,寓言作家创作的寓言充分考虑了儿童的心理特点,为此在角色形象创作上更加丰富饱满,但是从整体上来讲,寓言仍然保持着简短的特点。

三、儿童小说与儿童故事

(一)儿童小说

1. 儿童小说的概念

儿童小说是一种主要读者为少年儿童,根据他们的生理、心理和审美特点创作的,适合他们欣赏水平、被他们接受的小说样式。

儿童小说本质上就是小说,它具有小说的基本特征。通常情况下,小说以刻画人物为中心,并借助小说故事情节以及环境的描写来反映现实生活。儿童小说同样具有小说的这个特征,同样按照这样的方式来表达情感与思想。儿童是儿童小说的主要读者,为此儿童小说必须符合儿童的心理特点。一篇小说是否为儿童小说,主要依据是它是否契合儿童的心理状态和审美情趣,儿童是否感兴趣,是否接受。并非写了儿童生活,塑造了儿童形象的作品就是儿童小说。因此,儿童小说要兼具一般小说的文学性和少年儿童读者的特殊性两方面。

儿童小说和儿童故事都是叙事文体,都包含人物、情节等要素,但是两者在创作追求和表现方式上有差异。儿童小说的核心是人物,而儿童故事追求故事性,重视情节的叙述,人物形象往往不够丰满。儿童故事的叙事视角较单一,儿童小说在刻画细致程度、表现手法和叙事视角方面较儿童故事更为丰富。两者呈现的差异主要是由服务对象不同造成的:儿童故事的主要读者为学龄前和学龄初期的儿童,儿童小说的主要读者为学龄中后期的少年儿童。

2. 儿童小说的特征

(1)主题积极鲜明而有针对性

从某种意义上来讲,主题是小说作品的核心与灵魂,它决定了作品的一切,为此作家在创作小说时要有明确的主题。而儿童小说有着它特定的服务对象,为此更应当有明确的主题。儿童期是人发展的特殊时期,随着年龄的增长,儿童对外界事物的感知也由简单向复杂、由表象向抽象转变,同时儿童的思维也处于发展阶段。在这个阶段无论是儿童的理解能力还是阅读水平都不高，所以儿童小说的主题必须是明确的，切勿含糊不清、过于深奥。此外，儿童小说还担负着对下一代教育的重任，所以儿童小说的主题应当是积极的、鲜明的，同时还要具有一定的针对性。

例如都德的《最后一课》，小说中的主人公——小弗朗士虽然是一个淘气、贪玩的儿童，但是作者借助他的视线和语言表达了即将沦为亡国奴的法国人民的心情，通过这样的环境描写强烈突出了小说爱国主义的主题。作者通过这样的表达方式，可以很容易让儿童理解小说的主题和思想。另外，世界上许多优秀的儿童小说都是以其鲜明的主题来吸引儿童的注意力，并使其经久不衰的。由此可以看出，儿童小说鲜明的主题主要表现为积极、正确的思想以及恒久的审美价值等。

我们要正确理解何为积极鲜明的儿童小说主题，它并不代表着小说不能描写社会现实的阴暗面，也不是不能宣泄现实世界的悲苦与愤怒。从某种意义来讲，儿童小说作为民众情绪最敏感的神经，它不仅可以反映与儿童生活相关的各个方面，还可以反映儿童内心世界的各个方面。从某种程度上来讲，儿童小说创作最主要的问题不是反映什么样的生活，也不强调表达什么样的情感，而是要明确积极鲜明的主题。例如，常新港创作的《独船》、曹文轩创作的《草房子》等儿童小说，这些作品都在一定程度上描写了儿童暗淡的生活画面，作品中充满了悲剧的气氛，但是这些作品的主题是鲜明的、积极的，它突出了儿童自我意识的觉醒，所以这些作品不仅与儿童读者的心灵产生了共鸣，同时也引起了教育界的广泛关注。

另外需要注意，强调儿童小说主题鲜明并不是为了让作家实现某种政治需要，也不是将儿童小说变成某种思想教育的工具。如果片面地去理解儿童小说主题的鲜明性，片面地强调儿童小说的教育性，过度强调儿童小说鲜明的政治性，那么儿童小说作家在创作过程中就会忽视艺术创作的客观规律，他们在创作儿童小说时不再是从生活实际出发，而是将"问题"作为儿童小说创作的出发点，去寻找题材创作作品，这样在一定程度上影响了儿童小说的健康发展。

通常情况下，一部优秀的儿童小说，其主题势必具有一定的针对性，而这种针对性主要体现在儿童小说的主题是否与其读者的现实生活以及兴趣爱好紧密相连，当儿童在读小说时可以与其在思想和情感上产生共鸣，让他们觉得书中描写的就是他们的生活，此外这种针对性也体现在儿童小说是否可以对儿童认识生活起到"先导"作用。新时期，我国涌现出了一大批具有影响力的儿童小说，如王安忆的《谁是未来的中队长》、丁阿虎的《祭蛇》、曹文轩的《山羊不吃天堂的草》以及夏有志的《普来维梯彻公司》等，这些小说都在极大程度上描写了儿童关心、感兴趣的主题，同时这些儿童小说也体现了他们在生活中经常遇到的问题，也说出了他们平时想说却不敢说的话，为此这些作品深受广大儿童的喜爱。

如果一部儿童小说完全背离了儿童的心理特点，同时作品所要表达的思想情感与儿童有较大的差距，即便该作品的文学艺术性较大，它同样无法吸引儿童读者的注意力，也很难与儿童读者产生思想和情感的共鸣。由此不难发现，儿童小说的针对性是十分重要的，这也是由它的阅读对象——儿童所决定的。但如果把针对性强调到只是从概念出发、进行说教的过分狭窄的尺度又是有害的，这将不利于儿童小说广泛而多侧面地反映丰富多彩的社会生活与儿童的内心世界。

（2）题材广泛、深刻而有选择性

儿童小说和其他的儿童文学体裁一样，它们都是为了反映与儿童相关的现实生活。鉴于社会生活内容的丰富多样性，儿童小说的题材内容也应当是丰富多彩的。无论是国外儿童小说，还是国内儿童小说，其题材范围都是十分广泛的。儿童小说作家的笔触涉及很多领域，有的是描写国外儿童的生活，也有的是描写国内儿童的生活，还有的是描写不同时代的儿童生活。在众多的作品中，有反映低层儿童悲惨生活、苦难经历的，如莫里兹（匈牙利）的《第七个铜板》、车培晶的《红麻山下的故事》等；有反映儿童在家庭、学校、社会生活中进步成长的，如阿·林格伦（瑞典）的《淘气包艾米尔》、张之路的《坎坷学校》等；有反映各国、各民族儿童诚挚友情的，如叶君健的《新同学》、程玮的《来自异国的孩子》等。在以上这些作品中，大部分题材是从儿童生活中选取的，或反映他们的生活，或反映他们的各种需求和追求，或反映他们喜怒哀乐的情绪和情感。可见，儿童小说应当将侧重点放在反映儿童现实生活上，从而让儿童读者对作品产生亲切感，进而从作品中领悟道理。除此之外，武侠、科幻、探险等题材也是儿童读者所喜爱的题材。

虽然儿童小说的题材主要源于儿童的现实生活，但是为了让儿童开阔视野，并为其树立更值得学习的形象，儿童作家在创作时也可以适当将成人生活当作儿童小说的创作题材。因为在现实中，儿童生活与成人生活是密不可分的。如果儿童小说作家在创作时以儿童的视角去描写成人的生活，遵循儿童的心理特点，那么创作出的儿童小说同样深受儿童读者的喜爱。例如，笛福创作的《鲁滨逊漂流记》，就是一部成人题材的儿童小说。该小说讲述了鲁滨逊在孤岛的生活，向读者传递了顽强不屈、敢于冒险的精神。作品中充满了乐观主义精神，这对培养儿童克服困难的意志品质具有积极的作用。此外，吴承恩的《西游记》、塞万提斯

（西班牙）的《堂·吉诃德》等都是如此。这些小说虽然以成人生活为题材，但作品张扬的人类精神恰好符合儿童向往勇敢和冒险精神的天性。

儿童小说题材广泛，反映或再现的生活是丰富多彩的。尽管如此，儿童小说的题材仍然存在着不断探索发展的问题，即深刻性问题。20世纪80年代以来，作家越来越热衷于崭新的少年儿童生活图景，学校题材已不局限于表现儿童如何学习和生活，而是把笔触深入他们的内心世界，力求传达他们隐秘而微妙的思想情感和精神追求，如常新港的《夏天的受难》。家庭题材也糅进了生活的丰富性和复杂性，把笔触伸向过去不曾挖掘过的各个角落，如秦文君的《老祖母的小房子》。更多的是让儿童直面人生和社会，用真诚而率直的笔调来描绘丰富多彩的生活，如曹文轩的《山羊不吃天堂草》、谭元亨的《洛杉矶的中国少男少女》等。

虽然儿童小说的题材具有广泛性的特点，但是它也具有选择的必要性。儿童受自身年龄因素的影响，他们的认知能力还未发展成熟，对善恶美丑的判断凭借的是事物的表象，很容易被复杂的表象所迷惑，为此儿童小说的创作不能随心所欲。儿童小说作家在创作作品时，应结合儿童的心理特点对题材进行认真的筛选，不能为了过度表达自己的观点，而忽视儿童对小说题材的辨别能力。事实表明，符合一般小说的创作题材不能原封不动地搬到儿童小说之中，如凶残、血腥、淫秽的题材。当然我们在选择儿童小说题材时也不一定必须选择乐观、积极的题材，毕竟儿童也是现实社会中的一分子，他们也会经历社会的阴暗面，生活中消极的、丑恶的现象同样会对他们产生困扰。所以儿童小说作家在创作时，应以乐观、积极的题材为主，但是在创作的时候不要刻意回避生活中的丑恶。总的来讲，儿童小说创作的关键不在于作家写什么，而在于如何去写，通过小说来揭露现实生活中的丑恶，激发儿童奋斗的勇气。当然儿童小说作家在描写社会阴暗面时也要把握好尺度，切勿让儿童感到过度的压抑，也不要打击儿童的自信心。此外还需要注意的是，儿童小说题材有所选择并不意味着作家在创作时过度对现实生活题材进行过滤，使其达到高度纯洁的地步。例如，爱情可谓儿童小说的禁地，作家在描写时仅仅谈及异性儿童之间的友谊，对爱情退避三舍，然而在现实中"早恋"已经成为一个事实，将爱情作为儿童小说创作的题材可谓新时期儿童小说的新探索，为此儿童小说作家不需要回避这个题材，应当对这一题材进行积极的探索，使其对儿童发挥正确的引导作用。当然，这也不是鼓励所有的儿童小说作家全力写这一题材的儿童小说，那样也是不可取的。

（3）人物形象性格鲜明，以少年儿童为主

从某种意义上来讲，文学是对社会生活的反映，而人是社会生活的主体。所以文学如果想要充分反映社会生活的真实情况,就需要刻画不同的人物形象。全方位、细致地刻画人物形象是小说的基本特点,儿童小说作为小说的一个分支,同样具有这一特点。一般来讲,儿童小说的社会功用主要是通过刻画一个或多个人物形象让读者获得不同的审美体验,为此塑造一个形象丰富、反映社会生活且具有一定生活本质的少年形象是儿童小说的主要任务之一。纵观国内外优秀的儿童文学作品,它们都有性格鲜明的人物形象,而这些人物形象感染了一代又一代的儿童,对培养儿童的良好品质起到了积极的作用。为此那些认为儿童小说的服务对象是儿童,重视构建丰富的故事情节而忽视小说人物形象设计的观点是错误的。

儿童小说中的少年人物形象可以是多种类型的,如先进少年的典型、普通的少年、有严重过失的少年,抑或是具有悲剧性的少年。

首先,儿童小说应当塑造先进的、爱憎分明的少年人物形象。这主要是由于先进的、爱憎分明的少年人物形象符合儿童的心理发展特点,即符合儿童敬佩楷模的心理。此外,先进的、爱憎分明的少年人物形象可以为儿童树立良好的榜样作用,他们可以在这些人物形象中学到好的东西,对他们树立正确的人生观和价值观有重要的意义,为他们的健康成长奠定基础。儿童正处于成长发展阶段,为此在他们的身上难免会有各种各样的问题。儿童小说作家在以先进少年为小说主人公时,应做到描写全面,既要写他们的优点,也要写他们的缺点,这样才能塑造一个性格鲜明的典型,使儿童在阅读小说时倍感亲切。

其次,儿童小说应当将塑造典型的少年人物形象的目光转向普通少年。这主要是因为现实生活中大部分的儿童都是普通的少年,所以他们日常生活中的点点滴滴都应当成为儿童小说作家关注的焦点。这样创作出的儿童小说才更加形象,更能与儿童产生共鸣。

最后,儿童小说可以将那些有严重过失以及具有一定悲剧性的少年作为小说的主人公。纵观儿童小说发展历史,人们逐渐达成了一种共识,即将儿童教育中的正面教育原则简单粗暴地搬到儿童小说创作之中,在这样的创作环境下,儿童小说中的主人公大都是正面人物形象,这在一定程度上限制了儿童小说题材的拓展,也影响了儿童小说的全面发展。如果想要真实地反映儿童的现实生活,我们就不能逃避一些问题:一是部分儿童受不良社会思潮的影响,他们丧失了理想,不能积极主动地进行学习;二是现实生活中一些儿童存在思想道德水平较差的问题,有的甚至对社会产生了一定的破坏性。这样的儿童同样可以成为儿童小说的主人公。只要儿童小说作家在创作过程中,体现他们如何改正自己的缺点,一步步走向光明，这就是一部很有意义的小说。在不同的时代，儿童的悲剧性也是不尽相同的，所以儿童小说作家在创作时应结合时代特点，使人物形象具有强烈的时代感，同时在艺术表现形式上也应当有所创新。

此外，儿童小说中的人物形象应当是鲜明的、有发展的，要尽最大可能写出不同环境下人物的性格特点。作家在创作的过程中应将人物放在尖锐的矛盾冲突当中，并通过人物的行为、心理以及语言等方面的描写来体现人物的性格。另外，在儿童小说创作过程中要确保人物性格的多样性和复杂性，只有做到这一点才能赋予小说生命。儿童小说作家在创作时应当注意避免过度冗长的心理描写，这样的艺术表达形式不适合儿童小说，当然这并不是说儿童小说不要进行心理描写，适当的、简洁的人物心理描写也是十分有必要的。例如，契诃夫的作品——《凡卡》的人物心理描写就十分简洁，通过这种简洁的人物心理描写方式让读者深入了解凡卡的悲惨命运，并与之产生共鸣。

除此之外，儿童小说中的人物形象也不应设置过多。虽然一些中长篇小说内容比较多，其人物形象也比短篇的多，但是人物之间的关系切勿过于复杂。总之，儿童小说作家在创作时应结合儿童的心理特点，尽最大可能让小说内容丰富多彩。

（4）情节曲折生动、发展迅速而引人入胜

一篇优秀的儿童小说往往都是以多变、曲折动人的情节打动读者的。如果儿童小说的故事情节平平无奇，那么很容易让读者感到厌倦。儿童小说的故事要曲折，要有起有落，不能直来直去。如班台莱耶夫的中篇小说《表》，围绕金表的得失展开故事：彼奇卡骗取醉汉库德雅尔的金表；在被送往少年教养院的途中逃跑成功；因寻找丢落的金表又被警察送回了教养院；费尽心机藏匿那只表，准备再一次逃跑；出于取回金表的愿望，在劳动中表现积极，赢得众人信任；他变成了另外一个人，再也不想逃走了；最后把金表还给库德雅尔的女儿。曲折多变的情节，有力地表现了作品的主题和人物的性格，也使儿童在阅读过程中得到了美的享受。为使情节生动，必须为情节提供逼真生动的细节。儿童小说中的细节描写要特别注意少年儿童的特点。如日本当代女作家黑柳彻子的《窗边的阿彻》，通过阿彻去校园前把挂在自己脖子上的月票挂到小狗洛基脖子上，和它聊会儿天，又把月票从小狗脖子上摘下来挂回到自己脖子上的细节，生动传神地刻画了人物刻画了阿彻天真、快乐、可爱的形象。满贮着纯真美好的童稚感情，其作用是不言而喻的。为使情节曲折生动，还要巧妙地运用悬念。恰当地安排悬念，不仅能抓住小读者，还能增强作品的感染力。

儿童小说的情节发展应迅速。故事的主线要清晰，不宜过于复杂。枝蔓横生，头绪繁多，主次不分，易使儿童摸不着头脑，如坠云雾之中。情节一定要环环相扣，结构紧凑，发展迅速。儿童自控能力差，如果小说情节发展缓慢，不能引人入胜，就会使小读者减少阅读兴趣。一篇儿童小说，无论篇幅长短，故事都会经历发生、发展、高潮、结局的过程，这个过程不宜拉得太长。情节发展迅速是儿童小说引人入胜的一个重要因素。

艺术规范并不是绝对排他的，在特定情况下，也不乏弹力和张力。近年来，儿童小说领域出现了一些性格淡化、情节淡化、较多表现内心世界、抒发某种特异的体验和感受的作品。如班马的《鱼幻》类似于"魔幻现实主义"小说，以一个城市少年的心灵去感觉陌生的江南水乡风物和神秘的远古文化气息。作为儿童小说在发展探索中出现的新现象，性格淡化、情节淡化的存在有其合理性。对于这个问题，应该在文学、美学与教育原则相结合的基础上，具体问题具体分析，从小说本身艺术发展的规律及对小读者的影响这两方面对它做出适当的评价。

（5）典型环境以儿童活动的背景和场所为中心，清晰而具体

环境主要指的是小说中人物活动的场地，同时它也是小说故事发生与发展的场地。通常情况下环境描写主要是对小说中人物活动的环境进行描写，当然这也包括必要的自然环境描写。儿童小说想要塑造性格鲜明的人物形象，就需要对人物活动的场所进行灵活、自由的描写。儿童小说中的自然环境描写作为社会环境描写的必要补充，旨在刻画少年儿童的艺术形象，塑造典型性格，并推进故事情节的发展，增加作品的审美情趣。

（6）语言准确、优美、形象，适宜儿童阅读

儿童小说凭借语言这一基本要素塑造人物形象，展开故事情节，传达作者感悟，表现思想内涵，同时，由于特定读者对象的语言水准的限定，儿童小说的语言一般都要求准确、优美、形象，要多色彩化、画面化，使人、物、景、情都栩栩如生，充满艺术魅力，这样才会更适宜儿童阅读。因此，儿童小说作者语言水平的高低和作品的优劣是成正比的，语言的表达效果也是一部儿童小说成败的关键。

首先，准确是儿童小说对语言的基本要求。没有准确作基础，也就谈不上优美、形象。儿童小说语言的准确性主要是指它叙述故事、描写场景、刻画人物要给人以真切感，能清晰而明确地表达思想，体现出作品所要表现的丰富的题旨。优秀的儿童小说，往往能做到语言准确且难以更改。

其次，儿童小说的叙述语言要生动优美，富有色彩和情趣。小说中有两种语言，即叙述语言和人物语言。优秀儿童小说的叙述语言大都生动优美。描写景物

如同彩色画卷，富有诗意；刻画人物极具立体感，饱含童趣，能使小读者如临其境，如触其物，如见其人，如闻其声。

再次，儿童小说的人物语言要力求个性化，要切合特定人物的性格特征。优秀儿童小说中人物的语言应与其经历、身份、年龄等达到和谐统一。

最后，儿童小说的语言贵在创新。优秀作家的语言风格多姿多彩，各尽其妙。有的讲究诗意、追求意境，有的简洁朴实、自然流畅，有的活泼新鲜、幽默风趣。提倡语言创新，并不是离开社会实际和语言本身的规律，独自创造一套语言。儿童小说语言的创新，一定要从生活的实际出发，要考虑自己特定的读者对象，使他们能接受、理解。如果为了"创新"，滥用一些词语，乃至生造词语，故弄玄虚，不仅会弄得小读者不理解、莫名其妙，也有损于作品本身的功能，这是应该注意的。

（二）儿童故事

1. 儿童故事的概念

儿童故事是一种以叙述生动引人的事件为主的、适合年龄较小的儿童听或读的儿童文学体裁。它主要是由长者讲给儿童听的，也可提供给有一定阅读能力的儿童阅读。由于儿童故事情节生动感人，因此对低幼儿童有强烈的吸引力，非常受儿童的欢迎。可以说，不少儿童是在儿童故事的影响下来认识周围的世界，了解周围的人和事，辨识着真、善、美与假、恶、丑的界限，陶冶着自己的情操、情感，编织着自己的人生之梦的。好的儿童故事，甚至会影响儿童道德、情操、理想的形成，使他们终身受益。低幼儿童正处于身心成长的阶段，优秀的儿童故事能促使他们身心更健康、更完善地发育成长。从这个角度说，儿童故事是一种非常受低幼儿童欢迎，能对他们产生有益影响的儿童文学体裁。

儿童故事的取材范围非常广泛，有的儿童故事取材于社会现实生活，主要是与儿童相关的生活或对儿童有某种启发意义的生活；有的儿童故事则通过拟人化手法的运用，讲述动植物的活动，介绍相关的知识，说明某一个道理。儿童故事讲述的内容可以是真人真事，也可以是从现实生活中提炼、概括，经过虚构的人物和事件。

儿童故事与儿童小说的相同之处是儿童小说和儿童故事都有人物、情节，它们的人物形象都很鲜明、典型，它们的情节都较生动、曲折，具有强烈的艺术魅力。儿童故事与儿童小说的区别主要有以下三点。一是人物形象。儿童小说往往细致入微地刻画人物的外貌、语言、行动、心理等，使人物形象非常具体，有鲜明的立体感。而儿童故事则不像儿童小说那样从多角度进行细致刻画，它里面的人物形象并没有鲜明的立体感，往往只是一种模糊的轮廓，人物形象往往只是在情节发展中形成的，侧重于这个人物形象内在的精神品质的展现，即他在做什么，他为什么这样做，这样做给人以什么样的启示。二是情节安排。儿童小说的情节一般比较曲折，但离真实的生活非常近，是在现实生活基础上的艺术加工，儿童读了往往有一种亲切的真实感，容易产生感情的共鸣。儿童故事的情节则不然，它虚构的成分较多，往往离生活的真实较远。它的情节并不复杂，但有些离奇，富有传奇性，往往出现一些出人意料的情节内容，充满趣味性，具有一定的刺激性，特别符合低幼儿童富于离奇想象的特点。三是环境描写。儿童小说为了更好地表现人物和主题，往往有独立的、恰当的环境描写，不少环境描写生动而细致。而儿童故事的环境描写一般只是一带而过，甚至没有环境描写。因此，可以这样说，儿童小说通过人物刻画、情节构思、环境描写等从多角度反映社会生活；儿童故事则主要通过故事情节来吸引儿童，对他们产生教育意义，它不注重人物刻画和环境描写。儿童小说"源于生活，高于生活"，离真实生活很近；儿童故事虽本质上也是以生活为基础的，但其虚构成分较多，离真实的生活稍远一些。另外，儿童小说主要使用书面语言，儿童故事则口语味较浓。儿童小说的人物形象，主要是儿童或成人，而儿童故事的人物形象既可以是真实的人，也可以是奇特的人和各种动植物。

儿童故事主题单纯，人物较少，内容较浅显，篇幅不太长，情节生动，故事性强，口语味浓，它是颇受低幼儿童喜爱的一种艺术形式。

2. 儿童故事的特征

儿童故事属于故事的一个分支，符合故事的一般特征，即注重情节的完整性、连贯性、趣味性、悬念性，表现方式以叙述、写实为主。但是，由于儿童故事特殊的接受对象，它同时具有自己独特的艺术魅力、艺术特征，具体说来有以下几点。

（1）主题集中而明朗

儿童故事的主题一般有很强的现实针对性，寓有相当明显的教育目的。许多民间故事的写作目的是让儿童从小就懂得做人的道理，培养他们勤劳、勇敢、谦逊、友爱的优良品德。至于取材于儿童生活事件的故事，更是掌握儿童喜欢故事的特点，因势利导，寓教于乐，具有更为显著的现实针对性，因而更为鲜明地表现出主题集中明朗的特点。郑春华的《大头儿子和小头爸爸》及近些年来深受儿童欢迎的《大耳朵图图》，都是取材于儿童的现实生活，针对当下儿童教育方式、生活方式中存在的问题，选取相关题材，挖掘教育意义，进行儿童故事创作。

（2）情节曲折而单纯

情节曲折是儿童故事最具吸引力的地方，平铺直叙的故事不可能引起儿童的兴趣。但是，值得注意的是，这种所谓的曲折要有一个度，要与儿童的接受能力相适应，不能有太大的起伏，因此，与成人故事相比，它又是单纯的。这主要表现在情节主线一般只有一条，单纯发展，不枝不蔓，但又不是直线式的推进，而是呈曲线形、波浪状的发展。儿童故事的情节，考虑到儿童的接受能力，一般来讲，都有单纯、脉络清晰的特点。故事性是吸引儿童阅读兴趣的一个关键因素，在现代儿童文学诞生以前，儿童就是凭借对故事天生的敏锐和喜爱，从成人文学中自觉选择适合自己的文学作品的。以庄大伟的《可爱的客人》为例，作品选取了儿童日常生活中的一个小片段，生动、完整地描写了小朋友做客的过程，有头有尾，一层一层地展开故事情节。作者用短短300多个字，没有渲染和铺垫，注重故事的整体轮廓，用简洁明了的文字挖掘儿童情趣，向小读者栩栩如生地展示了一位热情、有礼貌的小主人和一位粗心、可爱的小客人的形象。

（3）叙述明快而简洁

故事是叙述文学，因此叙述也成为儿童故事的主要表现手段。这是它与儿童小说主要的区别之一。在儿童小说中，描写和叙述是主要的表现手段。儿童故事相比起成人故事来，叙述则更加直截了当：开头要开门见山，结束要干净利落，整个叙述过程一般总是粗线条的。历来为中国儿童文学评论界所赞誉的《圈儿圈儿》，是在叙述手法运用上颇为成功的一例。全文不足300字，通篇都是明快简洁的叙述，描述了一个不认真学习的孩子的种种窘相。儿童故事重在对人物行动的叙述，完整地交代事件的发生、发展及结局。叙述要求富有童趣，以加强作品的艺术感染力。优秀的儿童故事大多童趣十足，使小读者感到贴近他们的生活，符合他们的兴趣，能引起他们发笑，逗他们开心，与他们的思想情趣真正对得上号。如林颂英的《快递公司开招聘》，故事采用问一个问题，然后回答一个问题的形式，叙述简洁明快，并不是将所有的问题一股脑全部提出。这样的叙述很适合儿童简单的思维习惯，也符合儿童的心理和生理特点。

（4）语言浅显而活泼

为了适应儿童的理解接受能力以及儿童故事"听赏"文学的特征，儿童故事创作者一般使用儿童易懂的浅显而生活化、口头化的语言。要注意的是，浅显和口语化不等于"小儿腔"。儿童正处于语言学习的敏感期，故事语言的运用更要讲究准确性和规范性，既要考虑到儿童对语言的理解和接受能力，又要讲究艺术语言的提炼和加工，给儿童以文学上的审美体验。儿童表达情感的方式非常直接，喜怒形于色，悲喜形于色。因此儿童故事的语言要符合儿童的年龄特征，在用词上要与标示的具体形象紧密相连，多以名词、动词、拟声词、叠音词及标示形状、大小和色彩的形容词为主。在句式上，以短句和简单句居多，此外，排比、反复和比喻的句式更能吸引儿童的注意力，使儿童成为积极、快乐的阅读者。优秀儿童故事作品中人物的对白语言，往往还能表现出人物的个性特征，使读者如闻其声、如睹其貌。

四、儿童散文

（一）与儿童情感相契合的抒情性

儿童散文具有较强的抒情性。好的儿童散文，无论是写景还是叙事，都必须有感情的灌注，只有在感情的光照下，那景那事才会显出它的美来，作品才有打动人的力量。散文总是要抒发作者对生活的感受，好的散文，能以坦诚而自然的交谈将小读者带到作者内心。作者毫无遮拦地向小读者敞开心扉，让小读者走入，去听取他对社会、人生、自然等的见解，去分享他的欢乐，去感受他的苦闷，去和他一道思索。如陈丹燕的《中国少女》，其以深情的笔触写出了当代中国少女"生命的美，青春伊始的美"。她们挣脱枷锁，追求"自由世界"，"不受禁止"。作者最后写道："我曾经是中国少女，她们现在正是中国少女，我感到一阵心酸，一阵欣慰。"意重情真，打动了小读者的心。冰心的《寄小读者》更是一曲深情的"母亲的颂歌"。作者回忆起幼年时母亲对自己的体贴、怜爱，赞颂母爱的神圣、深沉、温柔，如下写道：

……只有普天下的母亲的爱，或隐或显，或出或没；不论你用斗量，用尺量，或是用心灵的度量衡来推测；我的母亲对于我，你的母亲对于你，她和他的母亲对于她和他，她们的爱是一般的长阔高深，分毫都不差减。小朋友！我敢说，也敢信古往今来，没有一个敢来驳我这句话。

这一段对母爱的赞美文字，感情真挚、浓烈，语言质朴，不饰雕琢。

儿童散文比较重视间接抒情，或托物言志，或借景抒情，或寄情于娓娓的叙事中，在字里行间流露真情。比如晓荷的《人心与鸟心》叙写了女儿带着不久前因死掉画眉而流出的眼泪，收养了一只力不能支的黄莺，经过精心照料，使它恢复如初，接下来作品写道：

然而有一天，我下班回家，发现鸟笼空着。小黄莺哪儿去了？我叫着，焦急地四下寻找。女儿扯住我的衣角,说,小黄莺飞走了,飞回蓝天了。

女儿眼望蓝天,神情幽幽的。

我盯住女儿的眼睛。那晶莹莹的眸子里分明转动着泪花。她说,今天放学回来去看小黄莺,见她在笼子里胡乱扑腾。给她喂食,她啄人的手,还嘶声尖叫;让她喝水,她跳起来踩翻了水罐。她焦躁不安,一会儿伸长脖子去啃鸟笼,一会儿又扭头反咬自己的羽毛,奋力往外挤……

女儿不忍目睹小黄莺"越狱"的惨状,毅然打开笼门放飞了她。

这一段似乎只记人叙事,然而淡淡的叙说中却点染着浓浓的情:父母对女儿的怜爱之情,女儿的善良纯情。这情足以引起儿童的共鸣,使儿童受到情感的感染和陶冶。

(二)追求富于儿童情趣的本真性

本真是儿童散文一个最基本、最质朴的美学特征。

首先,本真指它表现作家感情的真、性情的真、所见所闻所感的真。这是一种与童话的幻想、寓言的假托、小说的虚构等全然不同的真实。比如郭枫的散文《蝉声》,作者以蝉声为线,贯穿全文,描写了黄河两岸的夏:无边的平原,麦浪像浩瀚的海洋,摇荡着人们的欢笑、梦想,闪烁着人们的希望;人们做够了活,到柳丝中来,到蝉声里来,喝凉茶、听蝉鸣;孩子们在"青纱帐里追逐打滚,采食甜甜的野甘蔗",蹲瓜棚享受瓜的甜美。写那黄河两岸在苦难中成长起来的人们恬淡、勤恳、拙朴的生活;写那活得爽快,死得坚强,敢于把暴力还给敌人的愤怒的男人、倔强的女人。作品抒发了作者真挚地对如歌的蝉声的赞美,也通过对深藏于记忆里的农村那恬淡的生活的描写,深情地讴歌了生长于这块土地上勤劳而勇敢的人们,可谓情真意切。

其次,本真指儿童散文表达上不假雕饰、无所依凭的本色的真。与其他体裁相比,小说和戏剧通过虚构的人物、情节来完成自己的表达,立体丰满的人物、生动的故事情节离不开作者娴熟的写作技巧,即包含很多技术性因素,如视点的选择、表现手法的运用等,这些因素对作家的审美传达起到很重要的作用。诗歌则是用一种明显的"再造"语言来完成传达的,诗人高超的创作技巧是优秀诗歌得以产生的前提,同样包含很多技术性因素。诗歌虽然从形式上受到分行、格律、韵脚等的限制,却也使诗歌有了一种天然脱离日常语言规范的语境,使它完全不必以合乎语言逻辑的方式"说话"。而散文全然没有这些技巧,它必须"实话实说",故而散文成为一种最无法作伪的艺术。

最后，本真指儿童散文与儿童独特的审美趣味相契合的稚拙之真。真的稚拙和纯洁与儿童形成的交流，极易引起儿童丰富的联想和强烈的共鸣，从而得到较强的感染。比如陈胜乐的《她是末等生》：三平是个想读书、有理想的孩子，她因为家里穷，需要帮助多病的母亲干活而影响了学习成绩，也因此遭到了老师的嫌弃，她的心里有着浓浓的哀怨。然而，就是这样一个末等生，在老师教材教法过关考核的关键时刻，却默默地给老师提供了细心的帮助，并为老师取得了及格成绩而高兴。老师因此惭愧不安，作品的结尾如下写道：

"老师，您紧张吗？您及格了，我真高兴。"突然，一个怯怯的声音带着山拐板的香甜气息飘了来，啊，是三平。

我哽咽了，我像个罪人，畏畏葸葸地捏住了她的一双小手，忘记了感谢她："不，我是不能及格的！"

文章以三平这种宽厚待人的品质与老师那种不能平等对待每一个学生的行为形成鲜明的对比。对比中，儿童会以自己的审美标准去判定真、善、美，并得到美的享受。所以儿童散文之真与成人散文之真相比，少了些抑郁与感伤，而显得更稚拙，更明朗。

（三）叙述方式的故事性

儿童缺乏成年人的耐心，他们喜欢听那些引人入胜的故事，只有新鲜的故事，才容易吸引他们的注意力，而不至于厌倦。儿童散文中常常有故事情节的片段描写，像西双版纳密林中斗蟒的故事，大兴安岭林区被熊瞎子包围的故事等，都能博得小读者的欢心。有些儿童散文即使是很严肃的、很有教育意义的内容，也多采用带有故事性的叙述方式，在任大霖的散文《多难的小鸭》中有所体现。这篇散文叙述了一只小鸭被老鼠咬了，奶奶用万金油把它治好了，它又跟着别人跑，结果被一个老头踩了翅膀，后来它去玩水，又掉进了阴沟中……这只小鸭坎坷的经历读起来曲折有趣，看上去似乎没有太多的思想教育意义，但能激发儿童纯真的审美情趣，激发他们对生命的爱和热情，具有很强的艺术感染力。

（四）与儿童审美特点相适合的灵活性

在所有的文体中，散文的形式是最为自由的，尤其是儿童散文更为随意而自然，无论是取材立意，还是布局结构，或是表现手法的运用，它都少有规范、格式和限制，一切顺应儿童活泼、自由的天性，一切以作者的情感为中心，杜绝装腔作势、拿腔捏调。如贾平凹的散文《鸟窠》以纯朴悠闲的笔调写道：

在我小的时候，村里有了一所磨坊，矮矮的一间草屋，挨着场畔的白杨树儿，孤零零地呆着；娘是那里的磨倌，我跟着娘，在那里也泡过了我的童年。

故事就这样开始讲下去，好似与几个孩童窃窃私语。它不是长篇阔论的说理的文章，没有批评文或理论文带有的庄严。儿童散文似家人间的絮语，似与孩童和颜悦色地唠叨着什么。儿童在不知不觉中进入情境，受到感染，得到某种教益。

五、儿童戏剧与儿童影视文学

（一）儿童戏剧

1. 儿童戏剧的概念

儿童戏剧是戏剧文学的分支，也是儿童文学的一种独特形式。儿童戏剧是一种以儿童为主体，从儿童的认知水平出发，契合儿童身心特点，适合儿童欣赏和观看的戏剧。它是以表演艺术为主，融文学、语言、美术、音乐等艺术为一体的综合性艺术。儿童戏剧文学又可称为儿童戏剧剧本，是一种以儿童为中心，综合考虑儿童的接受能力和审美情趣的文学体裁。儿童戏剧家在塑造人物形象、设计矛盾冲突时都要从儿童的角度出发，人物的语言也要通俗易通，具备鲜明的儿童化倾向。

2. 儿童戏剧文学的特征

儿童戏剧和成人戏剧一样，具有戏剧的一般特征，但考虑到儿童的年龄特点，儿童戏剧又有着与成人戏剧相区别的独特性。

（1）结构主线清晰、单纯

儿童戏剧要遵循儿童的思维规律，结构主线宜单纯，层次宜清晰，悬念不宜太多，以便让小观众一看就懂，一听就明白。但是，单纯并不等于单薄、简陋，而是要求简而不陋、浅而不薄。儿童戏剧的单纯性，也并不意味着它可以直白、浅露、粗糙，而是要求含蓄、细腻，既形象鲜明、栩栩如生，又耐人寻味，有较高的审美价值。这样，不仅使儿童能看懂，而且看得津津有味。

（2）矛盾冲突明快、尖锐

受舞台演出空间和时间的限制，儿童戏剧文学要在有限的篇幅中塑造人物形象、展开情节，这就要求儿童戏剧家必须抓住主要矛盾，突出主要事件。矛盾冲突必须是尖锐的，同时又是明快而清楚的。

成功的儿童戏剧往往一开局就提出矛盾，使小观众产生了解矛盾的发展和结局的浓厚兴趣。而平淡无奇的情节、缓慢拖沓地展开矛盾，是儿童戏剧的大忌。

（3）戏剧内容富于儿童情趣

富有浓郁的儿童情趣，是儿童戏剧不可缺少的一个艺术特征。情趣性不但应该服从于剧作的思想内容，而且应该贯穿在整个作品中，为了使作品的情趣性得到充分展现，作者可以设计奇特的故事情节、曲折的冲突，甚至还应该在舞台布景上下功夫，恰当使用美妙的音乐、绚丽的场景、缤纷的灯光等。这部分处理精当，会极大地增强儿童戏剧的艺术表现力，使儿童戏剧情趣横溢，富有魅力。

（4）人物语言和动作具有儿童典型性

儿童戏剧文学的人物语言和动作有其鲜明的特点：要高度个性化；要富于表现力；要有意味深长的潜台词，能使观众产生丰富的想象；要悦耳动听、朗朗上口，并符合语言规范化的要求。剧中人物的语言、行动不仅要鲜明、生动地表现人物的思想感情，而且要符合人物的年龄、身份、性格以及所处的特定环境。因此，这种语言和动作，绝非照搬生活原型，而是按照剧情发展、人物性格特征而加以提炼、概括出来的。它们应该是典型的、儿童化的。

（5）艺术形式具有更为广泛的综合性

儿童戏剧的剧种形式不似成人戏剧那样界限分明，而是常常融合话剧、舞剧、歌剧等众多形式于一体。因此，儿童戏剧应该是一种更为广泛的综合性的艺术。尤其是近几年来，演出形式从四堵墙的封闭式发展到无场次多场景的开放式，借鉴电影艺术的蒙太奇手法，舞台上出现了虚拟时空、中性布景、五光十色的激光、频闪灯等，这一切，使戏剧演出更为绚丽多彩。事实证明，艺术形式上的不拘一格，更为广泛地兼收并蓄各种艺术手法，往往能更有力地表现儿童戏剧的思想内容，对儿童也更具吸引力和感染力。

在儿童戏剧的演出中，常呈现出台上台下遥相呼应的情景。许多成功的儿童戏剧演出，往往在剧情发展的几个关键时刻巧妙地设计一些问题，让小观众就戏里的问题发表意见，引导他们参与进演出中来，共同完成演出任务。这样，可以收到妙不可言的戏剧效果。这种开放性的演出，旨在开发儿童的智慧，提高他们的判断与分析能力。

（二）儿童影视文学

1. 儿童影视文学的概念

影视文学又称脚本，是指拍摄电影和电视剧时所创作的剧本。顾名思义，儿童影视文学就是指专为拍摄儿童电影、电视剧所创作的剧本。儿童影视文学的创作要满足以下两个条件：首先它要遵循电影、电视艺术创作的规律，从电影、电视艺术的思维特点出发；其次要从儿童的角度出发，充分考虑儿童的年龄特点，迎合儿童的心理需求，符合儿童的欣赏水平和审美趣味。

2. 儿童影视文学的特征

（1）思想性

思想性是儿童影视文学的灵魂和生命。没有思想性，儿童影视作品就没有鲜活的生命力，更不可能产生绵长恒久的魅力。

思想性在儿童影视文学中的具体体现就是作品中呈现出的积极向上的人生态度和健康明朗而丰富的情感，是一种引领儿童向上的精神氛围，具有极强的渗透性和感染力。比如1979年创作的《啊！摇篮》，是中国电影进入新时期的一部力作。作为一部风格独特的儿童片，它的思想性就浸润在影片着力表现出的"童心"这一纯真的情感中。借助儿童的眼睛看世界，世界是彩色的。影片中仅用"一块红玻璃"的道具，就成功地渲染出儿童的这种情感。亮亮的母亲留给他一块红玻璃，他用这块红玻璃看世界，四周都变得格外美好。这种情绪甚至也影响到他周围的大人。这就是纯真情感的力量，也就是思想的力量。

（2）形象性

形象性是儿童影视文学最重要，也是最突出的特征。应该说，凡艺术都离不开形象性，而影视艺术的形象性则有其独到之处。

儿童影视文学主要是为拍摄影视片提供脚本的，它要求有强烈的动作性和画面感，因为电影和电视主要是视觉艺术，它们的基本表现手段是活动着的连续画面。由于蒙太奇艺术手法的运用，并由此产生的蒙太奇的艺术效果，使电影和电视作品创造出其他任何艺术样式所不可能达到的戏剧性、形象性效果。加之随着摄影技术的发展和艺术的进步，出现了多样的镜头变化、多种的景别类型和不同的拍摄角度，大大丰富了电影和电视的表现功能。电影和电视的特长是通过人物的动作、画面的组接等艺术手段将大至宇宙、星球，小至微生物、细菌等事物以及人物的思想感情的发展变化，变为可见的视觉形象展现在观众面前。这是儿童影视艺术形象性的第一个特点。

儿童影视艺术形象性的第二个特点是能将观众与片中的角色融为一体，产生"合一效果"，这是影视艺术形象性最真切的体现。它可以把观众的思想引入画面，使观众仿佛站在画中身临其境地观看一切东西。影片的人物就活动在观众的周围。观众是用影片中人物的眼睛去看周围的人物和景色的，与影片中的人物合而为一。观众随着影片中的人物走来走去。当某个人物大喊大叫时，他仿佛也在对着观众喊叫；当他身临险境而感到头晕目眩时，这种感觉一下子就传给了观众，使观众感到同样处在险境之中。观众的视角、感觉、感情与电影中的人物合而为一，这就是电影和电视的"合一效果"。任何其他艺术都未获得过这种"合一效果"，只有电影和电视具有这个特点。这正是影视艺术的独特魅力所在，也是它为广大少年儿童所钟爱的最根本的原因。

（3）趣味性

趣味性是儿童影视文学不容忽视的特性。判断一部影视作品是儿童影视作品还是成人影视作品的关键标准是看该作品是否具有趣味性。趣味性就是使人愉快，使人感到有意思、有吸引力。儿童是快乐的天使，他们带给人们快乐，他们本身尤其需要快乐的滋养，这也正是儿童影视作品特别重视趣味性的原因。儿童影视文学的趣味性主要体现在以下三方面。

第一，富于趣味性的故事情节。儿童特别爱听故事，这是对儿童稍有了解的人都知晓的。儿童影视片要想抓住小观众的眼和心，就必须有好看、经琢磨的故事。好看的故事离不开情节的曲折、惊险、紧张，悬念丛生，节奏明快，富于变化这些要素。换句话说，就是具有丰富的趣味性。儿童天性是好奇的，充满对未知事物的向往，而且"初生牛犊不怕虎"，敢冲敢闯，又不计后果，往往做出令他们自己都惊出冷汗、感到后怕或笑破肚皮的事情。这就是儿童影视片中故事情节趣味性取之不竭的源泉。经琢磨的故事就是要有点内涵，有点韵味，像咀嚼橄榄，留有余味，能使儿童在兴奋之后产生一点思考，受到一点启迪。

第二，富于趣味性的动作和画面。儿童影视作品的趣味性不仅体现在故事情节中，而且蕴含在人物的一系列动作和一个个镜头画面上。动作是人物的内在性格、年龄、心理特征的外部显现，或者说是自然流露。儿童的动作与成人的动作特点有很大的不同，就拿走路来说，成人总拣平路、好路走，走起来是稳稳当当的，而儿童则专拣有坡有坎的路，走起来是一蹦一跳的（越小的儿童越是如此）。

第三，富于趣味性的语言。俗话说，言为心声。儿童影视作品艺术特征的趣味性，很大程度上是体现在它的语言上的。富于趣味性的语言应该是幽默、风趣、生动的，同时也是口语化和儿童化的。

六、儿童报告文学与儿童科技文艺

（一）儿童报告文学

1. 儿童报告文学的概念

报告文学是散文的重要组成部分，包括文艺性的速写、特写等。报告文学往往将现实生活中的真人真事作为创作素材，经过适当且不虚构的艺术加工，向社会公众宣扬典型榜样，引导公众向榜样学习，发挥社会作用。儿童报告文学是一种新兴的儿童文学体裁，它以现实生活中的真人为主人公，经过适当的艺术加工，迅速地反映对儿童有深刻影响的、发生在现实生活中的真实事情。也就是说，儿童报告文学运用儿童喜闻乐见的文学语言，向儿童"报告"有典型意义的真人真事，及时性、迅速性是儿童报告文学的典型特征。为了吸引儿童，增强作品的可读性，儿童文学报告对儿童关注的热点问题给予极大的关注，通常采用多种艺术手法，擅长塑造鲜明的形象，以生动的故事情节来打动儿童。

2. 儿童报告文学的特征

报告文学属于纪实文学，取材于现实中的真实人物，以文学手法来表现新闻题材的人物或事件。报告文学最显著的特征是新闻性、真实性和文学性。儿童报告文学属于报告文学的范畴，自然有着报告文学的特征和要求。

儿童报告文学因其阅读对象多为儿童，所以它在题材和表现手法上有其自身的特殊性。

（1）取材于儿童及与之密切关联的社会生活

儿童报告文学通常从与读者同时代的儿童的真实生活中取材。如孙云晓的《少年巨人》中的系列报告文学，就是以儿童耳熟能详的，在科技、文艺、体育等方面有着突出成就的"小名人"为主人公，记述了他们动人的事迹。陈祖芬的《只不过是一刹那》的主人公是小杂技演员余月红，描写了余月红不畏艰难，努力奋斗并最终成功的故事。这些作品高度重视儿童的生活，如刘保法的《星期日的苦恼》就涉及中学生作业负担过重的问题，以期引起人们的思索和警觉。

（2）表现手法丰富多彩，与儿童艺趣相统一

报告文学的表现手法是多种多样的，对比、夸张、联想、想象、抑扬等小说常见的创作手法也可以应用到报告文学中。除此之外，报告文学还有它自己特定的表现手法，儿童报告文学作为报告文学的重要组成部分，它的表现手法自然也是丰富多彩的。同时，儿童报告文学在艺术上还必须考虑到儿童的认知水平、审美情趣和接受能力，达到美与真、情与理的和谐统一。

儿童报告文学必须兼具真实性和艺术性，这就要求作家在创作儿童报告文学时从儿童的角度出发，契合儿童的欣赏水平。为此儿童报告文学要注重人物形象的塑造，考虑儿童的身心发展特点，选取儿童能够理解且表现人物性格特征的典型情节，采用直接描写的手法多角度地展现人物的思想性格，进行必要的外貌描

写和心理描写。新时期深受小读者欢迎的儿童报告文学均具有此特点。

（二）儿童科学文艺

1. 儿童科学文艺的概念

科学文艺是指用艺术手法去反映科学、表现科学、普及科学的文艺作品的总称。以儿童为阅读对象，迎合儿童的心理需求，适合儿童欣赏的科学文艺便是儿童科学文艺。儿童科学文艺就是用儿童文学形式来反映科学内容的作品样式，是儿童文学的重要体裁之一。青少年和儿童是儿童科学文艺的阅读主体。

同其他儿童文学作品相比，儿童科学文艺具有如下特点：首先，儿童科学文艺通常会使用联想、想象等多种创作手法，通过艺术的构思，把具体的科学内容形象、生动地表现出来；其次，儿童科学文艺同一般的科学论文与科普读物也有着显著的区别，一般的科学论文和科普读物讲究逻辑的严密、论述的合理，以严谨的语言来讲述科学知识和科学原理，而儿童科学文艺强调艺术构思的巧妙性，注重发挥想象的力量，将严肃的科学和动人的文学有机地结合起来，将丰富的科学知识与美丽的童心和谐地融为一体，以生动可感的形象来表现科学知识的内容。可以说，它是科学内容与儿童文学形式的一种完美结合，受到了儿童的广泛欢迎。

2. 儿童科学文艺的特征

儿童科学文艺有多种类型，而各种类型的作品都有其自身的要求和特点，但它们又有着共同的特征。

（1）严肃的科学性

儿童科学文艺的创作必须遵从科学的原则，例如严文井的《蚯蚓和蜜蜂的故事》，借用童话的艺术形式，讲述了劳动、进取能促进生物进化的道理。作品的内容完全是虚构的，但符合生物进化的基本理论是它的科学内核。

由于科学本身的范围十分广泛，所以科学文艺所涉及的科学知识的范围也十分广泛，从小到大、从古到今、从天上到地下、从高山到海洋，包罗万象，无所不有，既能涉及自然科学的广大基础学科，又能涉及社会科学的各个领域。这成为儿童科学文艺的理论支撑，儿童通过阅读儿童科学文艺作品，可以从中汲取各种各样的科学知识。

（2）生动的文学性

儿童科学文艺的重要任务是向儿童传播科学知识，讲述科学道理，但是它不是用科学理论和思维的方式讲述科学知识的，而是借助儿童文学的各种表现手法来完成的，所以使科学文艺作品具有较强的文学性，是对科学文艺创作的另一基本要求。

在科学文艺作品中，科学和文艺的结合不是表面的、机械的，而是有机的、水乳交融的。因此，科学文艺作者不能光凭科学的逻辑思维来创作，还要有很高的文学修养。他应该像文学家那样具有丰富的感情和想象力，善于用形象化的语言、形象化的故事以及人物的典型形象等来表现科学，用感情来感染和打动小读者。

（3）鲜明的思想性

科学是人类意志和智慧的结晶，科学文艺描写探索科学的历程，关注科学的现在和未来，必然表现出科学家勇于探索的高贵品质，从而赋予作品以深刻的思想意义。它或者表现一种哲理，如科学童话《小蝌蚪找妈妈》；或者赞扬一种精神，如科幻小说《和平的梦》等。儿童科学文艺要具有重要的思想性。

优秀的儿童科学文艺作品都有鲜明的主题，把深刻的思想寓于科学内容之中。比安基的《尾巴》生动地介绍了几种动物尾巴的功能，同时也告诉小读者，无事生非、捣乱的人不会有好下场，要做一个正直、有用的人。高士其的《时光老人的礼物》，既向儿童介绍了有关时间的知识，又教育儿童要珍惜、爱惜时间。这些都是儿童科学文艺鲜明的思想性的体现，但儿童科学文艺的思想性还不仅仅如此。

科学和迷信、真理和谬误是对立的，阐释科学战胜迷信、真理战胜谬误，也是一种思想性的体现。如戴巴棣的科学诗《大自然的语言》就谈到了哥白尼创建"太阳中心说"，阿基米德发现浮力定律，向小读者展示了科学发现、科学发展的艰难历程。哥白尼的"日心说"在科学还不发达的当时，与教会的神造说是对立的。坚持了科学真理，就破除了迷信谬误；宣传了"日心说"，就破除了宗教邪说；揭示了客观规律，就宣传了唯物主义。这些都是科学文艺思想性的体现。例如莫克的《花丛中的流星》以世界上最小的一种鸟——蜂鸟为研究对象，文章指出蜂鸟生活在南美洲，介绍了这种鸟的生活习性、飞行速度以及对人类的作用等，同时也在告诉小读者，要爱护大自然中的各种动植物。

儿童科学文艺的思想性是广泛的、鲜明的、生动的，而不是局限的、刻板的、枯燥的。这种思想性要紧密结合科学内容，以灵活的手法来进行表达，这就要求作者有着广博的思想、宽广的胸襟，对于所要描绘的事物进行深入的分析，巧妙地利用艺术表现形式，广泛地加以挖掘。儿童科学文艺的思想性并不是孤立存在的，而是同它的科学性、文学性巧妙地融合在一起的，是一个水乳交融的整体。这种思想性的体现，不是强硬地塞给儿童的，而是自然地、能够被儿童"悟"出来的，是能对他们产生多方面的、深远的、潜移默化的教育意义的。

（4）奇特的幻想性

儿童科学文艺既要尊重科学事实，客观地分析、描绘科学知识，又要运用奇特的手法进行艺术表现，塑造文学形象。科学精神之下的合理想象，是发明创造的摇篮，是科学发展的前导和动力。而这种以科学精神为前提的想象和幻想，在儿童科学文艺中极为普遍。现代科幻小说的奠基人凡尔纳，对他所处时代的科学成就十分敏感，他的科幻小说不仅求助于科学以证实他的奇特幻想，还将这种幻想升华为将来某一天必定能实现的远见。《海底两万里》中的"鹦鹉螺号"比罗勃夫工程师制造的世界第一艘潜水艇早 10 年。而《征服者罗比尔》中出现的飞行器"信天翁号"，又很像今天的不明飞行物（UFO）。虽然凡尔纳没有提供制造潜水艇、钻探机、航天飞船等新机械的方法，但他比科学家更早、更大胆地进行了某种新机械上天、入地、下海等功能的想象。

第二章 古代中国儿童文学艺术的发展

本章为古代中国儿童文学艺术的发展，分别从民间文学是儿童文学的摇篮、传统文化与儿童的精神境遇、中国儿童文学的历史资源三个方面进行阐述。

第一节 民间文学是儿童文学的摇篮

语言艺术发端于民间文学，民间文学可以说是一切文学的源头，是文学发展的沃土，具有永久的魅力。相比于其他文学，儿童文学与民间文学的关系更为紧密。中国儿童文学的历史可谓源远流长，凡有儿童的地方就有儿童文学。中国传统的儿童文学指的就是千百年来流传在儿童口耳之间的民族民间文学，包括歌谣、童话、故事等。这些典型的民间文学具有鲜明的现代儿童文学的文体特质，自然地被后人归纳到儿童文学的领域中，成为事实上的儿童的文学。

一、歌谣、民间故事与儿歌

民间文学最重要的文学形式是歌谣与民间故事。歌谣包括民歌和童谣等韵文作品，民间故事包括神话、传说、童话、寓言、故事等散文作品。歌谣中的童谣与几乎所有的民间故事样式在长期口耳传承中一并逐渐演进为儿童文学最基本的文体形式。

中国古代并没有儿歌的概念，儿歌这类文学作品在不同时期有着不同的称谓，有的古典文献称其为童谣、童子歌，有的文献称其为孺歌、婴儿歌，还有的文献称其为小儿谣、小儿语。不管是哪种称谓，都是指儿童自唱自娱的歌谣，也就是今天人们所说的儿歌。儿童是童谣传唱的主体，没有乐谱，也不需要用乐器来进行伴唱。

古代文献中记录最早的童谣，是一首在儿童口耳间传唱的童谣，为"立我臣民,莫匪尔极;不识不知,顺帝之则"。这首歌谣讲述的是尧治理天下50年,他自己不知道治理天下的成果,尧询问身边的人,他们都摇头表示不知道天下治理得如何;尧向外朝的大臣询问天下治理得如何,外朝的大臣也无法准确地回答这个问题。为了找到答案,尧微服私访,来到康衢,听到了这首歌颂他贤德的童谣,才知道自己治理国家的情况。

将童谣看作一种预言,是上天对下界吉凶祸福的预告,这是封建正统的观念。认为上天让火星降生在人间,变成一个"赤衣小儿",由他唱出童谣,从而在儿童中传播开来,预告人间的吉凶祸福,如《周宣王时童谣》就是古代著名的童谣"荧惑说"。有研究者认为,自汉代以降,童谣就被作为封建神学的附庸,一直影响到近代。

到了明代中后期,对童谣的记录出现了新的动向。随着商品经济的萌芽与发展,宋元理学受到一定冲击,一部分知识分子的视野扩大了,将目光移向民间,顺应印刷业的兴盛,开始了对民间文学的搜集、整理和出版,这也为童谣的发掘和记录提供了便利。一些表现儿童生活和情感的童谣得到重视,如明代文学家杨慎在《古今风谣》里就收录了一些这样的童谣。

这一时期还出现了在我国童谣史上值得大书特书的"小儿语"系列,那就是吕得胜的《小儿语》《女小儿语》和吕坤的《续小儿语》《演小儿语》。在这些书当中,作者对童谣的性质与特点已有了相当科学性的认识。首先,突破了一千多年来的"荧惑说",揭示了童谣与儿童生活、情感需要之间的联系,肯定童谣是一种供儿童娱乐游戏的文学形式,揭开了封建统治者强加给童谣的神学面纱;其次,肯定了童谣所具有的教育功能;最后,看到了儿歌作为民间口头文学所具有的口头性、集体性、传承性三大特点。这些见解是中国历史上最早对童谣做出的较为合理的解释。

近代新教育制度确立以后,一批"先进的中国人",如黄遵宪、梁启超、曾志忞、鲁迅、周作人等,都参加到童谣的编创队伍里。在他们带动下,出现了不少以童谣为主要内容的儿童报刊,如《小孩月报》《蒙学报》《童子世界》等,并且还有配合学校教育的童谣体课本《最新妇孺唱歌书》《教育必用学生歌》等。待到五四新文化运动催生出中国儿童文学时,童谣因其与儿童精神生活的深厚联系,作为儿童文学的最基本体裁得到了空前重视与发展。

二、神话、传说与民间童话

民间文学除韵文类的童谣、儿歌外，还有一类散文体，即一般所说的广泛意义上的民间故事，主要指神话、传说与民间童话三种形式。神话的发展大致经历了从远古神话（原始神话）、神话传说到神话故事这一漫长的演化进程。传说与神话同源，在神话丧失神性之后才得到充分发展。许多民间童话本身就是神话与传说的变体，但童话因子在神话与传说之前就以自由联想的形式存在于原始思维和原始民族的生活之中。神话、传说与民间童话是民间文学中除童谣、儿歌外最具有儿童文学性质的文学形式。

（一）神话与传说

神话，在世界各民族的民间文学中，被认为是散文体文学的源头。神话一词，英文写作"myth"，源于希腊语，表示原始时代关于神奇的事物或受神支配的自然事物的故事，又被解释为关于宇宙起源、神灵英雄等的故事，或更进一步地解释为关于自然界的历程或宇宙起源、宗教、风俗等的史谈。神话是一种流行于上古民间的故事，神话的主人公都是拥有超越人类能力的神人，描述的是他们超乎常人的事迹。虽然现在的人觉得神话都是荒诞的，但是神话受到了古代人民的欢迎，他们坚信神话是真实可信的，一代又一代地传述着。从本质上来说，神话是古人借助想象来征服自然、支配自然，将人类无法理解的自然和社会现象用一种不自觉的艺术加工的方法来使之形象化。神话具有以下四个方面的特征：首先，神话是想象的产物；其次，神话源于人类的生产实践，无法脱离自然和它产生的社会形态；再次，神话是原始人运用想象将超越他们认知范围的自然界和社会形态进行的不自觉的艺术加工；最后，支配自然、征服自然是原始人创作神话的最终目的。

远古神话由初期的生殖崇拜神话发展到中后期的祖先崇拜神话、自然崇拜神话和英雄崇拜神话，在其演进过程中，神性逐渐丧失，而人性则日益明朗，这表明原始社会的发展已经跨入人类文明时代的门槛。作为人类童年时代特有的精神文化形象——用想象来征服自然力的神话，随着这些自然力实际上被支配，也就消失了。这样的事情大约发生在氏族制被奴隶制替代的时代，人类已从"幼稚的童年时代"进入"成熟的成人时代"，想象已发展为一种自觉性的审美活动。作为这一审美活动成果的神话，与远古神话相比，缺少宗教色彩，而是更人性化、世俗化、艺术化，具有了传说或故事的特征。

随着生产力的发展，人们对自然界的认识逐步加深，神话产生和流传的基础逐步削弱。伴随着人类活动范围的不断扩大，社会生活日趋复杂，为了获得更多的生产生活资料，部落与部落之间发生了冲突，进而产生了军事斗争，出现了英勇无畏的英雄人物和可歌可泣的英雄事迹。人们将赞颂的目光由自然转向人类社会，引出了传颂自己历史的要求。在这种情况下，传说逐步兴旺，从而产生了同一事件、人物的神话与传说并存的现象，甚至神话随着时间的推移逐步向传说转化，如祖先神话与氏族来源的传说、英雄神话与人物传说等。回溯传说的发展历程可以发现，许多自然风物传说都是从自然神话演变过来的，即人类对于自然有了更加清晰的认识，将原来的超自然力逐渐转化到人们可以认识的客观事物上，使它和人们的生活更加接近。传说发展到后世，逐渐从神话中脱离出来，当时的人们经常从英雄人物、社会风俗中获取灵感来创作故事。后人对古人的行为进行归纳，总结了传说的内涵，即传说是与一定历史人物、历史事件和地方古迹、自然风物、社会习俗有关的故事。

同时，我们也应该看到，传说的发展并非简单地脱胎于神话。不难想象，原始人除祭祀、图腾崇拜和巫术活动之外，应该还有一个与之相对的世俗领域，即"人的世界"，也应该有一种反映人的世俗生活的传说故事，只是那时神秘思维占主导地位，一切都打上了神的色彩，世俗传说也难免让位给神话或渗透到神话中去。只有在生产力水平有了较大提高，尤其是在人类发展由儿童期（含英雄期）进入成年的普通人的时期，人类主体意识随之觉醒，以人或"神化了的人（英雄）"的生活为主要内容的传说故事才有了得以发展的沃土与充足的阳光。

从上述对神话、传说的起源、演化及其发展的粗线条勾勒中可以看出，神话与传说并非以儿童为对象的文学形式，但毫无疑问至少它是由儿童与成人共享的。无论从神话、传说及人类文学之滥觞这一角度（人类童年时代的文学），还是从神话、传说与儿童精神生活的内在联系来讨论，都应该从这里溯寻到散文体儿童文学最原始的胚胎。

（二）民间童话

神话、传说进一步演化便出现了一些以其为原型或母题的民间童话。所谓民间童话，指的就是那些原始民族信以为真而现代人视为娱乐的故事，亦即神话、传说的最后形式，小说的最初形式。可见故事还是那一个，神话、传说"信以为真"，童话却是用来娱乐了。

这里说童话是神话、传说的最后形式，或由神话、传说演化而来，是就童话作为一种明显和独立的民间文学形式出现在神话与传说之后而言的。其实，最初的童话即产生于神话、传说的流传过程中。比如，原始人为了解释打雷这一自然现象，从神灵崇拜仪式里产生了雷公神话，当大人将这个神话讲给孩子听时，为了适合孩子的口味，会很自然地将雷神说成雷公公，并且告诫孩子，如果不诚实，做坏事，雷公公就要发脾气。神话就是这样在儿童的接受中变成了童话的。

然而，值得提出的是，大量的童话故事最初并不是为儿童而存在的，但又是儿童与大人共享的，而且在漫长的人类社会发展中，由于社会经验、劳动技能、风俗习惯、道德准则等，童话故事都得靠长辈的口述方式传授给晚辈，儿童就是接受传承的对象。古人在意识到儿童爱听故事后，就会很自然地选择故事形式将一些条规与常识演绎为一个个有趣的故事，便于儿童吸收。在中国，"童话"一词出现在清末，孙毓修将他创办的我国有史以来第一种儿童文学类丛刊定名为《童话》，意思就是指供给儿童阅读的读物，其中刊发的主要作品来自民间童话，译介的外国作品也多是安徒生以前流传于西方的民间故事和童话。一般而言，中国儿童文学的自觉就是从搜集与研究童话（广义上包括神话与传说）开始的。

综上所述，中国儿童文学的基本体裁样式，最初都是从民间文学中演化过来的。虽然从神话、传说到童话这一纵向的逻辑发展过程经历了漫长的历史岁月，然而，原始思维的发展经历了三个阶段，即从低级思维形态不断向高级思维形态发展，呈现一种开放性的结构。前一阶段是后一阶段发生的前提和基础，后一阶段是前一阶段发展的产物，包括前一阶段的思维形态，而不是完全取代。因而，发生于人类不同发展时期的不同的文学形式又得以奇迹般地汇聚在最后一个阶段——"儿童的文学王国"里。古老的民间文学样式会在儿童世界里得到新的生长点与发展契机，也正是这样，神话、传说和"各种民间故事"才被稳固地纳入了儿童文学这个"自主共和国"。

第二节　传统文化与儿童的精神境遇

一切有关儿童的独特文化现象的孕育、形成和累积，都必然与相应的儿童观有着密切的联系，而特定的儿童观，又总是从一定的社会文化背景中获取其具体的历史内容的。在漫长的历史发展过程中，中国封建传统文化表现出惊人的历史延续力和稳定性，受封建传统文化的影响，中国传统儿童观在几千年的历史进程中一直居于正统地位，不可撼动，同时，儿童文学及其理论批评始终处于不自觉和不完善的状态。

马克思历史唯物主义的基本原理之一为物质决定意识。任何民族的文化心理结构和思想传统都不是凭空出现的，都必然有其现实的物质生活根源。中国思想传统也不例外，中国特定的地理环境和生产力发展水平是中华民族文化心理结构和思想传统产生的物质基础，并且伴随着社会的发展而不断进步。历史学家认为中国封建社会是宗族社会，氏族宗法血亲传统遗风的强固力量是中国古代思想传统得以长期延续的社会根基。它在很大程度上影响和决定了中国社会及其意识形态所具有的特征，也影响到儿童在中国社会历史发展过程中的命运。在传统的封建社会文化体系中，家族主义观念印刻在每一个家族成员的思想中，成为他们为人处世的最高准则。每一个家族成员都必须结婚、生育，这是他们所肩负的使命，为家族传宗接代是家延续的需要，而不是个人的需要。古人认为，结婚生育的目的在于"上以事宗庙，而下以继后世"，这意味着不管个人是不是喜欢孩子都必须生儿育女，这是家族绵延种族的需要。个人的意愿是无关紧要的，最要紧的是要后继有人，有了后代，自己和祖先的生命就能延续，就有人永远地纪念自己和祖先。后人会为自己和祖先设置牌位，重大的节日还会举行祭祀活动，香火不绝，虽死犹存。因此，古人将生育后代看作孝道的第一要义，认为"不孝有三，无后为大"。在中国传统思想观念中，"绝后"是一件十分可怕的事，同时，在中国传统的小农经济社会里，秉持着"养儿防老，积谷防饥"的观念，衍生出"有子万事足""多子多福"等传统观念。

这样看来，在中国传统文化观念中，儿童的地位似乎并不像人们通常所想象的那么低，相反，却显得相当重要了。从传统观念的特定层面来考察，这种看法大抵是不错的。但是，一旦把这种观念放到整个现实背景中去考察，那么，儿童实际的生存境遇则大不相同。众所周知，中国传统社会一向重视儿童教育。儿童从懂事开始就接受父母教育，古人深刻意识到良好的家教对于儿童的健康成长成才有着重要的意义。中国古代的世家大族流传着各种各样的"家规""家训"。南北朝时期颜之推创作的《颜氏家训》就是其中比较有代表性的劝诫子孙的持家宝训。家教的扩大化就是私塾，私塾教育儿童的理念和家庭教育是一致的。因此，中国古代社会出现了将人一生的成败归结于家庭教育功过的倾向。比如，幼儿启蒙读物《三字经》中就明确指出"子不教，父之过；教不严，师之惰"，这句话的意思是说，孩子没有教育好是家长的过错；教育没有取得成效，是教师懒惰没有用心地教。虽然古人意识到了儿童教育的重要性，但是究竟该用什么样的方式和内容来教育历代儿童没有一个统一的答案。

中国传统文化的主流简单地说是"儒学"。"儒学"成为中国文化的主流是经历了一个过程的。这个过程由孔子开始，创立了中国古代文化的基本模式，由董仲舒最后落实。而封建社会的教育也正是在中国民族文化主流形成的过程中完成其基本结构的构建的。中国古代教育分为蒙养教育和高等教育。蒙养阶段一般指儿童十五六岁之前的学习阶段，大致上相当于现在的少儿阶段。在蒙养教育时期，中国古人就把它与"修身、齐家、治国、平天下"连在一起，从幼儿开始便注意培养符合封建伦常道德的品质、习惯，以"礼"为教。从具体教育内容来看，《论语》《孟子》等儒家经典著作成为主要教材。唐宋以后，课程的范围有所扩大，教材的科目也逐渐增加，但封建伦常道德仍是最基本的内容。

以"三纲""五常"为代表的封建思想体系认为儿童是成人的附庸，儿童在社会生活中没有发言权，处于被支配的地位，即使部分儿童有幸得到了家族的"重视"也只是一种被扭曲的待遇。这是中国传统文化背景下，历代儿童无法摆脱的必然命运。中国传统社会所形成的儿童文化对儿童的重视并不是建立在尊重儿童、尊重儿童的独立人格的基础上的，这种"重视"会扼杀儿童的天性，这就是中国历代儿童不幸的精神境遇。

我们当然还应该看到，中国传统文化是一个外延极其丰富、极为庞杂的文化整体，中国古代儿童文化也是如此。王守仁认为儿童心理发展的特点是"乐嬉游而惮拘检"，而且说明了顺应这个特点的儿童教育，必然会化作时雨春风，盎然生意，滋润儿童的心田，促进他们身心的积极发展，反之则会有碍于儿童的成长。

第三节　中国儿童文学的历史资源

一般而言，从整体上说，中国儿童文学的历史资源来自古代民间文化累积起来的民间资源，具有两个明显的特点：一是民间创作的适合儿童接受的口头文学十分丰富；二是文人著作的适合儿童接受的书面文学非常稀少。为了表述得方便，我们把前者称为"口头儿童文学"，把后者称为"书面儿童文学"。前者是民间的口头创作，聚众人之特色；后者是文人的书面创作，聚作家个人之特色。我们说中国儿童文学的历史资源源远流长，这显然是指千百年来民间流传的口头儿童文学。如上所述，这实际上是指上古时代华夏先民的图腾崇拜、巫术、神话等。

在漫长的文化演进过程中，华夏先民为了教化儿童，为了能使儿童听得懂、喜欢听，将口耳相传的民间文学进行简化、美化、通俗化，专门创作了一类满足儿童需要的或以儿童形象为角色的口头儿童文学。按押韵与否，口头儿童文学可以分为韵文与散文两大类。

韵文类主要是儿童歌谣，不同的古籍对于儿童歌谣的称呼是不同的，有的古籍称其为童谣、孺子歌、儿谣，有的古籍称其为小儿语、小儿谣、儿童谣，还有的古籍称其为儿童谣、女童谣、女谣等，不一而足。我国古人很早就发现了童谣，早在两千多年前的《左传》《国语》中就出现了有关童谣的记载。

明清时期，有关韵文类的口头儿童文学受到了当时文人的关注。明代文学家杨慎的《古风今谣》中就收录了不少儿童歌谣。吕坤编写了我国古代第一部儿童歌谣总集——《演小儿语》，书中共收录了儿童歌谣46首。这些儿童歌谣多来自民间，其中河北、河南、陕西、山西等地的民间儿童歌谣占有很大比例，吕坤对这些民间儿童歌谣进行改编，结集成书，所谓"借小儿之语而演之"。清代更多的文人加入民间儿童歌谣的搜集整理工作中，代表人物有郑旭旦、悟痴生、范寅等。晚清时期的外国人也对民间儿童歌谣产生了兴趣，如意大利韦大利对北京的民间儿童歌谣进行了搜集，出版了《北京儿歌》，美国何德兰的《孺子歌图》等。这些文人搜集整理了数百首民间儿童歌谣，为我们了解古代儿童歌谣的风貌提供了翔实的资料。如郑旭旦就以浙江、绍兴为中心，对这一地区的民间儿童歌谣进行了搜集改编，《天籁集》共收录江浙儿歌歌谣46首。这些儿童歌谣大致可以分为以下四类：第一类是借助民间儿童歌谣来反映社会现实生活；第二类是训练儿童的语言能力；第三类是为儿童歌谣提供娱乐；第四类是通过儿歌来传达农事耕作知识。

古代散文类口头儿童文学种类多样，主要包括民间神话、童话、笑话、传说、寓言等。民间童话作为口头儿童文学的重要组成部分，题材广泛，内容丰富，对历代儿童的影响也最大。民间童话是最古老的口头创作形式之一，具有浓烈的浪漫主义色彩，情节生动，想象丰富，十分契合儿童喜欢幻想的心理特征。民间童话经常以拥有超自然能力的英雄人物为主人公，借用巫术手法、动物崇拜、灵物崇拜等观念，又与儿童的思维机制十分贴近，因此民间童话得到了古代儿童的青睐，成为古代儿童最为喜爱的口头文学形式。但是这种文学现象并未得到文人的重视，直到1914年周作人发表《古童话释义》一文，文学界的专家学者才将研究的目光投射到民间童话领域。周作人为了论证中国古代早已有"成文之童话"，大量地引经据典，特别是唐代段成式撰《酉阳杂俎》续集卷一《支诺皋》中的《吴洞》与晋代郭璞撰《玄中记》中的《女雀》，这两篇作品便是中国民间童话的有力论据。周作人还提出中国具有丰富的民间童话资源，文学学者"当上采古籍之遗留，下集口碑所传道，次更远求异文，补其缺少，庶为富足"。周作人在《古童话释义》中所提到的这些"古童话"，虽然还不是真正意义上的民间童话，但由于这三篇文章是一千多年前的文人记载下来的中古时期的民间童话作品，所以有着极高的文学价值和历史价值，成为世界各国学者研究的重点课题。在中国古代志怪、笔记小说中都可以发现诸如《吴洞》之类的古童话。魏晋南北朝时期的志怪小说尤多，如干宝的《搜神记》、南朝祖冲之的《述异记》等，这些作品中都有精彩的民间童话文本。其中最值得称道的著名童话有《吴洞》《李寄斩蛇》《白水素女》。

《吴洞》是世界上最早见于文字记载的灰姑娘型童话，载于唐段成式的《酉阳杂俎》续集卷之一《支诺皋》。故事描写的是南方吴洞孤女叶限的神奇经历。叶限是一位美丽聪慧且勤劳善良的少女，常年遭受后母的虐待，一次偶然的机会她捕获了一条神鱼却被后母凶残地诱杀。神鱼留下的鱼骨拥有神奇的力量，只要向它许愿，任何愿望都可以实现。有一次叶限穿上向鱼骨许愿而得到的翠衣和金鞋，悄悄出去参加节日集会，结果在集会上碰到了后母。害怕后母发现自己，叶限慌乱之中掉落了一只金鞋。这只金鞋后来传到毗邻海岛上的陀汗国王手上，国王命令国内所有的女子试穿金鞋，借此来寻找它的主人，最后终于找到了叶限，并与她成婚。孤女叶限这只得而忽失、失而复得的金鞋，正是世界各地"灰姑娘型"童话故事的关键情节，金鞋情节也是该类型故事区别于一般后母虐待孤女故事的特殊标志。叶限可以说是世界上最早用文字记录下来的"灰姑娘"形象。欧洲儿童文学中有关灰姑娘的明确记载是法国作家夏尔·贝洛所采辑的《玻璃鞋》，要比中国晚一千两百多年。同意大利巴希尔的记载相比，叶限的故事要早七八百年，这种观点得到了学术界的一致认同。《李寄斩蛇》是晋干宝《搜神记》中的名篇，童话故事由三个主要情节构成，分别是"蛇妖为害、李寄应祭、穴口斩蛇"，组成一个完整、曲折的故事，并突出使用对比手法和细节描写，比如"头大如斗，目如二尺镜"的大蛇与身材瘦小、年仅十二三岁的少女形成对比，李寄引蛇出洞时的机智沉着与洞内被害九女的怯弱形成对比大小、强弱的对比，产生了强烈的艺术感染力。该作品篇幅短小，全篇不过400字，生动形象地刻画了一个智斩蛇妖、为民除害的少女英雄形象，热情地讴歌了李寄坚强勇敢、智慧果断的优良品质，令人难以忘怀。有关研究表明《白水素女》是著名童话《田螺姑娘》的原型，载于《搜身后记》，晋束皙的《发蒙记》详细记录了该故事。故事的主人公是青年农民谢瑞，有一天他在溪边捡到了一个白色的大田螺，谢瑞不忍心杀生，于是就把田螺放在水缸中养着。不料田螺壳内藏着天河仙女，她感念于谢瑞的善良，每日为他"守舍炊烹"。面对整洁的房屋和丰盛的饭菜，谢瑞觉得很奇怪，经过多日观察发现天河仙女。当他窥破秘密后，天河仙女也已经离他而去。留下的田螺壳具有常储米谷的神奇功效，使得谢瑞得以成家立业，过上小康生活。古代民间童话是历代劳动者的结晶，是劳动者在劳动实践中产生的智慧与情感。口耳相传是古代民间童话流传的主要形式，在千百年的历史长河中，古代民间童话已然成为千锤百炼的精美艺术品，一代又一代儿童被这些民间童话感动着，让他们变得善良和柔软。

我国古代的口头儿童文学虽然丰富多彩，但还有另外一面。首先，儿童文学在我国文学史上并没有地位，封建上层文学在文学史中占据统治地位。封建上层文学始终不承认儿童文学，即使偶然出现的儿童文学作品，他们也认为这是引车卖浆的底层百姓胡言乱语的涂鸦之作，难登大雅之堂，对于儿童文学持摒弃的态度。至于为儿童服务的诸如"小狗叫，小猫跳"的歌谣更是"小玩意"，根本不值一提，极少有人搜集整理。迄今为止，我国还没有出现一部适合古代儿童阅读的采风专集，也未曾出现热心搜集民间口头儿童文学的古代作家，这是令人遗憾的事。欧美文学则对民间儿童文学给予了很大的关注和重视，如法国于17世纪末出现的《鹅妈妈的故事》，德国于19世纪初出现的《儿童和家庭童话集》等都是适合古代儿童阅读的采风专集。欧美作家也高度重视儿童文学，如贝洛和格林兄弟就经常出入民间进行民间口头儿童文学的采风工作。其次，即使有的口头创作被搜集辑录了，其出发点也不是为了儿童。如东晋干宝辑录的《搜神记》，自言是为了"演八略之旨，成其微说"，以"发明神道之不诬"。由此可知，古代作家搜集民间作品只不过是为了讲述神仙道术，或者为了描述那些不常见的奇特事物，或者谈论巫术鬼怪之类，总之以记述奇特、奇异的事情为宗旨。这样就使采辑到的民间童话、传说染上了神异、怪诞的色彩，带有落后的封建迷信的形式，"特多归诸志怪之中，莫为辨别"，对于古代口头儿童的开发利用造成了不良影响。这种观念一直沿袭在古代儿童文学中，直到五四时期，仍有不少人受种种错误观念的影响，对童话持否定态度，认为"童话里多有荒唐乖谬的思想"，童话对于儿童是有害无益的。最后，统治阶级为了维护封建统治，还对口头儿童文学进行歪曲和篡改，所有口头儿童文学中受封建思想影响最深的莫过于古代童谣。在漫长的封建社会里，童谣成为阴阳五行家的工具，很多童谣被阴阳五行学说做了极其荒诞的歪曲，如关于童谣的起源就有着"荧惑星"（金星）降临人间，为了蛊惑儿童而创作的荒诞说法。还有人认为，童谣有着预示人间灾异祸福的作用。童谣长期以来成为统治阶级蛊惑人心、制造舆论的神学工具，以作为"顺乎天心，合乎民意"的证明。古代民间的口头儿童文学，长期处于不公正的地位，很多优秀的作品散佚在历史的长河中，很少有人进行采编辑录。直到五四以后，人们才开始重视儿童文学，搜集、整理包括口头儿童文学工作在内的民间文学得到文学界人士的广泛关注，儿童文学迎来了发展的春天。

我们再来看古代文人专为儿童编写的书面儿童文学的情况。

古代书面儿童文学主要见于古典儿童读物。儿童读物并不等同于儿童文学，二者既有区别又有联系。其联系在于，它们都是以儿童为阅读对象进行编写的，内容短小精悍，语言精练，符合儿童的身心特点；其区别在于，儿童读物的范围比较宽泛，所有适合儿童阅读的书籍都属于儿童读物的范畴，如启蒙识字读物、百科知识读物、美术图画读物与文学读物等，而儿童文学作品只是儿童读物中的一类，它的最大特点是借助形象思维，语言通俗易通，以感染和教育年幼一代为宗旨。我国古典儿童读物按其内容与作用不同，大致可划分为以下几类。

一是启蒙识字用的普及读物。代表作有西汉的《急就篇》和南北朝的《千字文》，前者的作者为西汉元帝时的黄门令史游，后者的作者为周兴嗣。除此之外，相传为宋人王应麟编写的《三字经》与同出宋人之手的《百家姓》也属于启蒙识字用的普及读物。这类读物大多为简短的韵文，语言通俗，文字简单，具有易诵易记的特点，不仅能教会儿童认识常用字，还可以巧妙地传授一些天文、地理、历史、人伦方面的知识，进而达到幼儿启蒙的目的。但它们都不具备文学的一般特征，充其量只能归为"儿童百科知识读物"，因而不能算作儿童文学。

二是将来科举考试所需要的书籍或者注重于"修身养性"方面的读物,《四书》《五经》《古文辞》《圣谕广训》等就属于这方面的读物。这类读物内容艰深,语言晦涩,即使是成年人如果知识水平不高或者文化修养不够也难以理解,多是宣扬"修身、齐家、治国、平天下"的圣贤道理,有的还包含道家、佛家的思想主张,儿童根本无法理解这些内容,因而不属于儿童文学。

三是富于文学色彩,用以教育儿童的读物。古代书面儿童文学主要就是这一类。元代文学家卢韶的《日记故事》、明代文学家萧良有的《龙文鞭影》(又名《蒙养故事》)、清代程允升创作的《幼学琼林》等就是古代书面儿童文学的典型代表。这类读物在今天看来,内容似乎过于简单,有的看上去就是"典故大全",形式以四言对偶为主。我们不能用今天的眼光来看待古人的作品,在古代这些的确是比较通俗的容易被儿童所接受的文学读物。这些文学读物有着如下共同点:首先,它们都有人物;其次,都有生动、完整的故事情节;最后,比较契合儿童的性情,能够引导儿童明白事理,文字简单、有趣。如《日记故事》中大都是描写儿童智慧、聪明的小故事,包括曹冲称象、司马光砸缸等。

还有一类是统治阶级将某些成人文学读物进行编纂硬塞给儿童看,如《千家诗》等。虽然这些成人读物是标准的文学作品,但它们面向的阅读对象是成人,而不是儿童,作品的思想情趣同儿童的心理有着一定的距离,因而也不能算作儿童文学。需要注意的是,在古代成人文学读物中,确实存在着适合儿童欣赏的作品,比如《西游记》中描写的孙悟空大闹天宫的情节,《封神演义》中的"哪吒闹海"以及《聊斋志异》《镜花缘》中那些富有幻想色彩的故事等。古代儿童时常将这类读物作为精神食粮,以慰藉心灵,丰富想象。这种现象直到20世纪末、21世纪初依然存在。民国时期的著名作家鲁迅、郭沫若、茅盾等在描写他们的童年生活时,都提到了从上述成人文学读物中汲取精神食粮。遗憾的是,我们的祖先忽略了这些特殊现象,他们认为书籍是不分年龄的,只是让儿童自己去发现、去寻找适合的作品,没有专门为儿童辑录适合他们阅读的作品。

我国儿童文学的历史资源主要来自两个方面:一是民间口耳相传的符合儿童欣赏要求的口头儿童文学,包括儿歌、童话、传说、寓言等,其中儿歌和童话是内容最为丰富、影响力最为深远的儿童文学素材。二是古代文人著作中某些符合儿童的身心特点、适合儿童审美情趣的作品,包括专门为儿童创作的文学读物,如《日记故事》《幼学琼林》等;儿童自我选择的读物,如《西游记》《镜花缘》

等；儿童自己创作的某些精彩作品，如唐代诗人骆宾王的《咏鹅》等。文学的产生与发展受社会经济的影响，文学产生之初是不完善、不成熟的，随着社会的进步，逐步走向了完善和成熟。"文学性"概念的提出是社会经济发展到一定阶段的产物，在不同阶段有着不同的内涵。儿童文学的发展也是一个历史的、动态的过程，从不完善走向完善。从古代文学整体现象考察，我们可以得出这样的结论：古代口头儿童文学十分丰富，但被保存记录下来的不多；古代书面儿童文学作品的数量是极其稀少的，即使我们扩大了儿童文学的范围，优秀的书面儿童文学作品还是十分有限的。相较于璀璨的成人文学，我国儿童文学的发展是滞后的，它长期处于一种缓慢发展的与年幼一代对精神食粮的需求很不相适应的状态。我们不得不承认这样一个事实：不管在哪个时代，文学家都以极大的热情投入古典成人文学的创作中，成人文学的题材和体裁日益丰富，文学样式日趋完备，巨著名作层出不穷，取得了辉煌的成就，但是同时代的古代儿童文学实在是太渺小了，所取得的成绩也极其微小，与同时代的外国儿童文学相比，也有一定的差距。

第三章　现代中国儿童文学艺术的发展

本章为现代中国儿童文学艺术的发展，共分三部分进行叙述，分别为现代中国儿童文学的起步、现代中国儿童文学的发展、现代中国儿童文学的春天。

第一节　现代中国儿童文学的起步

一、五四文学革命催生现代儿童文学

五四时期，儿童文学正式登上历史舞台。新文化运动掀起了中国文化领域反帝反封建的新篇章，五四文学革命便是新文化运动的重要组成部分，它开展白话文运动，使中国文学进入现代文学的新阶段，同时也为现代儿童文学的萌芽提供了必要的条件。五四文学革命并非从1919年5月4日这一天开始的，而是有一个自身的发展过程。学术界普遍认同这样的观点，即1917年初胡适、陈独秀正式提倡文学革命，标志着五四文学革命的开端，直到1921年五四文学革命才落下帷幕。中国儿童文学的真正觉醒与发展，正是始于这一时期，这是有其深刻的社会原因的。

五四时期，是思想解放的时代。以陈独秀、胡适为代表的启蒙主义者不满袁世凯复辟，高举"民主"与"科学"两大旗帜，向封建主义发起猛烈进攻。新文化运动的先驱者提倡民主与科学，反对专制，要求摆脱封建思想文化的桎梏，追求个性解放和人格独立，一时形成汹涌的时代思潮。他们认为儿童是祖国的希望和未来，儿童强则国家强，儿童文学对于促进儿童健康成长有着积极的意义。他们从祖国与民族的前途出发，高度重视儿童的教育工作，将儿童文学作为反对旧道德、旧思想的有力武器，热情推动着儿童文学建设。

新文化运动的先驱将《新青年》作为倡导新文学的主阵地，大力倡导儿童文

学，教育界、文学界的专家学者也纷纷投入儿童教育中，对于儿童教育的方法、手段展开了广泛的讨论。他们挣脱了传统观念的束缚，提出了儿童一样热爱文学的新理念，指出要把儿童的文学给予儿童，将年幼的一代从封建藩篱中解放出来。教育界和文学界的众多专家纷纷在《教育杂志》《妇女杂志》《东方杂志》上发表文章，就儿童读物与儿童文学的关系进行了热烈讨论，还有的学者在当时著名的四大副刊中发表儿童文学作品。为了推动儿童文学的发展，有的期刊还开设了专栏，如《晨报》的《儿童世界》以及《京报》的《儿童周刊》。

儿童文学自问世以来，就与儿童教育联系得最为直接的学校教育紧密地结合起来。新文化运动的影响是深远的，学校教育也受到了新文化运动的影响，发生了重大改革。首先从课堂教材来说，传统的课堂教材多为《三字经》《千字文》等幼儿启蒙读物，五四时期，政府颁布法令要求全国小学采用统一的教科书，课堂教材输进了民主和科学的内容，推行注音字母，提倡统一国语。其次，新学制小学国语课程倡导以儿童文学为中心，从儿童的身心特点出发，如商务印书馆出版的《新学制》，中华书局出版的《新教材》都贯彻了"儿童的文学"理念，选取了儿童喜闻乐见的童话、寓言、自然故事、历史故事等。这些作品大多选自外国儿童读物，如《伊索寓言》《泰西五十轶事》曾被广泛选用。"儿童文学"作为一种新生事物，得到了教育界、文学界乃至出版界的广泛关注。学校教育也重视儿童文学，倡导中国的儿童文学必须有新的发展，要为儿童提供丰富的有益读物。

五四文学革命时期，革命先驱提出了反对旧文学、建设新文学的主张，在他们看来，中国的古典文学是封建的文学，是应该被摒弃的，欧美等资产阶级文学是先进的文学，应该得到提倡和发扬，由此掀起了翻译和学习外国文学的热潮。大量的儿童文学名著在这一时期被引入中国，极大地扩大了中国儿童文学的影响，为中国儿童文学的发展提供了必要的条件。受外国儿童文学的影响，中国儿童文学的发展步伐不断加快。与此同时，西方《儿童心理》《儿童心理学纲要》等教育界的研究成果也随着新文化运动流传到中国，直接影响着儿童文学的发展。儿童教育类的论著对于中国儿童文学最重要的影响在于：要求儿童文学的创作与编写必须从儿童的年龄和身心发展规律出发，正确把握儿童的心理，注重儿童的理解接受能力。儿童教育类专著的引入为儿童文学成为文学的一个独立部门提供了教育学、心理学上的科学依据。这在过去是无法想象的，五四特殊的时代背景为儿童文学的发展提供了积极的因素。五四文学革命的影响是深远的，所进行的反对文言、提倡白话的运动，带来了文学形式的大革新，最终使白话文取代了文言文，成为文坛的领导者。白话文的应用，直接为儿童文学找到了一个通俗浅显的语言工具。相比于文言文，白话文更容易被儿童理解和接受，这就使儿童文学在语言形式上向广大小读者又跨进一步。

任何事物的产生和发展都不是偶然的，是社会历史综合作用的产物。纵观世界儿童文学发展的历程可以发现，一个国家与民族的儿童文学的产生与发展有赖于这个国家和民族的思想启蒙运动，妇女儿童解放运动的高涨为儿童文学的发展提供了精神支持，儿童教育科学和儿童心理科学的确立又为儿童文学的发展提供了科学依据。中国儿童文学发展的情况正好印证了这个观点。正是得力于新文化运动的伟力，中国才能出现发现儿童，注重儿童教育与儿童文学的新局面，现代儿童文学才能破土萌芽、蓬勃地发展起来。时代的呼唤、社会的需要，五四文学革命的催化，这都是现代儿童文学发生与发展的外部条件，同时也为现代儿童文学的发展扫清了道路，并推动现代儿童文学持续发展。

二、儿童观的改变与儿童文学的倡导

五四文学革命时期的儿童文学，较之晚清与辛亥革命时期出现了突破性的飞跃，取得了多方面的进展。首先明显地表现在思想理论的建设上。

在儿童未被发现、儿童的独立人格与社会地位不被重视的封建社会，为儿童服务的文学自然遭到漠视，得不到应有的发展。历史的经验启示了现代儿童文学的拓荒者：要振兴中国的儿童文学，首先必须扫除阴霾，批判禁锢儿童文学发展的封建制度，大力提高儿童的社会地位，提高儿童文学的文学地位。为践行这一使命，现代儿童文学拓荒者参考欧美儿童文学发展的成功经验，借鉴美国杜威"儿童本位论"中的合理因素，实现了中国儿童文学的重大革新。

儿童文学，说到底就是为儿童的健康成长服务的文学。它之所以要从文学中独立出来，自成一系，其根本目的就是更好地适应和满足自己的服务对象——儿童的年龄特征与欣赏情趣。

就在1919年五四运动爆发的前三天，中国教育界发生了一件大事：美国实用主义教育家杜威来中国访问，并开始了长达两年的讲学。为了宣扬实用主义教育思想，杜威在中国的北京、上海、重庆等城市开展了讲学，足迹遍及中国十余省。"儿童本位论"便是杜威实用主义教育思想的重要内容，它挣脱了以教师、教科书为中心的传统教育思想的束缚，提出了"在整个教育中，儿童是起点，是中心"的教育新理念。在杜威看来，儿童才是教育的目的，认为儿童的世界是一个具有他们个人兴趣的人的世界，开展儿童教育要遵循儿童的发展规律，根据儿童的兴趣和经验，将潜藏在儿童心中的能力激发出来，而不是将知识硬塞给儿童。儿童的教育是一个缓慢的过程，需要教育者以儿童为中心，站在儿童的立场上，采用灵活多变的教育手段，"很小心、很巧妙地"激发儿童的热情，将儿童的潜能逐步地"引出来"。按照杜威的理论，儿童在教育中处于核心地位，教育的一切措施都要围绕着儿童来展开，所有的活动都要围绕着儿童而组织起来。传统的教育思想认为教师在教育活动中占核心地位，所有的活动要以教师为中心。杜威倡导的"儿童本位论"在当时是一种进步的教育思想，对于五四时期的中国小学教育界与儿童文学领域都产生了极大的影响。中国古人尊崇儒家思想，以三纲五常作为行动的准则，反映在儿童观上便是"父为子纲"。"儿童本位论"代表了20世纪初期一种崭新的儿童观，对中国旧的儿童观形成了极大的冲击。新文化先驱者提倡民主，反对专制，"儿童本位论"与新文化运动所倡导的个性解放有着内在同一性，受到了新文化先驱者的热烈欢迎。儿童的发现，儿童世界的发现，是20世纪初期中国一件了不起的大事，也是新文化运动的一个重要成果。我国最早接受"儿童本位论"思想的学者是鲁迅，1918年鲁迅发表了短篇小说《狂人日记》，在文中发出了"救救孩子"的呐喊，之后更是正式提出了"幼者本位"的口号。鲁迅认为儿童读物在儿童教育中发挥着重要作用，他对儿童读物进行了大量的研究，提出了一系列精辟的见解。

与鲁迅并称为"兄弟作家"的周作人不仅对儿童文学给予了极大的关注，而且从事过儿童文学。早在五四之前，周作人就关注儿童文学的发展情况，发表了《童话略论》《童话研究》《儿歌之研究》等文章。除此之外，周作人还翻译了不少欧美的童话作品，如安徒生、托尔斯泰等作家的童话。五四时期，周作人的反封建精神表现得十分明显，在儿童观上也是如此。周作人主张尊重儿童，认为儿童与大人虽然有不同，但是和大人一样有着独立的人格，有他自己内外两面的生活。儿童在生理上和心理上都是独立的，这就要求在开展儿童教育时从儿童的实际需求出发，恰当地满足他们，丰富他们的物质生活和精神生活。在周作人看来，从事儿童文学的人应当注重理解"儿童的世界"，从儿童的身心特点出发，创作符合儿童需要的文艺作品。周作人认为，不同年龄段的儿童有着不同的身心特征，儿童大致可以分为三个时期，第一个时期是3～6岁，第二个时期是6～10岁，第三个时期是10～15岁，儿童文学家在创作儿童文学作品之前要对儿童的需要进行认真的分析，供给他们需要的文艺作品。周作人认为"儿童本位论"是儿童文学必须遵循的原则，儿童是否喜欢是衡量儿童文学作品好坏的唯一标准，儿童文学应当满足儿童的需要。由此可知，周作人的这些观点深受杜威"儿童本位论"的影响。回顾我国初创期的现代儿童文学，可以发现，几乎所有的现代儿童文学家在创作时或多或少地都受到了"儿童本位论"的影响，直接或间接地吸收过其中的合理内核。

以上诸家的意见正是五四前后最有影响的儿童文学观，即儿童文学必须以儿童为本位，以儿童为中心，从儿童的身心特点出发，"迎合儿童心理"，服务于儿童。五四时期的现代儿童文学家在从事儿童文学创作时都强调应以儿童为本位，儿童是儿童文学的主体，将儿童作为儿童文学的出发点和落脚点，站在儿童的立场上，理解儿童的心理特征和认知水平，以儿童的精神需要为准绳，使之成为儿童喜闻乐见的文学，这实在是中国儿童文学的一个划时代的变革，一个重大的进步。现代儿童文学的拓荒者将"儿童本位"作为一个口号，用于五四反封建的战斗，在当时中国特定的历史时期，起到了加速现代儿童文学发展的促进作用。

三、五四时期儿童文学的概貌

根据"儿童本位"的新型观点，中国现代最早的一批儿童文学作家和文艺批评家展开了对传统儿童读物的检讨与批判，并借鉴其他国家和民族儿童文学的经验和模式，将儿童文学作为一个独立的文学分支，进行了探索与建设工作。

如果说初创时期的儿童文学拓荒者通过吸纳"儿童本位论"的合理因素，从理性上认识到儿童文学必须以儿童为中心，从儿童的角度出发，服务儿童，满足儿童的心理需求是儿童文学的最终目的，那么，五四时期大量引进的外国儿童文学作品则使他们从感性上认识到现代儿童文学所应具有的品格和风貌。我国早在五四以前就开始了外国儿童读物的翻译和介绍工作，光绪年间维新变法的失败，使得资产阶级知识分子深刻意识到文化教育工作的重要性，外国儿童读物的翻译工作如火如荼地开展起来，但是，当时的知识分子从事外国儿童读物的译介在主观上并不全是为了儿童，在成人中宣传资产阶级思想才是他们的主要目的，而不是以儿童的需求为出发点。一般而言，知识分子翻译外国作品有着很强的政治目的，外国儿童读物只不过是"载道"的工具，由原先的载"孔孟之道"改变为载"科学民主之道"，并不是为了服务儿童。

知识分子将外国儿童读物作为宣传民主思想、反对封建专制的工具，大大削弱了外国儿童文学的艺术特色，读者也无法通过翻译的外国儿童文学作品了解该国的民族情调和民族特色，儿童文学必须具备的"儿童化"特色也无法鲜明准确地体现出来，自然这些译作的影响力也就削弱了。到了五四时期，随着"儿童本位"观点的盛行，翻译不再带有功利主义色彩，外国儿童文学读物不再是"载道"的工具，而是为了儿童，于是现代儿童文学出现了令人耳目一新的局面。很多翻译家立足于儿童的心理需求和审美情趣，将人们原先任意改译过来的作品做了重译，使这些富有异国情调的外国儿童文学作品恢复了本来的面目。如之前刘半农将安徒生童话翻译为《洋迷小影》，周作人对这部作品重新进行了翻译，改名为《皇帝的新装》；包笑天将意大利作家亚米契斯的作品翻译为《馨儿就学记》，夏丏尊对这部作品重新进行了翻译，并命名为《爱的教育》等。除了重译以外，西方儿童文学中还有大量讲述"仙女精灵，小猫小狗"之类的作品，之前的知识分子认为这些作品并不具备教育意义，属于"无意思之意思"，很少对它们进行翻译，五四时期的翻译家从儿童的需要和情趣出发将这些童话、故事直译过来。儿童耳熟能详的安徒生、格林兄弟、王尔德、小川未明等著名童话作家的作品就是这一时期引入中国来的。

国外儿童文学的大量输入，一方面填补了五四时期清除旧儿童读物后留下的空白，另一方面对新的儿童文学起到了启发和借鉴的作用。现代儿童文学的拓荒者产生了亲自尝试创作儿童文学作品的念头。

这种"试一试"的实践突出地表现在两个方面：一是以外国儿童文学为榜样，开始从事搜集、整理我国民间儿童文学的工作；二是进行现代儿童文学作品的创作，这是五四时期出现的新气象。先谈谈第一种情况。

由于现代儿童文学的拓荒者大胆"拿来"了外国的儿童文学作品，吸纳了"儿童本位"的合理内核，由此"促醒"了我们对于儿童文学的"觉悟"：原来儿童需要的不是那些板起面孔进行说教的"载道"文字，而是那些充满丰富幻想，情节生动离奇，能"顺应满足儿童之本能的兴趣和趣味"的作品。这一"发现"引起了儿童文学拓荒者的深深思索：既然外国的《灰姑娘》《丑小鸭》《伊索寓言》之类讲狗、讲猫、讲精灵的"荒诞"读物如此受到儿童的欢迎，那我们民间流传的以及传统读物中类似的东西不也可以发掘整理出来，供给儿童欣赏吗？

研究童话、采集儿歌，这是五四时期开启的一项很有实绩的工作。五四时期的学者进行童话研究主要基于以下三种目的：一是部分学者从民俗学、人类学的角度出发，研究"民间的童话"，主要通过民间童话来探究我国不同地区和民族的风土人情、民俗习惯等。这部分学者以《妇女杂志》为主阵地，代表人物有胡愈之、张梓生、冯飞等，代表作品有胡愈之的《论民间文学》、张梓生的《论童话》、冯飞的《童话与空想》等。还有部分作家从民间童话、故事中得到灵感，创作了《马郎》《老虎外婆》等作品。二是部分学者从教育学、儿童学的角度出发，研究适合儿童阅读的"教育的童话"。这类童话有的是学者从民间搜集而来的，有的是作家自己创作的，不管哪种形式的作品，都以儿童为中心，站在儿童的角度，"不带有成人的气息"，《安徒生童话》《阿丽丝漫游奇境记》《木偶奇遇记》《金河王》就是其中的代表作。三是探讨童话体的小说，五四时期的学者称其为"文学的童话"。这类作品虽然具有儿童文学的特色，但其思想内核"带着成人的悲哀"，是作家借助童话的手法写成的小说，代表人物有王尔德、爱罗先珂等，这些作家的某些童话就属于童话体的小说。五四时期开始的童话研究虽然研究目的、研究方法各不相同，但它们"殊途同归"，其结果都或直接或间接地促进了现代童话的发展与繁荣，为儿童提供了更多、更丰富的精神食粮。

1924年，赵景深将18位作者发表的有关儿童文学的30篇论著进行了整理，结集为《童话评论》，该书是我国第一部儿童文学论文集，集中反映了五四时期以童话研究为中心的儿童文学理论成果。

五四时期儿童文学领域的另一项成就是寓言的广泛应用。1917年，茅盾出版了《中国寓言初编》，该著作是中国文学史上第一部以儿童为阅读对象的寓言集。1921年郑振铎创办了白话类儿童文学期刊——《儿童世界》，在《〈儿童世界〉宣言》中明确提出，寓言是儿童文学的主要文体。为了倡导这种新的儿童文学样式，郑振铎不仅将《印度寓言》《莱森寓言》翻译成中文，而且进行了大量的理论研究工作，探究了寓言的起源、发展。他认为寓言最常表达的是道德的格言、人间的真理，但它不是耳提面命的说教，而是把它的教训与真理隐藏于创作人物的言行举止中。这些人物，大约都是些在田野中的家畜、空中的飞鸟、林中的树木、山内的野兽等，它们都被拟人化了。因此这种形式十分符合儿童心理与欣赏的要求。

五四运动前后的儿童文学，除了大量的外国译作，其他几乎都是学者通过采风所得到的民间口头创作，题材和体裁都异常丰富，不仅包括童话、神话，而且包括传说、故事、童谣等。还有部分学者对古典传统读物中适合儿童阅读的部分进行了改编，但这类读物数量有限，影响也不大。翻译和采风才是五四时期儿童文学的重点，所占的比例也最大。部分学者从外国儿童文学中受到启发，深入挖掘中国传统的民间童话、故事等，并将其作为儿童读物出版发行。1935年生活书店印行的《全国总书目》统计，自五四以来，各地出版的专供儿童阅读的"中国民间故事"达91种。很多儿童文学家在创作儿童文学作品时以民间故事为原型，还有的作家将他们从民间搜集到的民间故事整理后直接出版。有关资料显示，赵景深自五四时期开始创作的儿童图画故事五十多种，其中不少都源于民间口头创作。又如黎锦晖从民间流传的"十兄弟型"童话中获得灵感，编写了《十兄弟》《十姐妹》等作品。

如上所述，五四时期的儿童文学主要包括三类：一是翻译外国作品，二是采集改编民间口头创作，三是对某些符合儿童心性，适合儿童阅读的古典作品进行改编。但当时有一个突出的现象，即文学大家都对儿童文学给予极大的关注，以极大的热情从事儿童文学。很多新文学的先行者在创作成人文学作品时，也肩负着儿童文学创作的使命，有的文学家甚至是通过儿童文学才步入文坛的。他们的创作有以下两种情况：一种是部分作家依托儿童文学来表达成人感情，儿童文学只不过是他们寄托感情的载体。如周作人在《新青年》上发表的诗歌《路上所见》《北歌》，就是借助儿童文学这种特殊的体裁，来表达自身的思想感情的。又如刘半农的诗歌《学徒苦》借助儿歌体的形式来表达作者对现实社会的看法。另一类作品是以儿童为阅读对象，专门为儿童写的，具有鲜明的儿童化特色，故事情节简单，语言通俗易懂。代表作家有茅盾、叶圣陶。他们创作的童话和儿童诗成为五四时期儿童文学的典型代表。

总体来说，五四时期的儿童文学是作为中国现代儿童文学的"诞生期"而存在的，其理由是：这时期的儿童文学以重译、直译外国儿童文学读物或采集民间口头创作为主要创作形式，尚未出现一支专门从事儿童文学创作的作家队伍，也未出现专门的儿童文学作家队伍。虽然这一阶段出现了以儿童为阅读对象的儿童文学作品，但是数量较少，没有产生超出国界影响的作品。这一时期的儿童文学作品的文学性、艺术性有待提高，没有鲜明地体现出中国风格和时代风格。同时，与儿童文学有关的建设还不够健全，如尚未出现专门的少年儿童出版社，儿童文学组织、高等院校儿童文学课的开设等也还是一片空白。

"诞生期"的儿童文学，虽然幼稚粗糙，但稚嫩新鲜，充满生机，对于整个现代儿童文学的发展具有重大的开拓意义。中国传统的儿童观深受封建思想的影响，与同时代的世界儿童观相比，中国传统的儿童观是落后的、腐朽的。五四时期儿童文学的兴起对中国传统儿童观造成了严重的冲击，使人们对儿童的认识大大向前迈进了一步——虽然中国儿童文学攻击传统儿童观的思想是借鉴外国的"儿童本位论"中的合理因素。尊重儿童，尊重儿童独立性观念的提出，使得人们不再将儿童看作成人的附庸，而是独立于成人的存在，一种适合他们需要的文学得到了全社会的认可和重视。从社会史方面来说，儿童文学的发展情况成为衡量中国是否进入现代社会的重要标准。儿童观的改变，儿童的发现与儿童文学的发现，是新文化运动的卓越功绩。新文化运动为现代儿童文学的萌芽奠定了坚实的基础。中国儿童文学诞生期的工作主要集中在两个方面：一是翻译外来的儿童文学作品；二是采集、改编本民族的传统文学，这两方面工作是相辅相成的，缺一不可。中国现代儿童文学借鉴同时代欧美等国家的儿童文学的成功经验，这属于横向上的借鉴；中国现代儿童文学深入挖掘中国传统民间童话、传说，这属于纵向上的传承，两者互相交织，催生与哺育了完全独创的新儿童文学的发生与发展。虽然这时期的儿童文学尚处于孕育时期，但它的发展已属历史的必然。纵观世界儿童文学的发展历程，可以得出这样一个结论：儿童文学的发生与发展晚于成人文学。中国文学史的发展正好印证了这个现象。中国现代文学中的成人文学起步较早，众多的作家纷纷投入成人文学的创作中，产生了举世瞩目的作品，与之相对应的是，现代儿童文学无论是作家队伍的建立，还是第一流作品的问世都要晚于成人文学。但是现代儿童文学创作热潮的到来掀起了中国儿童文学的洪波巨澜。20世纪20年代中国现代儿童文学进入"成长期"，出现了一大批专门从事儿童文学创作的作家，以《稻草人》《寄小读者》为代表的优秀儿童文学作品横空出世，掀起了"儿童文学运动"。

四、现代中国儿童文学起步阶段名家作品研究

（一）叶圣陶的童话创作

叶圣陶曾指出："郑振铎兄创办《儿童世界》，要我作童话，我才作童话，集拢来就是题名为《稻草人》的那一本。"叶圣陶先生创作了大量的童话作品，其中《小白船》是叶圣陶先生的童话处女作，首次发布于《儿童世界》。1922年是叶圣陶先生的创作高峰期，在这一年他创作并发表了19篇童话。通过统计

叶圣陶先生创作的童话，我们可以发现叶圣陶先生的确是一位多产的作家，创作的童话高达43篇，将这些童话结集成册，分别为《稻草人》《古代英雄的石像》《四三集》等。

早期的茅盾童话以改写为主，郑振铎童话以译述为主，叶圣陶先生创作的童话与之有明显的区别。叶圣陶先生创作的童话都是自己独创的，将自己的奇思妙想编写成童话作品。郑振铎在为《稻草人》作序时指出："在描写一方面，全集中几乎没一篇不是成功之作。"叶圣陶童话的质量非常高，实现了内容与形式的完美结合，叶圣陶童话作品得到了业内人士的高度认可，标志着中国艺术童话逐渐走向成熟。

第一，叶圣陶童话直面人生最真实的问题，在取材方面没有限制，童话作品能够反映现实世界中的问题。叶圣陶先生在进行童话创作时，思路比较清晰，每一个发展阶段都有相对应的创作主题。在最初写童话时，叶圣陶的创作思想主要是儿童时代的梦，童话作品拥有比较丰富的色彩，里面充满了奇思妙想，具有浓厚的理想主义色彩。他认定儿童文学要"对准儿童内发的感情而为之响应，使益丰富而纯美"，在这样的创作思路指导下，叶圣陶对自己的童话思想内容做了明确的规定，他希望绘制一个多彩的童话世界，为儿童创造一个天真、纯净的乐园，使儿童的内心保持纯洁。在他勾勒的童话世界里，没有战争，没有不幸，美丽的人生不会受到不利的影响。叶圣陶先生相继创作出了《小白船》《傻子》《燕子》《一粒种子》等多篇著名童话作品。在早期创作童话作品时，叶圣陶先生注重对"爱"和"善"的追求，希望为儿童的童年渲染出纯真的色彩，塑造美丽的童话人生，使儿童保持内心的纯洁。

通过叶圣陶的童话作品，我们认识了很多的童话形象，这些形象富有人道主义精神，具有正向的价值观和道德观。在童话《傻子》中，主人公傻子是一个不在乎个人利益，甘愿为他人奉献的形象；在童话《跛乞丐》中，绿衣人的形象是非常光辉的，不畏艰难险阻坚持不懈为人们传递书信，自己却因不幸而导致残废；在童话《画眉鸟》中，画眉鸟的形象也是很积极的，用自己的歌声来抚慰处于艰难境地中的人们，给人们带来新的希望；在童话《燕子》中，作者希望创造一个充满温暖和善意的世界，在这个世界中没有伤害和不幸。叶圣陶的童话作品充满了爱和善的气息，能够潜移默化地影响儿童，使儿童受到高尚纯美的教育。

毫无疑问，作家对真、善、美的追求有着重要的积极意义，能够带给人们美的享受。但是，我们需要清醒地认识到，纯洁、美好、无一丝尘埃的世界毕竟是属于童话的，与现实的世界之间必然存在着矛盾。叶圣陶先生是一位切切实实的现实主义作家，在这种矛盾中，他的内心是比较挣扎的，常常会感到无能为力的痛苦。这一时期叶圣陶先生童话小说的特征是比较鲜明的，虽然创作的心情沉重，但是描绘的童话世界充满了理想主义的色彩，充满了梦幻般的幻想。在他的内心难以做到现实与童话的平衡，想要拂去成年世界的尘埃，将儿童的天真与烂漫展现出来，反映儿童纯洁的内心是非常有难度的。在一系列的挣扎之后，叶圣陶先生做出了选择，他决定转换自己创作的笔调，由原先的赞美转为现在的诅咒，之前注重赞美世界，专注于世界上的美好之事，但是在痛苦的现实面前，他感受到了人生的悲哀和无奈，他开始咒骂这个世界，强烈抨击那些穿黑衣服的强盗，诅咒有强盗的世界。叶圣陶先生童话创作思想的转变始于《鲤鱼的遇险》，此后，他的创作笔触更为现实，淋漓尽致地展现真实人生的全貌，代表作有《旅行家》《快乐的人》《瞎子和聋子》《克宜的经历》《画眉鸟》。

纵观叶圣陶先生童话创作思想的发展，我们可以总结其发展的脉络，先是注重勾勒梦幻的世界，再是注重描绘现实的世界，反映真实的现实生活，告诉儿童真实的人生是怎样的。叶圣陶先生童话创作思想的转变有着十分重要的意义，为叶圣陶童话作品注入了新的生命力，使叶圣陶童话作品拥有了更深刻的现实意义，在一定程度上推动了中国现实童话创作的发展。

首先，由于从梦幻走向现实，这就使童话的人物形象发生了根本性变化，它使小读者看到了当时中国社会各阶层的各类人物：工人、农民、知识分子、商人、军人、富翁、蚕农、渔民、厨子、警察、邮递员、青年学生、人力车夫、卖唱艺人、纺织女工、小木匠、童工、乞丐等，看到了由这些人物和人物之间的关系所构成的错综复杂的社会生活与阶级矛盾。正是从叶圣陶开始，中国的童话创作才跳出了"不写王子，便写公主"的西方模式，把笔触直接对准了丰富多彩的现实人生。

其次，由于从梦幻走向现实，扩大了童话题材的范围，使人间百态进入作家的创作视野。《稻草人》《大喉咙》《快乐的人》《画眉鸟》《克宜的经历》《富翁》，这些作品及时地将人们关心的生活现象和其中的矛盾斗争加以艺术概括，用童话形式进行了描述，把成人的悲哀显示给儿童，从而大大加深了童话作品的思想意义和对儿童的认识作用、教育作用；同时也对当时乃至以后的整个中国现代儿童文学的创作思想起到了惊醒、感奋的作用。

叶圣陶童话之所以最终走向了现实主义道路，这一方面是由于"为人生而艺术"的文艺思想促使他去正视现实，帮助他敏锐地发现和分析复杂的社会现象，另一方面也是因人道主义思想使他以关切的目光注视着劳动人民的不幸与苦难，倾注自己的深切同情。

第二，叶圣陶童话面向儿童，追求儿童情趣，不断丰富童话创作的艺术表现手段，在现代童话发展创作历史上，叶圣陶童话有着非常重要的地位。

叶圣陶在《文艺谈·八》中说："创作儿童文艺的文艺家当然着眼于儿童，要给他们精美的营养料。"为了实现这一富有意义的追求，在创作初期，叶圣陶先生就坚持不懈地探索更加有效的艺术表现手段，为年幼一代提供高质量的作品。叶圣陶童话具有非常鲜明的艺术特征，在现代童话发展史上占据着举足轻重的地位。

叶圣陶童话具有独特的艺术特征，充满了梦幻的色彩和浓厚的理想主义色彩。叶圣陶在成为一名作家之前是在小学教学，对儿童的心理有着深刻的认识，了解儿童喜欢充满想象的梦幻世界。文艺家应该深入探究儿童的心理，并在此基础上进行文艺创作，这样才能创作出契合儿童心理的作品。叶圣陶童话充满了奇思妙想，意境优美，描绘的世界契合儿童的想象世界，能够带给人美的感受。叶圣陶在创作幻想世界时，最常出现的诗化意境就是绚丽的大自然、梦的月宫和神秘的蚂蚁国。

《小白船》的境界是美的大自然。生活在月宫里的人们，个个起劲干活，原来，他们是为着喜欢而干活的，他们的心是那么甜，所以收获的果实也是甜的，就连辣椒也变成甜的了。这是一片多么令人神往的乐土啊！即使在那些暴露社会阴暗丑恶面的童话里，作者也让它们蕴含着一种诗意。例如《花园之外》的主人公长儿被拒于花园门外，但是他在梦里多次进入花园欣赏美景，构成了一种诗的意境。

童话幻想的重要途径是把一切非人的东西加以拟人化。在叶圣陶笔下，无论是天上的飞鸟，水里的游鱼，地上的走兽，桑田陌上的花儿、草儿，还是无生命的稻草人、石像、书籍以至汽笛、火车头等，全都被赋予了人的性格、人的行动。作家把它们统一在一个和谐的童话世界里，纯熟地、巧妙地导演着他们演出了一幕幕有声有色、神奇多姿的活剧。

表现的夸张性与事理的逻辑性是叶圣陶童话的又一显著艺术特色。叶圣陶童话丰富的幻想往往是通过夸张手法表现出来的，既有环境夸张、形象夸张、情节夸张，又有动作夸张、语言夸张等，其中尤以情节夸张给人难忘的印象。如《芳儿的梦》，写芳儿和月亮姊姊来到星群里，拾取了近百颗星星，做成一个光彩夺目的星环，把它作为生日礼物献给慈母。诗一般优美的幻想，借助强烈的情节夸张，深刻地表现出儿童对于母亲"比海还深"的爱。夸张是趣味的来源之一，它不仅加深了童话神奇色调的浓度，而且营造了作品童趣盎然的气氛。而这正是小读者所能理解和需要的。

叶圣陶童话勾勒的幻想世界非常神奇，不仅如此，还具有夸张的表现形式，给人一种强烈的冲击，具有典型的童话事理逻辑，说白了也就是推理逻辑符合童话的创作逻辑，遵从了客观世界物的特征。典型代表作品就是《稻草人》。

在创作童话时，要具备一定的艺术要素，其中最重要的艺术要素就是事理逻辑性。叶圣陶先生在创作童话时严格遵守事理逻辑性，增强作品的真实感，能够对小读者产生强烈的吸引力。

叶圣陶童话的质量是非常高的，不仅童话的内容符合事理逻辑性，童话的语言也具有鲜明的特色，在一定程度上能够反映民族化的特征，而且符合儿童的语言逻辑，使儿童能够轻松地理解作品的内容。叶圣陶童话语言既没有使用欧化句式，也没有使用文言词语，简洁、流畅、生动、形象，注重儿童的逻辑思维习惯。叶圣陶创作的童话在中国现代童话艺术史上有着杰出的贡献。

第三，鲜明浓郁的中国风格与中国气派，是叶圣陶童话又一重要的特色，也是他对发展现代童话创作的又一重要贡献。

叶圣陶开始从事童话创作时，自然借鉴过西洋童话，他自己也说过，他是由于受到安徒生、王尔德、格林兄弟童话的影响才有了自己来试一试的想法的。但是，叶圣陶决不是等着倒在西洋童话面前，他的童话显然不是"西化"的产物，而是牢牢地根植于中国的现实土壤，有着自己浓郁鲜明的中国作风与中国气派，完全是"中国化"的童话。

一方面，叶圣陶童话取材广泛，但是都是扎根于中国现实生活的土壤中，注重挖掘民族题材，在创作时没有袭用外国题材。通过描绘现实生活中的事物来反映想要表达的主题，体现了浓厚的民族气息。

另一方面，叶圣陶童话中出现的人物的生活环境具有典型的中国色彩，不论是童话中描绘的民族习俗、时令节序，还是语言特色、服饰饮食等都具有浓厚的中国风情，反映了民族传统文化，也从侧面展现了民族心理和情感。叶圣陶童话中反映的社会生活内容具有浓郁的中国地域特色，展现了中华民族生活的面貌。

民族特色是叶圣陶童话作品中的典型特征，赢得了中国儿童的青睐。

以上从思想内容、艺术形式与民族风格等三个方面论述了叶圣陶童话的特色与成就。我们可以看出，中国的艺术童话经过茅盾的开创、郑振铎的培植，到了叶圣陶手上，已经完全跳出了外国童话的窠臼，创造出了具有中国特色与中国气派的新童话。鲁迅非常喜欢叶圣陶先生的童话作品，并对其作品给予了高度赞赏。在评价童话《稻草人》时，鲁迅先生认为这篇童话开创了中国童话新的发展路径。具体分析这一赞语，我们可以发现其包含了多种信息：首先，叶圣陶先生是一位名副其实的作家，叶圣陶的童话就是作家创作的富于艺术气息的童话作品；其次，叶圣陶童话在中国现代童话历史上占据着十分重要的地位，推动了中国现代童话的创作与发展；最后，叶圣陶先生后期创作的童话具有浓厚的现实主义色彩，叶圣陶童话拉开了中国童话创作的现实主义序幕。

（二）俞平伯的儿童诗集《忆》

1920年，胡适的《尝试集》正式发表，这篇文章可以说是中国首部新白话诗集。而中国首部描写儿童生活的新诗集则是俞平伯的《忆》，《忆》于1925年12月出版。《忆》主要讲述了俞平伯对幼年时代的回忆，这部诗集主要由三人合作完成，其中俞平伯完成了诗集中全部的诗，丰子恺则主要负责画诗集中的插图，诗集的跋是朱自清写的。儿童诗集《忆》是俞平伯亲自手书完成的，具有很高的艺术价值，在新文学史上具有非常重要的地位。诗集《忆》不仅细腻地描绘了孩提时代的生活，还具有很高的文学价值。但是文学理论家没有重视儿童文学的价值，使诗集《忆》逐渐蒙尘于历史中。

诗集《忆》是一部专门描写儿童生活的诗集，充满了天真烂漫的气息，展现了少年无忧无虑的生活，将儿童情趣淋漓尽致地表达了出来，细腻地展现了儿童的内心世界，具有非常鲜明的特征。

通过品读诗集《忆》，我们可以跟随作者感悟少年时光，感受天真烂漫的童趣，看到作者纯洁的内心世界。

在孩提时代有着各种各样的游戏，比如骑竹马、捉迷藏、讲故事等，这些游戏在作者的笔下幻化成了一幅幅欢快的画面，带给读者一种强烈的感染力，使人不由自主地融入作者愉快的童年时光中，请看描写捉迷藏的《第十二首》。

"来了！"

"快躲！门！门！……"

我看不见他们了，
他们怎能看见我。
虽然，一扇门后头，
分明地有双孩子的脚。

只有对儿童的心理有了深刻的了解，拥有一颗无畏时光的童心，才能写出这样优美的诗篇。在诗集《忆》中，塑造了大量优美的意境，画面优美，极具感染力，具有鲜明的特色。《忆》是已经飘逝的儿童梦。"飞去的梦因为飞去的缘故，一例是甜蜜蜜而又酸溜溜的"。（朱自清《〈忆〉跋》）这儿童梦本身就勾勒了美好的意境。俞平伯"老老实实的，像春日的轻风在绿树间微语一般，低低的，密密的将他可忆而不可捉的'儿时'诉给您了"。（朱自清《〈忆〉跋》）诗人最喜欢描绘的是夜的意境："夏夜是银白色的，带着栀子花儿的香；秋夜是铁灰色的，有青色的油盏火的微茫；春夜最热闹的是上灯节，有各色灯的辉煌，小烛的摇荡；冬夜是数除夕了，红的、绿的、淡黄的颜色，便是年的衣裳……夜之国，梦之国，正是孩子的国呀！"（朱自清《〈忆〉跋》）

请看《第二十八首》，如下。
红蜡烛底光一跳一跳的。
烛台上，今夜有剪好的大红纸，
碧绿的柏枝，还缀着鹅黄的子。
红蜡烛底光一跳一跳的。
照在挂布帐的床上，
照在里床的小枕头上，
照在小枕头边一双小红橘子上。

这首诗描绘出的画面是婉转动人的，既可以说是一幅静物的写生画，也可以说是一幅人物的写意画。在描绘的画面中虽然没有直接出现人，但又处处体现着有人，比如跳动的烛光、剪好的红纸等，这幅画面还洋溢着一股喜悦、兴奋的情感，表达了孩子心满意足的感情。整幅画面蕴含着独特的韵味，既体现了诗的雅致也具备了画的神韵，如同一首舒缓的小夜曲，让人留恋、回味。

俞平伯先生在创作诗歌的过程中有着自己的想法，他写诗"不愿顾念一切做诗底律令"。俞平伯的诗歌别具一格，挥洒自如，突破了条条框框的限制，没有固定的形式，也不注重格律与押韵，在表达自己的内心世界方面具有独有的特征，既准确表现了人类中间的我，也淋漓尽致地展现出了为爱而活着的"我"，用质朴平实的语言表达出最朴素自然的情感，能够使人们产生情感的共鸣，给人们的心灵以慰藉。这也是《忆》的又一显著特色。

《忆》收录的诗歌形式多种多样，不仅有长达十多行的诗歌，也有短至两句的小诗。俞平伯在作诗方面随性而为，没有太多的故意成分，将丰沛的情感融入字里行间，形成独特的节奏，韵味天成，自然流畅，能够使人的内心受到感动。

这里需要注意的是，《忆》具有鲜明的特色，不讲究格式韵律，不在乎是否有韵还是无韵，在一字一句中体现着质朴的情感。但也正因为这一特色在一定程度上阻碍了《忆》在儿童中的传播和影响，这是因为儿童在欣赏诗歌时主要是利用听觉来感知的，儿童的年龄较小，格外喜欢整齐的句式，有严密韵脚的诗朗朗上口，很方便儿童吟诵。《忆》虽然不是面向儿童而写的，但从本质上来看，这就是一部描写儿童生活的诗集。

（三）冰心与《寄小读者》

冰心是五四时期一位重要的女作家。她最初以"问题小说"步入五四文坛，崭露头角，以温柔优美的散文《寄小读者》开拓了儿童散文创作的新天地，奠定了她在现代儿童文学史上的地位。

冰心是一位"对儿童有爱与理解"的特别胜任儿童文学的女作家，《寄小读者》正是冰心奉献给"最可爱的"小孩子的珍贵礼物。这是作家在1923年7月至1926年8月在美国游学时所写的随笔式记录，最初题为《给〈儿童世界〉的小读者》，自1923年7月29日起陆续刊登在《晨报·副刊》上，共29篇。1927年由北新书局结集出版，至1941年共发行36版，成为现代中国最畅销的儿童散文集。

打开《寄小读者》，我们就会感到字里行间满含着爱的情思，犹如习习凉风，扑面而来，幽幽花香，沁人心脾。这种"爱"是那么深挚、博大，具体地说，它包括了四个方面的内容：对童心的礼赞、对母爱的颂扬、对自然的讴歌和对祖国的深深怀恋。"爱的哲学"正是帮助我们开启《寄小读者》的一把钥匙，也是它的基本内容与思想基调。

冰心对童心看得十分珍贵。她把儿童引为知己。她用女性特有的温柔、细腻的感情与纯洁、天真的儿童做着心声的交流，告诉他们她在异国所见所闻的种种，以"童心来复"的情愫，和他们娓娓谈心，在不知不觉之间，引导儿童向上，教育他们要同情弱小、怜念贫病，要爱护动物、爱护生命。

冰心是一位至诚的母爱讴歌者。她用炽热如火的感情和婉转动人的语言，虔诚地讴歌母爱、颂扬母爱。

她讴歌母爱的至高至圣,如《通讯十》(节选)所示。

只有普天下的母亲的爱,或隐或显,或出或没,不论你用斗量,用尺量,或是用心灵的度量衡来推测;我的母亲对于我,你的母亲对于你,她的和他的母亲对于她和他;她们的爱是一般的长阔高深,分毫都不差减。

她赞颂母爱的永恒长久,如《通讯十》(节选)所示。

母亲的爱是永远的。……她爱我的肉体,她爱我的灵魂,她爱我前后左右,过去、将来、现在的一切!

她发现了母爱的神圣力量,如《通讯十》(节选)所示。

她的爱不但包围我,而且普遍地包围着一切爱我的人;而且因着爱我,她也爱了天下的儿女,她更爱了天下的母亲。小朋友!告诉你一句小孩子以为是极浅显,而大人们以为是极高深的话,"世界便是这样的建造起来的!"

在冰心心目中,母爱是"这样深浓、这样沉挚,开天辟地的爱","愿普天下一切有知,都来颂赞"。母爱,这是建立在人类血缘关系之上的母亲对子女的天然感情,是普天之下最真挚、最细腻、最富牺牲精神的骨肉之情。冰心对母爱的讴歌有着进步意义,她为生活在陈腐滞重的社会里的小读者带来了闪闪的亮光、绵绵的暖意;她安慰了千千万万颗幼小的心灵,使他们感受到母爱的温暖、生活的光彩。这种感情不仅在当时曾"惊动过读者万千",而且于今读之,依然撩人情思,暖人心怀。

冰心曾宣称,最难忘的是自然美。歌唱自然美,描写大自然的奇光异彩,这是《寄小读者》的又一重要内容。冰心在作品中赞美了星光,歌颂了花香,对波涛之清响尤为青睐。她喜欢春风春鸟,热爱夏天的云和雨,想要倾听秋蝉的奏鸣,追求冬雪银霜的素白,在这些自然之景中,作者的心灵能够得到净化。

冰心是一位温柔、细腻、善于表达情感的作家,喜欢大自然的美,她礼赞童心、讴歌母爱,对祖国母亲有着深沉、厚重的爱。走在去国离乡之途,身为异国他乡之客,冰心的笔端无时不流露出"牵不断的离情"。那"突起的乡思,如同一个波涛怒翻的海",时时奔涌在她那颗注满了"爱"的心中。冰心对母亲的爱、对儿童的爱正是她的爱国主义思想的具体显现。她尤以不绝如缕的万般相思,抒发着她对祖国深深的思恋。无论是在海天苍茫的巨轮上,还是在凄清寂寞的病榻上,她的心中时时起伏着对祖国万分依恋的细腻而真切的感情潮汐。

这种思国思家、忧国忧家、爱国爱家的赤子之心，像一根红线贯穿于《寄小读者》的始终，把对童心的礼赞、母爱的讴歌、大自然的颂扬都统一于强烈的爱国主义思想之中。这是《寄小读者》最可珍贵的情愫，也是它的思想核心。

郭沫若在《儿童文学之管见》中指出："文学于人性之熏陶，本有宏伟的效力，而儿童文学尤能于不识不知之间，导引儿童向上，启发其良知良能。"洋溢在冰心《寄小读者》中的爱祖国、爱母亲、爱儿童、爱大自然的思想内容，正具有这样一种"导引"少年不断"向上"的"宏伟的效力"。这部专门写给小读者的散文集是对年幼一代进行"感情教育""美的教育"与爱国主义思想教育的形象教材，从它问世以来，不知感染、激动和教育了多少颗幼小纯洁的童心！这就是《寄小读者》具有永久性魅力的根本原因。至于《寄小读者》清新亮丽的文笔、温柔亲切的情调、如诗似画的意境、优美生动的语言，长期以来，更是受到广大小读者和"大读者"的喜爱。郁达夫对冰心散文的风采也是推崇备至，在他看来，冰心女士散文的倩丽、文字的典雅、思想的纯洁，在中国算是独一无二的作家了。

《寄小读者》是20世纪20年代小百花园地的一树奇葩。它的出现，标志着我国儿童散文的崛起与奇迹般的成熟。它以其自身的价值与不朽的艺术，在中国现代儿童文学史上放射着灼人的光彩，享有特殊的光荣地位。

第二节　现代中国儿童文学的发展

一、左翼文艺运动给儿童文学注入新鲜血液

1930年3月，中国左翼作家联盟成立，作为革命文学一翼的儿童文学在本时期受到了更多的重视。左翼作家把儿童当作自己"新时代的弟妹"。为了给他们新的思想、新的精神、新的文学，使他们能够担负起"人的战士"的重任，左翼作家热情地关心与扶植着儿童文学这株弱小，但有巨大生命力的幼苗，使这株幼苗能在激烈的社会动荡中健康茁壮地成长。

这首先得力于左联领导者对儿童文学的关注。左联领导者之一的鲁迅先生，以他儿童文学的理论、儿童形象的创造和翻译的实绩，为我国现代儿童文学的发展做出了巨大的贡献。其他左联成员，如钱杏邨、洪灵菲、柔石等也以他们创作的实绩，为儿童文学这株幼苗施肥、培土。

其次，新兴的左翼文学团体对儿童文学也给予了相当的重视。左联机关刊物《北斗》《文学导报》和《萌芽》（月刊）、《拓荒者》《大众文艺》等左翼刊物都刊登过不少儿童文学作品和理论文章。《大众文艺》开设《少年大众》一栏，《文学》（月刊）也专门出过一期"儿童文学特辑"，为新兴儿童文学呐喊、助威。

最后，左翼作家群中的儿童文学创作也是十分活跃的。不仅在主题和题材方面有新的开拓，而且在艺术上也日趋成熟。无产阶级革命文艺运动的前驱者柔石、冯铿、胡也频、冯宪章、应修人、叶刚等，不仅以自己一腔的热血和生命写下了壮丽的诗篇，而且为革命儿童文学开辟了一畴新土。

如果说新文化运动为中国现代儿童文学打下了坚实的基础，那么，左翼文艺运动则为中国现代儿童文学的发展起了积极的推动和促进作用。左联对中国现代儿童文学的贡献是具有伟大的历史性意义的。

首先，左翼儿童文学继承了新文学的传统，具有强烈的战斗精神，主题进一步深化了。作家敢于干预生活、直面人生，向儿童揭示这个社会黑暗的现实，让他们从小就明白这个社会为什么是富人的天堂、穷人的地狱，以及人民之所以贫困的根本原因。

其次，左翼儿童文学的题材范围较广，不仅有揭露社会阴暗面的作品，还有反帝爱国方面的作品。随着日本帝国主义日益把战火烧近，人民反抗的呼声也日益高涨。左翼作家的笔自然也就深入这一领域。此外，由于一些左翼作家参观了解放区，有感于解放区火热的斗争生活和少年英雄的事迹，写出了歌颂根据地人民伟大的革命英雄主义，特别是少年英雄大无畏的革命献身精神的作品，使根据地火热的新生活得以再现于国统区的儿童面前，鼓舞了国统区儿童勇于参加革命斗争。

左翼儿童文学在艺术上尽管还不够成熟，有些作品比较粗糙，有的则存在一些公式化、概念化的倾向，但是它以革命儿童文学崭新的姿态出现在中国现代儿童文学的阵地上，可以说意义重大，给中国现代儿童文学的发展带来了新的生命力，推动了中国现代儿童文学的发展，在中国现代儿童文学史上发挥着重要的作用。

二、现实主义成了儿童文学创作的主流

左翼文艺运动的发展在一定程度上影响了儿童文学的创作方向，使得儿童文学朝着现实主义方向大步迈进。基于此，这一时期儿童文学创作的主要趋势就是

现实主义。

如果说叶圣陶前期的现实主义童话在揭示现实生活中还带有一层淡淡的悲哀色彩的话,那么这一时期的现实主义儿童文学创作的格调则已渐趋明朗。

这一时期,反映现实的主题和题材在儿童文学创作中占有突出的地位,并取得了相当高的艺术成就。这不仅表现在左翼革命儿童文学方面,同时也表现在一些进步的儿童文学作品中。较为突出的作品如下所示。

童话方面有张天翼的《大林和小林》《秃秃大王》,陈伯吹的《阿丽思小姐》《波罗乔少爷》,郭沫若的《一只手》,叶圣陶的《古代英雄的石像》,巴金的《长生塔》,老舍的《小坡的生日》,应修人的《金宝塔银宝塔》等作品。

小说方面有张天翼的《奇怪的地方》《回家》,茅盾的《少年印刷工》《大鼻子的故事》,胡也频的《小人儿》,叶圣陶的《邻居》等。

散文方面有柔石的《人间杂记》,草明的《小玲妹》等。诗歌方面有陈正道的《少年先锋》,柔石的《血在沸》等。

本时期儿童文学的现实主义精神不单体现在揭露社会的阴暗面,还体现在歌颂社会光明的一面。大致来说白区的儿童文学作品绝大部分以揭露为主,而苏区的儿童文学作品则大部分以歌颂为主。虽然有时两者兼有,但现实主义的创作原则始终不变。郭沫若的童话《一只手》、茅盾的小说《少年印刷工》都是在揭露黑暗现实的同时对一代觉醒的儿童的歌颂。

三、儿童文学翻译的扩大和少儿科学文艺的兴起

外国儿童文学引入中国大致有两个高潮期。

第一个高潮是随着新文化运动的蓬勃发展而兴起的。西欧一些著名的儿童文学作品被大批地译介过来,以其批判现实主义的浪潮冲击和影响着我国现代儿童文学的发展,如安徒生、王尔德、爱罗先珂等人的童话,亚米契斯的《爱的教育》等小说。儿童文学翻译以童话为主。

第二个高潮期则是在20世纪30年代形成的。随着时代的发展,全国各地译介外国儿童文学的范围越来越广,译介的外国儿童文学的种类和数量不断增多。在早期主要是译介欧美儿童文学作品和亚洲各地的儿童文学作品,现在又增加了译介苏联社会主义儿童文学作品。

20世纪30年代,鲁迅开始侧重翻译苏联作家的文学作品,中篇小说《表》是苏联著名作家班台莱耶夫的作品,主要讲述了流浪儿彼蒂加成长的故事。故事

的主线就是一块金表，鲁迅将其翻译成了中文。把新的思想传播给正在成长中的下一代，使他成为"新的战士"，这正是鲁迅最迫切的愿望。鲁迅翻译的《表》在儿童文学领域有着重要的地位，在创作题材和表现人物方面展示了新的特征。类似题材的作品还有《小红灯笼的梦》《少年印刷工》等，为左翼儿童文学注入了新鲜的血液。

与此同时，大量外国的科学文艺作品被译介过来，反映苏维埃建设新貌的苏联科学文艺首先吸引了译作者。董纯才在翻译了法布尔的《科学的故事》之后，便着手翻译伊林的科学文艺作品，如《五年计划的故事》《人和山》《白纸黑字》《几点钟》等。这些故事有着极高的文学价值，蕴含着新的思想，还能让人们了解科学知识，具有一定的文学性，能够调动小读者的阅读兴趣，有助于推动中国少儿科学文艺的发展。

从整体上来看，20世纪30年代，译作的数量和范围不断扩大，带来了积极的影响，不仅扩大了儿童的视野，增长了儿童的见识，使儿童获得了一定的科学知识，还拓宽了中国现代儿童文学的创作思路，推动了中国现代儿童文学的发展。

本时期随着儿童文学创作的发展，儿童文学理论也逐渐引起人们的注意，并很快得到发展。外国儿童文学理论也就逐渐被译介过来，其中有专著、专题研究，也有单篇论文。如张圣瑜编译的日本诸家所作的《儿童文学研究》，黄源译日本芦谷重常著的《世界童话研究》，前者为儿童文学基本理论的研究，后者是对童话专题的研究。《世界童话研究》对世界从"古典童话"到"口述童话"最后发展为"文学童话"的历史发展线索做了细致的介绍，并探讨了世界童话的起源、发展和现状。此著对研究、探索中国童话的起源、产生、发展及与世界童话的关系具有重要的借鉴价值。

外国儿童文学理论的译介，大大促进了中国儿童文学理论研究的深入，使20世纪30年代的儿童文学理论研究具有了较大的规模。除报纸、杂志上经常发表的专题研究的理论文章外，还出版了近20种儿童文学研究专著。例如张圣瑜的《儿童文学研究》，陈伯吹的《儿童故事研究》，周作人的《儿童文学小论》，赵景深的《童话概要》《童话学ABC》，葛承训的《新儿童文学》等著作。20世纪30年代的儿童文学之所以形成中国现代儿童文学的高峰期，与当时儿童文学理论的迅速发展有着密切关系，其中当然也不能忽略外国儿童文学理论译介的影响和推动作用。

由于科学救国热潮的掀起，20世纪30年代的科学文艺创作也发展起来。一批少儿科学文艺刊物出现了，如新中国书局的《儿童科学杂志》、儿童书局的《常识画报》、少年知识出版社的《少年知识》等刊物。这些杂志主要向儿童介绍科普知识，从儿童的兴趣出发，形式灵活多样，有小品文、故事、散文、诗歌、连环画故事、常识介绍、科学游戏、玩具制作、智力测验等各种栏目。

还有许多儿童刊物，如《儿童世界》《小朋友》《现代儿童》《新少年》《少年杂志》《儿童杂志》等都开设了科普园地，对少儿科学文艺在当时形成一个较大的规模起了不可低估的作用。

随着少儿科学文艺的兴起，渐渐涌现出一批热心于科普创作的作家，形成了一支力量不小的创作队伍。董纯才、高士其、顾均正等都是其中的生力军，取得了引人瞩目的成绩。其中以董纯才的《动物漫画》《凤蝶外传》和高士其的《我们的抗敌英雄》等科学小品最受小读者欢迎。关于董纯才和高士其的科学文艺创作后面将以专节分别予以介绍。顾均正是我国现代科幻小说的开拓者之一，曾著有科幻小说《和平的梦》《在北极底下》《伦敦奇疫》等。在20世纪40年代正式开始写科幻小说之前，他就已经写了大量的少儿科普作品。他的作品讲究科学，擅长说理，联系实际，重于启发，在形式上亦是多种多样，有科普散文、科学小品、科学常识、科学童话、科学游戏等。这些作品在我国青少年读者中曾产生过广泛的影响。此外，他还翻译过史蒂文森的《宝岛》等外国科幻小说。

四、儿童读物出版、编辑、创作队伍的成长

儿童文学的快速发展使得出版行业也发生了一定的变化，出版业的规模不断扩大。在出版、发行儿童读物方面，越来越多的出版单位加入其中，不仅有早期的商务印书馆、中华书局等出版机构，还新加入了开明书店、北新书局、广益书局、新中国书局等出版单位。在这一时期还建立了专业的儿童书局，专门负责出版、发行儿童读物，为儿童文学事业的发展创造了便利条件。

出版业的扩大，加上一批热心于儿童文学事业的编辑和作者的努力，一批儿童报刊如雨后春笋般冒了出来。除了《儿童世界》《小朋友》及一些报纸的副刊继续印行外，还创办了《中国儿童时报》《新儿童报》《儿童新闻》《小学生》《新少年》《少年》《少年时代》《儿童杂志》《现代儿童》《中学生》《少年知识》《儿童科学杂志》《儿童天文学》等几十种刊物，还有成人刊物的儿童副刊，如《大众文艺》副刊《少年大众》等。

《小朋友》和《儿童世界》创办于20世纪20年代，属于"老牌"的儿童定期刊物，在社会上有着广泛的影响，极受小读者的欢迎，在儿童中有着广泛的影响和较高的威信。

《中国儿童时报》创办于1930年6月1日，最初在浙江绍兴，1931年秋迁至杭州。之后时局恶化，几经搬迁，先后迁至金华、永安等地，直到1945年抗战胜利才重新迁回杭州。《中国儿童时报》就像一棵顽强的、不可屈服的幼苗一样，摇摇晃晃，几番奄奄一息，却又顽强地生存下来，直到中华人民共和国成立后才为《中国少年报》所替代。

《中国儿童时报》的发刊词明确表明以培养社会儿童与科学儿童相结合的新中国儿童为读者的奋斗方向和本报的努力目标。

《儿童杂志》是儿童书局出版的半月刊，分低级、中级、高级三种，办刊宗旨比较倾向于强调教育性。《儿童杂志》仍不失为当时较好的刊物，它语言通俗，内容丰富多彩，且又比较注意儿童的年龄特点，文字的深浅适宜于各年龄段儿童阅读。

除了报纸、杂志外，各出版机构还竞相出版儿童丛书。如《儿童文学丛书》（1927年，中华书局），《世界少年文学丛刊》（1927年，开明书店），《世界儿童文学丛书》（1930年，商务印书馆），《小朋友丛书》（1930年，北新书局），《世界少年文库》（1931年，世界书局），《中华童话》（1932年，中华书局），《儿童文学创作丛书》（1933年，北新书局），《幼童文库》（1934年，商务印书馆），《小朋友文库》（1936年，中华书局）等。这些丛书内容庞杂，涉及古今中外、文史地政等各方面知识，可称作儿童出版业务的教科书，对于增长儿童的知识，提高艺术欣赏水平有极大的帮助。

由于儿童读物出版事业的发展，培养并形成了一支力量较强的专业编辑队伍和专业创作队伍。依靠这两支生力军，把儿童文学推向了创作高潮，出现了前所未有的盛况。

编辑方面贡献较大的有陈伯吹、赵景深、徐调孚、徐傅霖、吕伯攸等。陈伯吹在本时期除了从事创作，写下了《阿丽思小姐》《波罗乔少年》等有一定影响的童话外，主要精力还是放在编辑工作中。赵景深、徐调孚、徐傅霖、吕伯攸等都是当时儿童读物的重要编辑者。

本时期的儿童文学专业创作队伍已具相当规模。这是这一时期儿童文学能形成高潮期的重要因素。

童话、小说创作除了成就较大的叶圣陶、张天翼、陈伯吹等人（将分别以专节介绍），还有王人路、甘棠、守一等也是较有成绩的作家。王人路是《小朋友》杂志的热心作者。甘棠是《儿童世界》的热心作者。他的长篇小说《两个朋友》是中国现代早期儿童长篇小说之一，分146章，30多万字。守一是《儿童世界》的主要作者之一。他继郑振铎之后创作长篇连载童话《熊夫人幼稚园》，这是中国现代最早的长篇童话之一。

儿童诗方面较有成绩的是陶行知（将专节介绍）、吕伯攸、陈醉云等人。吕伯攸一生写了大量的儿童诗、儿歌，大都发表在《小朋友》杂志上，在当时产生了较大的影响。

在这样一支强有力的编辑和创作队伍的艰苦努力下，在左翼文艺运动的推动促进以及左翼作家的大力支持下，儿童文学冲破重重阻力迅速发展起来，终于形成了中国现代儿童文学发展的黄金时期。

五、现代中国儿童文学发展阶段名家作品研究

（一）张天翼的儿童文学创作

左联时期的儿童文学有了很大的发展，一批新人登上了文坛，其中最受人注目的是张天翼。从1930年至1937年，他陆续发表了《搬家后》《大林和小林》《蜜蜂》《秃秃大王》《一件寻常事》《奇遇》《奇怪的地方》《小账》《团圆》《朋友俩》《大来喜全传》《回家》等十多篇儿童文学作品。这些作品以不同凡响的崭新面貌出现，为儿童文学注入了新鲜血液，开辟一个儿童文学艺术新天地。

1. 张天翼的代表作《大林和小林》

小说《搬家后》是张天翼的第一篇儿童文学作品，描写了工人子女的生活，但在发表的当时并未引起重视。一年多后，《大林和小林》的发表使情况发生了根本的变化。

《大林和小林》是张天翼的第一部长篇童话，它不是当时流行的那种"王子""公主"之类童话的翻版，也不仅仅讲述身边的一两件琐事。这部童话通过一对孪生兄弟富有幻想色彩的奇特经历，展现了光怪陆离的生活画面：哥哥大林偶然被人当作升官发财的进见礼送给大富翁做养子，住进糖果制造的房屋，使唤二百个听差，在国王、公主、资本家、法官、警察等的尊奉保护下享尽荣华富贵，连亲兄弟也认不出了。在去海滨举行婚礼时，火车掉进海里，大林虽然侥幸漂到

富翁岛上，却因离开了劳动者而饿死在金元宝堆中。弟弟小林被人当作商品卖给资本家做童工，在把人变成鸡蛋的怪物的皮鞭下，为资本家制造金刚钻。后来小林和童工们一道，打死了怪物，逃出去开始了新生活。弟兄二人的奇特经历，恰恰是一个剥削者和一个劳动者的经历，它们像两条奇妙的线索，将上下两层社会的生活、两个对立阶级的矛盾紧密结合在一起。剥削阶级和劳动阶级具有迥然不同的生活方式，两个阶级的发展前景具有明显的对比性，反映了那个时代的特征，黑暗与光明相互交织，将生活最本真的样子描绘了出来。张天翼在创作《大林和小林》时构思是非常奇妙的，将童话中的人物置于现实生活的中心，大林和小林虽是杜撰出来的人物，但却与现实生活存在紧密的联系。二人不同的经历与命运代表了两个不同阶级的发展轨迹，既是对天真儿童的细腻描写，又蕴含着非常深刻的社会内涵。

《大林和小林》在反映生活时不像某些反映现实的童话那样琐碎地罗列具体的生活现象，而是按照儿童感觉和想象事物的方式重新组合生活现象，通过丰富有趣的儿童式的夸张虚构的人物、情节，反映现实生活中的逻辑和关系。比如写到四四格对在咕噜公司做工的童工们喊"一二三，变鸡蛋"，就把孩子们一个个变成鸡蛋吃掉。幸亏小林拿出劳动换来的铁球，将余下的鸡蛋一个个打破，使他们又恢复了人形。这个情节在极度荒诞中还带有儿童游戏的味道，张天翼用儿童容易感受和理解的方式来解释了现实社会中剥削者与被剥削者之间的本质关系及工人阶级自我解放的基本原理。这种对生活的"童话式概括"使幻想的因素与现实的因素在一种漫画化的气氛中浑然一体了。这样，张天翼通过《大林和小林》展示给读者的是一个完整的有机的童话化了的现实世界。《大林和小林》突破了传统的童话格式，开辟了一个完全崭新的童话天地，充分显示了作者在童话创作上非凡的才华。1932年这部童话在《北斗》杂志上一出现，立即受到小读者的广泛欢迎，并引起评论者的关注和热烈赞扬。这部童话的产生奠定了张天翼在中国现代儿童文坛上的卓越地位。

2. 张天翼早期儿童文学创作的思想特色

张天翼在《奇怪的地方》的序言曾写过："只要不是一个洋娃娃，是一个真正的人，在真的世界上过活，就要知道一些真的道理。"这段话是告诫他的小读者的，也是对他自己早期儿童文学创作思想的一个概括，反映了他具有鲜明政治倾向的革命现实主义的儿童文学观。

（1）描绘"真的世界"——从纷繁复杂的生活现象中揭出本质

20世纪20年代初，叶圣陶的童话集《稻草人》以动植物等童话角色作为现实生活的目击者，通过它们的眼睛描绘世间种种不合理的现象，第一次采用了现实的题材，出现了社会批判的主题，从此开了中国现代儿童文学的现实主义先河。尔后，从现实撷取题材、提炼主题的儿童文学作品增加，特别是在左翼文艺运动兴起之后，现实主义儿童文学创作更加蓬勃地发展起来。张天翼在《大林和小林》《秃秃大王》等作品中表现出来的揭露社会矛盾、呼唤新生活的主题，反映出当时进步的儿童文学作家在继承现实主义传统方面所取得的同一步调。

张天翼自幼跟随父亲到过许多地方，见过形形色色的人物，了解到各种风物人情。辍学后，为了谋生，他曾先后做过教师、记者、编辑、小职员等，积累了丰富的见识和体验，这对于打开他的创作视野起了很大的作用。他的早期儿童文学作品，展现了形形色色的人生画面，笔锋几乎触到了当时社会的经济基础和上层建筑的各个领域，为小读者提供了社会最上层至社会最下层相当广阔的社会生活图景。但是，为儿童写作的张天翼并不满足于向儿童展示黑暗社会的种种现象，他认为更重要的是要从历史唯物主义的高度去透视社会、把握现实，在对生活现象的真实描绘中突出现实社会的主要矛盾，让儿童透过各种现象认识社会生活的本质特征。

张天翼以一个青年革命者特有的政治时代敏感和火热的斗争激情，观察、发掘现实中深藏在生活现象之中的社会本质矛盾，揭示生活中人与人之间最重要、最本质的关系，从而勾画出那个黑暗与光明相交织的时代的本质面貌。

展现社会、概括历史、揭出本质，就是张天翼早期儿童文学创作所力图描绘的"真的世界"。20世纪20年代初由写身边琐事和内心世界而产生的现实主义传统由此而转向深化。

（2）刻画"真的人"——深入挖掘儿童文学作品中人物形象的社会内涵和时代性

20世纪20年代，"儿童本位论"思想比较流行，在20世纪30年代仍对社会造成了很大的影响。儿童本位论的主要观点为儿童超越了社会、时代和阶级，是独立存在的群体，儿童的身体和内心世界从某种意义上来说是原始人类的复演。在看待儿童的问题上，张天翼坚持辩证唯物主义的观点，对儿童独立存在的观点给予了高度的肯定，但是也指出儿童生活在真实的世界中，是真正活着的人，是依附于一定社会历史背景的、有一定社会地位和阶级属性的实体。儿童的人格，是在自我与社会的相互作用中，在内部生理因素与外界环境因素的相互作用中逐步形成的。所以说张天翼笔下的大林和小林，是通过他们各自的经历来呈现他们所分别隶属的两个不同阶级的生活以及那种生活对他们的影响的。

在探索儿童文学作品中人物形象的社会内涵的同时，张天翼还进一步着力刻画在 20 世纪 30 年代不断高涨的工农运动中成长起来的一代少年新人，揭示出他们身上所具有的胜过老一辈人的崭新特质。

（3）讲"真的道理"——按照一定的社会政治和阶级理想的需要培养教育新一代战士

张天翼把激发儿童不安于现状的情绪和培养他们勇敢抗争的精神看作无产阶级教育中最重要的，在不少作品中，他都旗帜鲜明地表达了这一思想。《回家》里舅舅对小虎儿说："你记着：做人要做得硬。不要靠菩萨，不要求神仙。不要嗯呀嗯的哭脸。你得挺起腰来走路。"《奇怪的地方》里小民子高声宣布："谁欺侮我，我打谁。"

从这个角度来看，张天翼将他笔下的儿童塑造成在真实生活中挣扎的人，这些儿童不是生活在天真的、没有纷争的国土中，也不是遇到苦难只能瑟瑟发抖的人，他们与家人共同抗争，有自己独特的生活方式，是敢于在苦难中抗争的人，生动地体现着他的儿童文学教育主旨：生活在"真的世界"中的儿童，应当成为能够在现实社会的残酷矛盾冲突中力求生存的"人的战士"。

如果说，五四时代，叶圣陶第一次把儿童的独立人格作为讴歌的对象，并以描绘现代中国社会的不平等现象、反映下层民众的痛苦和愿望而开辟了儿童文学创作的现实主义道路的话，那么，之后，张天翼则以这条现实主义道路的杰出继承者出现于文坛。他们分别是中国现代儿童文学现实主义两个发展阶段中具有代表性的作家。

3. 张天翼早期儿童文学创作的艺术特色

张天翼早期儿童文学创作的第一个显著的艺术特色是高度的儿童化。

从构思来看：他善于从儿童的角度，通过儿童的眼睛观察生活，用儿童的心灵揣度世态，把现实中捕捉到的生动题材，按照儿童所感受到的样子加以描写。小说《奇遇》，通过一个富家婴孩豫子在奶母家的所见所闻写出了一幕惨剧。类似儿童化的构思还可以从《蜜蜂》《一件寻常事》《奇怪的地方》《失题的故事》

等篇中见到。特殊的视角帮助张天翼描绘了一个与成人世界既相同又不同的新的世界。这世界虽然是儿童化了的，但又不是与成人世界割裂的。

除儿童化的构思外，高度的儿童化还来自张天翼对儿童语言的提炼运用。张天翼早期的儿童文学作品是透过儿童的主观感受来描写客观现实的，运用儿童语言来表达这种感受，使作品的内在情感与外在形式水乳交融、浑然一体，以达到内容和形式的高度统一。

展读张天翼早期的儿童文学作品，首先跃入眼帘的就是它们所共有的那别具一格的语言——带着孩童的活泼、单纯、稚气和幽默感，生动逼真地再现了儿童的思想认识和喜怒哀乐。张天翼运用儿童语言总是准确地体现着儿童特定的年龄、身份、性格和知识水平。张天翼十分重视表现儿童在特定情境中自然情感的流露，使作品充满儿童的主观色彩，还很注意适当地保留一些体现儿童年龄的本色特征，同时又注意按照内容的需要精心提炼和准确选用，大大增强了作品的艺术表现力。

此外，他的作品中还时常穿插一些朗朗上口、饶有情趣又配合故事的童谣，给作品增添风采。这些童稚妙语在张天翼的作品中俯拾即是，像串串明珠，给他的童话和儿童小说编织了一件"合适的外衣"。

在张天翼之前的那些儿童文学作家的笔下，大多掺杂着成人的喟叹和议论，就连那些出自巨匠手笔的作品，由于种种原因，也未能完全摆脱成人化的倾向。张天翼的儿童文学创作则跳出了"成人的灰色云雾"，他用儿童化的文学绘制出来一帧帧天真烂漫的画面，这是其他作家笔下所少见的，这种天真不是成人所能装扮出来的，也不是成人对儿童的俯就。他是"自己化身为孩子，用孩子的心灵想，用孩子的眼睛看，然后用孩子的嘴巴说话"。他笔下的故事、人物乃至文字，都充满着孩童时代的稚气、热情和活力，展示出自然纯朴、喜趣盎然的真正的童心境界。

总之，高度的儿童化，是张天翼在儿童文学创作艺术上最主要的探索和突破，是他优于同时期其他儿童文学作家的最突出之处，也是他早期儿童文学创作全部艺术特色的基础。

张天翼早期儿童文学创作的第二个显著的艺术特色是讽刺和幽默。

纵观张天翼的文学作品，无论是他早期的儿童文学创作，还是他的成人文学创作，都体现出了鲜明的讽刺和幽默的特点，这些特点创作的共同基点就是他对现实的深刻认识、爱憎分明的情感态度以及强烈的批判精神。他笔下的讽刺形象皆取自20世纪30年代阶级斗争和民族斗争的现实。从秃秃大王、唧唧、大粪王、瓶博士等形象中，映出了当时社会上形形色色的暴君、寄生虫、走狗、汉奸之流的影子。张天翼的笑，是一把非常锋利的刀子，是对丑恶事物的毁灭性的嘲弄和彻底的否定。

我们可以从《蜜蜂》中看到更精彩的例子。一位小学生在给姐姐的信中学说县长老爷的话，如下。

"……本鲜长什么事都可饼公半里……"

"……本鲜奉到羊读半的命令……说如有人胡闹就把他当吃糖抓起来……"

"……本鲜向来害民奴子的……"

小学生写信难免杂有别字，如"鲜长（县长）""饼公半里（秉公办理）""羊读半（洋督办）""吃糖（赤党）""害民奴子（爱民如子）"等，自然是不伦不类、滑稽可笑的。但这里的幽默远不止表面的悖谬与滑稽，而在于以违背常规的形式，切中了现实社会的真实。统治阶级口头上自诩"清正廉明""爱民如子"，实际上却摆出一副洋奴嘴脸，对劳动人民动辄以莫须有的罪名施加迫害。所以，"饼公半里""吃糖""害民奴子"之类带偶然性的语误，恰恰反映了现实矛盾自身必然的荒谬和滑稽。

但是，在张天翼早期的儿童文学作品中，偶尔也有"失之油滑"之处。如《团圆》等作品里多次渲染小主人公的流鼻涕，又如童话《金鸭帝国》中描写"大粪游行"的情节，也不能不说是有损于主题的严肃性的。

张天翼早期儿童文学创作的第三个显著的艺术特色是具有一种动态美，犹如精力充盈的顽童。

最能体现这种动态特色的是他善于在动态中描写人物心理。如《奇怪的地方》（节选）所示。

原来这里有一块大得不得了的大镜子，全身都照得见。镜子里面也有一个小民子，跟他并排走着。他走一步，那个也走一步。他跑几步，那个也跑几步。总是学样。

于是他正正经经地走着。对镜子看也不看一下。走呀走的，他猛地一下转过身来。

哈，这回转得这么快，总学不到吧？

随想随说，随想随做，正是儿童的行为特点。张天翼把这一特点活灵活现地表现了出来,细致地写出了儿童的心理活动支配其言行的过程,心理活动与外部动作、心理描写与动作描写都融合在一起了。这种独创手法,一方面很善于表现"这一个"儿童在"这一个"特定的情境中的每一思想活动、情绪变化,使人物性格刻画得更为细腻;另一方面,这样的心理描写与情节紧密配合,互相推动,不仅不会中断情节的进展,反而成为情节不可缺少的组成部分。因此尽管张天翼从主观感受出发的构思方法使他的作品中几乎无处不有心理描写,但给读者的感觉仍是"动"的而非"静"的,在一贯的动势中保持了情节的明快性。

总而言之,张天翼的文学创作风格鲜明,独树一帜,在 20 世纪 30 年代的儿童文学史上留下了浓墨重彩的一笔,不仅在当时左翼儿童文学作者队伍遭受惨重损失的逆境中坚定地站住了阵地,而且较好地克服了左翼儿童文学创作初期普遍存在的观念化和成人化的欠缺,使左翼儿童文学达到了一个新的水平。除此之外,张天翼在进行文学创作时坚持先进的现代儿童文学观念,反映了现代儿童文学界的变革趋势,具体来讲就是儿童文学逐渐成为政治斗争的重要工具,服务于无产阶级的教育发展,深刻影响了 20 世纪 40 年代儿童文学的发展方向。张天翼早期的儿童文学作品体现了现代中国儿童文学在艺术上的基本成熟,他的《大林和小林》《蜜蜂》等童话和小说,在当时成了儿童文学创作中的楷模。因此,张天翼前期的儿童文学创作不仅体现了左翼儿童文学的实绩,而且成为整个中国现代儿童文学史上第二个创作高峰期的杰出代表。

(二)陈伯吹、陶行知、董纯才的儿童文学创作

1. 陈伯吹的儿童文学创作

陈伯吹从 1923 年夏写作儿童中篇小说《模范同学》(后来改名为《学校生活记》)开始,一直辛勤耕耘在儿童文学园地上,在儿童文学的创作、翻译、理论、编辑、教学诸方面都有超群出众的成绩,对我国现代儿童文学做出了多方面的贡献。可以这样说,陈伯吹是我国现代儿童文学史上将毕生精力贡献给儿童文学事业的最有代表性的儿童文学家之一。他的儿童文学创作是从写诗歌开始的,出版诗集《小朋友诗歌》《小朋友歌谣》和童话诗《小山上的风波》等;叙事诗《伟人孙中山》和以爱国、劳动、友谊、勇敢、忠诚、勤俭等为内容的《新儿童诗歌》,以及宣讲卫生知识的《卫生十戒歌》。陈伯吹写了《牧童》《小野猫》《为农夫而歌》等颇有影响的儿童诗。陈伯吹的儿童诗写得朴素、亲切、自然,想象丰富,饶有情趣,语言活泼,在内容上则重视对儿童进行爱和美的教育。

能够代表他在这一时期的创作成就的是他的童话和小说。其中《阿丽思小姐》《波罗乔少爷》和《华家的儿子》有较大的影响。这些作品都有显而易见的现实针对性。

中篇童话《阿丽思小姐》是利用英国作家路易斯·加乐尔的童话《阿丽思漫游奇境记》中的阿丽思这个人物进行构思的。陈伯吹在本书1981年版的前言中说："至于我，怎么会在1931年的春天开始写起《阿丽思小姐》来的呢？坦率地说，我在读完《阿丽思漫游奇境记》后，为这个天真烂漫、喜怒无常，却又聪明活泼、机智勇敢的十分可爱的姑娘所吸引并激动了，才想让她到半封建半殖民地的中国来看看，通过她的所见所闻，反映给中国的孩子们，让他们从艺术形象的折光中，认识自己的祖国面貌，该爱的爱，该憎的憎，是非分明；然后考虑到何去何从，走自己应该走的道路。"作者的这段话，清楚地道出了他创作《阿丽思小姐》的初衷。

在童话的前半部，作者着重刻画的是阿丽思的天真活泼、聪明机智的一面。作者说，这部童话"写到第十二节时，'九·一八'的炮声使我震惊，也使我醒觉：阿丽思应该从梦游中回到现实生活上来，从游戏生活的途中走上关心国家大事的生活漩涡里去"，因而她"不再仅仅是正常的、健康的'普通一女孩'，她应该是反抗强暴的'无畏的小战士'了"。事实上也正是这样。从第十二节开始，童话所展现的已经不只是国内的阶级对立、阶级压迫的现实，作品借蟑螂少爷和蝴蝶小姐的荒淫无度招来小毛虫九月十八日夜乘机攻打进来的故事，影射"九·一八"的民族灾难。在童话的最后几节里，阿丽思已经纯粹是被侵略、被压迫的弱小民族反抗强暴侵略的化身。

不难看出，陈伯吹笔下的阿丽思形象并不是《阿丽思漫游奇境记》中的阿丽思。陈伯吹塑造的阿丽思形象富有鲜明的现实感、时代感，富有"中国味"，即作者自己说的，他塑造的乃是"中国阿丽思"。

这部童话的后半部故事情节不免有生硬转弯和图解形势的感觉。另外，童话中所塑造的"抵抗帝国主义"的阿丽思形象虽然体现了一种反抗强暴的无畏精神，但也看不出是置身于群众之中的英雄特点。所以，有人批评当阿丽思抵抗帝国主义的时候，没有看到群众抵抗的情形，容易让人家误会这阿丽思是个人英雄主义者而不是新时代的英雄。

为了弥补《阿丽思小姐》在思想内容上的不足，陈伯吹在1933年6月和10

月先后出版了两部以抗日反帝斗争为题材的中篇小说《华家的儿子》和《火线上的孩子们》。这两部小说都是以寓言、童话的象征性手法来表现生活的,所以,也可以把它们称作小说体的童话。

《华家的儿子》的内容梗概可以用小说中写在前面的话(《一个头脑》)来概括:

华儿是华家的儿子,他生长在富有的华家,过去的生活太好太安稳,于是梦魂颠倒,于是空想空话,于是咬文嚼字……这样一天天堕落下去,他自己也不知不觉。但是,他的强暴邻人却因此起了野心,朝去侮辱,暮去压迫,华儿的生活卷入暴风雨中去,本来富有的家庭被掠夺得精光。最后,他觉悟了,他奋斗了,他联络了同样被压迫的孩子们革命了……

小说着重塑造了华儿的形象,这是具有古老文化而又灾难深重的中华民族的象征性形象。小说描写了他从糊涂到清醒,从空想到务实,从忍让屈服到奋争反抗的思想性格发展的历程。华儿反抗侵略,已不是阿丽思式的"个人英雄主义"了,而是联合了所有被侵略被压迫的"弱者的反抗战士","誓以全力抗战压迫我们的敌人直到他们埋葬在他们自己掘着的坟墓中为止"。小说充满了爱国、抗战的热情,配合了动员全民抗战的宣传,在当时产生了比较强烈的影响。不消说,这在当时的儿童文学中是属于革命文学潮流的,尽管它和《阿丽思小姐》一样,在艺术上存在着图解化的缺陷。

中篇童话《波罗乔少爷》,1934年4月由北新书局出版。它是《阿丽思小姐》的姐妹篇。"波罗乔"是由"普罗乔亚"(俄语"资产阶级"一词的音译)一词转化而来的。童话嘲讽资产阶级少爷的懒惰成性、不讲卫生等丑恶行为。作品从波罗乔少爷赖床写起,通过对他起床后随便吐痰、乱扔鞋子、胡乱洗脸刷牙、书包中光装吃的东西、用手杖捣鸟窝等情节的夸张描写,表现资产阶级少爷的多种不讲卫生的恶习和粗暴残忍的性格。但是,作者在"尽讲着他的'丑史'"以后,还是希望他清醒过来,"我们祝福他,希望他改过自新,将来再有机会听他的'光荣史'",成为社会上有用的人才。

如果将《阿丽思小姐》《华家的儿子》《火线上的孩子们》《波罗乔少爷》等作品综合起来加以考察,可以看出陈伯吹在这一时期的儿童文学创作主要有以下特点。

首先,陈伯吹的儿童文学创作和现实有着紧密的联系,在创作充满幻想的童话时也从现实生活中取材。从现实生活中的各类人物身上总结人物特性,并将其艺术化，就成为艺术作品中的人物形象。陈伯吹创作的儿童文学主题具有强烈的现实性，将时代特色融于文学作品中，将政治和社会的真实面貌展现在儿童文学作品中。陈伯吹走的是一条现实主义的创作道路。

其次，陈伯吹在创作中经常运用的表现手法是象征。这种象征手法，是和他的现实主义创作原则相一致的。他把当时现实社会的广阔图景和众多人物，通过童话的折光投射到儿童文学作品中来，从而形成这样一种独特的情形：从表面上看，陈伯吹的作品沿袭外国童话的创作路子，有一种"洋味"；可是实质上，在这形式中分明展现着活生生的中国现实，几乎所有象征性的艺术形象都能在现实生活中对号入座。这种情形，使得陈伯吹的创作和那些全盘洋化、一味模仿的儿童文学截然区分开来。陈伯吹不仅在《阿丽思小姐》《波罗乔少爷》等童话作品中运用了这种象征手法，在《华家的儿子》《火线上的孩子们》等小说作品中也运用了寓言、童话般的象征性的手法。这种象征手法，为儿童文学创作扩大了题材领域，增添了社会主题，但也不能不看到，它同时带来了图解化、概念化的倾向，削弱了艺术的整体性和真实感。

最后，陈伯吹的作品具有丰富的知识性。不论是童话还是小说，都显示了作者丰富和广博的知识，包括政治、历史、地理、自然、生物等各方面的内容。

2. 陶行知和他的儿童诗

作为一位"伟大的人民教育家"，陶行知在我国现代乡村教育和儿童教育方面做出了卓越的贡献。这位教育家兼诗人毕生热爱儿童，从来就没有忘记过儿童，他所从事的教育是为儿童的，特别是为劳苦大众的孩子的；他所创作的新诗也有很大一部分是为儿童而作的。仅《行知诗歌集》（上海大孚出版公司1947年版）所收直接为儿童创作的，或以儿童生活、儿童教育为题材的诗歌就有一百多首，在我国现代儿童诗坛上独树一帜。"行知体"不仅为我国新诗坛所称颂，而且为现代儿童诗园留下了珍贵的一页。

陶行知的儿童诗是与他的教育思想分不开的。他一生酷爱儿童，极其重视儿童在社会上的地位，他把他们看成社会独立的成员之一，是社会的"小主人"，而不是成人的附庸。这与当时社会上一些教育家的大声疾呼重视儿童独立人格的社会思潮是一致的，而他的观点更为明确。陶行知在《陶行知全集》中指出"大人们异口同声地说：'儿童是未来的主人翁。'这句话是反映着一个传统的态度。表面上看去好像是一种期望，其实是一种变形的抹杀，抹杀了儿童现在的资格。"

他呼吁"儿童是现在的小主人",在他的儿童诗中也突出地表现了这种尊重儿童独立人格,赞美儿童创造力的思想。他在1933年所写的《儿童之歌》中不仅为将来的世界属于儿童而欢欣,同时也为儿童是现今社会的小主人而鼓吹,歌颂了儿童可贵的创造力,预示儿童创造社会的巨大潜在力。在《小孩不小歌》中作者肯定了儿童人小志大的可贵精神,讽刺了那些小看儿童的成人。诗中如下写道。

人人都说小孩小,
谁知人小心不小。
你若小看小孩小,
便比小孩还要小。

这对一向对未来世界充满着美好憧憬的儿童来说,不能不说是一个很大的鼓励。

陶行知作为民主革命的战士,提出的培养目标就更明确了,使学生能够成为"追求真理的小学生""自觉做人的小先生""手脑双挥的小工人""反抗侵略的小战士"。陶行知的部分儿童诗正是体现了这种努力培养儿童成为能够服务于劳苦大众、改造社会的有用的人的思想。如《儿童工歌》(五首)、《一双手》《手脑相长歌》《小先生歌》等诗作。

《儿童工歌》由"小盘古""小孙文""小牛顿""小农人""小工人"系列短诗组成。这些小诗集中表达了儿童美好的理想和愿望,如"小盘古"系列短诗如下写道。

我是小盘古;
我不怕吃苦。
我要开辟天地,
看我手中双斧。

又如"小工人"系列短诗如下写道。

我是小工人;
我有双手万能。
我要造"富的社会",
不造"富的个人"。

盘古开天辟地、英勇无畏地创造世界的勇气和力量,是儿童倾心佩服又热烈向往的;工人改造世界的万能之手也是儿童为之敬服的。作者用简洁、凝练的诗句表现了儿童所憧憬的希望,同时也表达了要彻底改变这个社会贫富不均的不合理现象的决心和勇气。

在《一双手》《手脑相长歌》等儿歌中，作者告诉儿童劳动的意义和作用，靠劳动创造世界、改造世界的真理。《一双手》中作者饶有趣味地告诉儿童，"您有一对好宝贝……就是您的一双手"，并鼓励儿童要靠这双手"攀上知识最高峰，探取地下万宝藏"。《手脑相长歌》描写了人生的两个"宝"。

人生两个宝，
双手与大脑。
用脑不用手，
快要被打倒。
用手不用脑，
饭也吃不饱。
手脑都会用，
才算是开天辟地的大好佬。

《小先生歌》也是鼓励儿童做对社会、对人民有用的人。总之"劳动创造"是陶行知儿童文学一个十分突出的主题，表现了后期陶行知献身劳苦大众的教育思想。

陶行知也是一位对祖国怀有深厚感情的爱国者，帝国主义侵略中华民族，其豺狼行径激起了他强烈的义愤。陶行知的许多儿童诗都忠实地记录了中国人民的反抗斗争。如《儿童年献歌》《山海工学团二周年纪念》《儿童四大自由》等，都从不同角度勉励儿童与中国的劳苦大众站在一起，共同参加争取民主自由的斗争。

陶行知出身贫寒，他深深地了解中国劳苦大众所受帝国主义、封建主义双重压迫的疾苦。他同情他们悲苦的命运，为他们所遭受的不幸鸣不平。在他的儿童诗中反映了劳动人民的悲惨生活：有为"救得新年饿，押却除夕衣"的《雪中老妇》；有描写"雪花飞满天，身上犹无棉。一日吃两顿，有油没有盐"的寒酸的乡下先生的《乡下先生小影》；有"穿的树皮衣，吃的草根饭"的《农夫歌》；有描写穷人盖的《一条破棉被》；在《擦皮鞋的小孩子》一诗中，作者更是形象地描绘了一群穷孩子抢着擦皮鞋的悲惨情境，更加激起为儿童幸福的明天而斗争的勇气。

人们亲切地把行知诗歌称为"行知体"，因为"他的人民意识觉醒得比任何人快而且彻底"。

陶行知从受大众欢迎的民歌民谣中吸取了大量的养分，从群众的口语中吸收了有益的成分，创作出独具一格的"行知体"。从民歌民谣中吸取的营养形成了行知儿童诗朗朗上口、韵律和谐、音节响亮有力的特色。例如《风雨中开学》一诗。

风来了！
雨来了！
谢老师捧着一颗心来了！
风来了！
雨来了！
韩老师捧着一颗心来了！

短短六句，十分简洁，前后段只变动一字，然而靠着反复铿锵的节奏、韵律，作者却逼真地描绘出一幅风雨中两位老师热情地迎接孩子们上学的生动感人的情景。

陶行知儿童诗的语言朴素明快，他注重白描，而不刻意雕琢。这一方面是诗人努力向人民群众学语言，尽量向大众化的语言靠拢的结果，另一方面受五四白话诗的影响，强调口语化、易懂易记。然而这也带来了行知儿童诗的缺点，也就是语言较白，美感不足，使人一览无余，缺乏回味的余地。这固然留有时代的痕迹，同时也是与陶行知教育家兼诗人的身份分不开的。他强调教育性，在诗歌中也十分突出地表现出来，以致将一些难以入诗的教学经验、教育理论也搬入诗中，相对削弱了诗歌的形象性和美感性，这是行知诗歌的缺憾。

3. 董纯才与少儿科学文艺

1931年，董纯才翻译了法国著名作家法布尔所写的《科学的故事》。法布尔是一位有名的昆虫学家，被人们称为"昆虫荷马"。《科学的故事》严格意义来讲是一部科学著作，通过问答讲故事的形式将科学知识通俗地阐释出来，使普通大众也能看懂书中的内容。董纯才对科普创作有着炽热的感情，积极投身于科学大众化运动中，取得了丰硕的成果。他编写了很多科学读物，为小读者提供了学习科学知识的资源。

随后，董纯才深受苏联科普作家伊林的影响，积极翻译伊林的科普作品，为少年儿童和工农大众翻译了众多的科普读物，董纯才的创作风格由此发生了重大的转变，摒弃了早期呆板的形式，文风逐渐转为轻松活泼、随意自然，创作了大量知名的科普作品，代表作有《动物漫话》《凤蝶外传》等，受到了劳动大众和少年儿童的欢迎。董纯才对少儿科学文艺的兴起，起了开拓者的作用。

董纯才的科学文艺创作大致经历了三个阶段，即初期知识作品的创作；1935—1936年《动物漫话》的创作；1936年以后《凤蝶外传》等作品的创作。

董纯才在刚接触科普创作时，也算是摸着石头过河，摸索着前进，主要以模仿为主，采用问答和讲故事的方式来创作作品，传播科学知识，后来逐渐拓宽了写作的形式，陆续使用了说明文和记叙文的形式，利用这两种体裁创作了多部科普读物。这类作品"在内容上，比较注意科学常识的普及；在文字上，有平铺直叙、干燥无味的通病"。作者坦率地自我总结，一方面固然包含着他的谦虚，但一方面也客观地说明了他初期创作的特点及不足。

后来，董纯才受伊林科普创作的影响，逐渐转变了创作风格。他的创作形式越来越多样，作品语言越来越生动有趣，不仅有叙述性的科学知识，还有文学性的生动描写，使得科普作品充满了生动性和形象性。举例来讲，讲述动物知识的作品《动物漫话》不仅描写了动物突出的特点，还将历史知识和科学知识融入其中，具有很强的可读性。读者在阅读这类作品时，不仅能够了解相应的科学知识，还能激发阅读的兴趣，进而爱上阅读。董纯才在创作科普作品时，不仅论述了知识的特性，还强调了对人类的作用，内容深入浅出，逻辑清晰严谨，具有很高的文学价值。董纯才有意在叙述中穿插了一些历史的、现实的小故事，以及流传的典故，以增强作品的趣味性。

尽管这一时期董纯才加强了作品的文学性，增加了一些有趣的情节，但《动物漫话》几十篇仍以介绍动物知识为主，文学性与知识性的结合还未达到完美的融洽，故事情节基本上只起了一种文学点缀的作用。我们从中能看到董纯才正努力向《昆虫记》和伊林作品靠拢的轨迹。

1936年以后董纯才的科普创作逐渐成熟起来，对法布尔、伊林的作品也有了更透彻的理解，加之对以往创作经验的总结，董纯才逐步改进了文风，把科学知识完全融于艺术形象之中，采用故事的形式，把深奥的科学知识用艺术的笔娓娓道来，就像在讲述一个优美、动听的童话。

大自然的一切都人格化了。这样就使本身枯燥乏味的科学知识变得十分有趣，特别能吸引小读者。创作出诸如《凤蝶外传》《麝牛抗敌记》《善歌的画眉》《海里的一场战斗》等精彩有趣的科学小故事。这些小故事不仅有着严谨的科学知识，而且有人物、情节、景物描写和环境烘托。例如《凤蝶外传》中的主人公就是那只别号叫作"小乌烛"的凤蝶的后代。作品一开头，作者就以流畅的文笔，对景物、人物做了生动的描述。

八月的一个晴朗炎热的午后，在篱笆上出现了雌凤蝶。在它那轻盈的身体的背上，闪动着两对绣着黄色花纹的黑绒似的翅膀，后翅拖出一双燕尾似的飘带，样子挺致的。

这是近乎童话式的描绘！作者把小读者引进了一个充满幻想的昆虫世界之后，详细地叙述了"小乌烛"的出生、长成、演变及至最后的衰亡。整篇作品连贯一气，穿插了许多有趣的动态描写，同时也把凤蝶的习性、特点、爱好都描写得清清楚楚，让儿童在欣赏这篇优美的、类似童话的科学小品时既得到了文学的陶冶，又获得了切实的知识。董纯才写《凤蝶外传》，就是既掌握了理论知识，又获得了实地观察的第一手资料，所以才取得成功的。可见科学文艺丰富生动的文学性不仅取决于作家的艺术修养，社会实践同样是十分重要的一环。

比之前期，董纯才的创作进步最大的是作品的语言。后期作品的语言不仅优美、典雅，而且不乏幽默、风趣。董纯才把大自然人格化了，赋予动植物以人的想象和思维，令人感到十分有趣。

此外，与前期作品所不同的是，董纯才不再就某一主题泛泛而论，而是抓住几个主要情节，集中地加以描述，在情节进展中表现植物的特性，介绍有关知识。

最后一点，也是相当重要的一点，董纯才这一时期的作品加强了思想意义。他不再是就动物而论，而是透过动物的特性体现出人的某种精神，甚至还隐含着深刻的政治意义。例如《海里的一场战斗》，在乌贼身上体现着人类为了生存而奋勇抗争的精神；《麝牛抗敌记》中通过描写麝牛联合抗敌的情节，表现麝牛勇敢顽强的斗争精神和勇气。

董纯才后期作品之所以获得成功，是因为他的作品具有很强的思想性、艺术性。董纯才在科学文艺的创作道路上不断进行探索，改革创新，在一定程度上推动了少儿科学文艺的发展。

（三）丰子恺与高士其的儿童文学创作

1. 丰子恺

丰子恺是中国现代画坛中非常著名的画家。丰子恺具有非常精妙的绘画技艺，创造了独树一帜的"子恺漫画"。丰子恺非常喜欢儿童，喜欢儿童天真烂漫的笑脸，喜欢儿童赤城坦荡的情怀，这使得他在创作过程中常常从儿童中取材。丰子恺创作了大量的儿童漫画，充满了童真童趣，大多是描绘了儿童的生活；创作了很多的儿童故事，别具一格；创作了大量的童话和散文，幽默风趣，独树一帜。读者在品读丰子恺的儿童文学作品时总能被其蕴含的赤诚童心所感动。

丰子恺在创作儿童文学作品时主要分为两个板块，一个版块是写儿童的，也就是将儿童当成作品的主人公，故事是围绕儿童展开的，大多抒发了作者对儿童深沉的爱，还有一部分抒发了作者对世事人情的体会。在这类作品中虽然儿童是故事的主人公，写作的视角也是从儿童的角度出发的，但是多是抒发成人的感情。丰子恺在20世纪30年代创作的作品主要是这一类型的。另一板块是完全为儿童创作的，在20世纪40年代，丰子恺创作了大量的童话、故事、随笔等，反映了丰子恺创作风格的变化，由自然地写儿童转变为为儿童而写。

丰子恺创作的儿童文学作品具有鲜明的特征，反映了情真性特点。现实社会中充满了黑暗与苦难，在深刻认识到现实生活的残酷之后，丰子恺将目光转向艺术创作，将纯洁、崇高的精神寄托于文学作品中，将现实社会中少有的纯真和高尚赋予儿童，在儿童文学作品中表达他对儿童的深情厚爱，因此，在丰子恺的文学作品中我们常常会看到儿童之间纯洁、无瑕的友爱。丰子恺深入研究儿童的内心世界，将儿童的纯真和高尚淋漓尽致地表现出来，给正在苦难中挣扎的人们带来心灵上的慰藉，为人们提供继续向前的勇气和力量。

丰子恺在创作儿童文学作品时注重写生和童趣，这也是其儿童文学作品的显著特征。丰子恺非常喜欢儿童，注重表现儿童的赤城之心，注重探索儿童的世界，善于从儿童的角度观察问题和看待事物。他对儿童的生活有着非常细腻的观察，能够将儿童的喜怒哀乐诉诸笔端，用文字表达出来，将儿童的奇妙世界绘声绘色地传达出来。丰子恺在创作儿童漫画时就是从现实生活中的儿童中取材的，展现的人物形象栩栩如生、生动活泼。这不仅展现了丰子恺高超的绘画艺术，还反映了他对生活的热爱，对儿童生活细致而真实的观察。

丰子恺还有意识地为儿童创作了大量的作品，创作的最初动力源于他参加编辑了儿童刊物《新少年》和《中学生》杂志。在创编刊物的过程中，丰子恺认识到为儿童提供文学作品的重要性，于是，他倾注了大量精力创作了很多作品，这些作品主要是面向儿童的。

20世纪30年代，丰子恺在《新少年》和《中学生》杂志上发表了很多作品。他在创作儿童文学作品时注意把握儿童的年龄特点，将文章内容写得深入浅出，符合儿童的阅读习惯，对小读者来说非常具有吸引力。在抗日战争期间，丰子恺经历了巨大的变故，流离失所，因为社会的动荡不安，使得丰子恺深刻感受到了现实社会的残酷，在创作儿童文学时风格发生了重要的变化，具体表现在以下方面。

第一，丰子恺的创作对象更明确了，完全是为儿童所写，在创作作品时更具针对性。丰子恺在这一时期创作了大量的儿童童话和故事，他将这些作品统称为"儿童故事"，代表作有《明心国》《大人国》等。

第二，丰子恺在这一时期创作的作品有了更加深刻的意义。他在作品中不仅描写了现实社会的黑暗，同时也表达了对光明和胜利的渴望，具有非常积极的意义，能够在一定程度上鼓舞人心，为人们提供勇往直前的力量。小读者在阅读了丰子恺的作品之后，不仅了解了现实生活的全貌，还培养了积极进取的精神，激发了小读者对真、善、美的追求，对小读者来说是一种精神上的鼓舞。

第三，丰子恺在创作作品时从现实人生出发，蕴含着引人发省的人生哲理，引导儿童不断探索世界的真相。他的作品内容深入浅出，生动有趣，使儿童更直观地了解作品的思想，读懂故事的情节，掌握人物的关系，在读完作品之后，能够引发儿童的思考，给儿童提供一些有益的启示。

第四，丰子恺创作的儿童文学作品中有大量的惟妙惟肖的插画，体现了他在美术领域的造诣，使得丰子恺的漫画风格别具一格，自成体系。在他创作的童话故事中，不仅营造了美妙的意境，还具有绚丽的色彩，具有诗的韵味和画的雅致，对小读者有着很强的吸引力。丰子恺的文学作品富有情趣，不仅展现了漫画艺术的夸张，还将讽刺和幽默融入其中，使作品生动有趣，有极高的艺术价值。

第五，丰子恺创作的儿童文学作品在一定程度上受到了佛教文学的影响，但是丰子恺积极地从这种影响中挣脱出来，将民间文学特色融入作品中，不断为文学作品注入新的元素，如此一来，丰子恺的童话故事充满了浓郁的民族特色。

2.高士其

在中国现代科学普及史上，高士其做出了突出的贡献，有力地推动了中国现代儿童文学的发展。人们把他比作在眼瞎身瘫以后写作《钢铁是怎样炼成的》的苏联革命作家奥斯特洛夫斯基。

据高士其自述，他为儿童写作始于1933年。当时，他住在著名教育家陶行知主办的自然学园里，和陶行知、董纯才、戴伯韬、陶宏、丁柱中等一起，编写儿童科学读物，并参与创办"儿童科学通讯学校"。

高士其真正用文艺的形式来写作科学读物则始于1935年。当时，脑炎后遗症严重折磨着他的身体，他的手脚已经变得很不灵活。正是在病痛压迫的困难条件下，他拿起了"科学小品"作为战斗的武器。

《细菌的衣食住行》是高士其创作的第一篇科学小品佳作,由于写得新鲜活泼、形象有趣,所以一经发表,便在读者中间产生强烈反响。紧接着发表的科学小品《我们的抗敌英雄》,洋溢着浓烈的政治热情,比喻形象而鲜明,更是赢得读者的一片赞扬之声。从此,高士其创作科学小品的激情像取之不竭的涌泉不停地喷涌出来。他差不多每隔三五天就写出一篇,在短短的两年多时间里,他写了近百篇科学小品,出版了四个科学小品集子,即《我们的抗敌英雄》,《细菌大菜馆》,《细菌与人》,《抗战与防疫》。其中《抗战与防疫》于1941年又以《活捉小魔王》的书名再版(补入《我们的抗敌英雄》《上帝的柜子》等篇)。另外,从1936年2月起,高士其在《中学生》杂志上连载《菌儿自传》,每期登载一章,至1937年8月完成最后一章,共15章。该书于1941年1月由开明书店出版。

高士其的科学小品是非常独特的,在其中融合了科学、文学和政治,从某种意义上来说开创了我国现代科学文艺新的流派。在抗日战争时期,社会动荡不安,黑暗的现实社会给了高士其不竭的创作灵感,在这一时期,高士其创作了大量的作品。在创作过程中,高士其从社会现实中取材,始终围绕着抗日的总主题。诚如他在《抗战与防疫》一节序中所说:"'抗战!抗战!积极抗战!抗战到底!'这热血硬骨的同胞,没有一个不主张抗战的。对于这呼声,对于全国抗战高涨的情绪,这一本科学小品集算是一种响应吧!"事实也正如此,高士其的科学小品,富有强烈的革命性和战斗性,和中华民族抵御、反抗帝国主义,争取民族解放的革命文学潮流完全一致。科学小品,当然要介绍科学知识,高士其的科学小品有着精确而丰富的科学内容。对祖国对人民的挚爱,对疫病和战争的清醒认识,以及抗击侵略者的战斗精神,铸成了高士其的科学小品体现科学与政治紧密结合的鲜明的主题倾向。这是高士其这一时期的科学小品在内容上的主要特点。

高士其的科学小品还具有巧妙的艺术构思、精湛的表现技巧和形象化、通俗化的语言艺术等特点。《霍乱先生访问记》采用访问记的形式,"我"(记者)装成病人找到贫民区。于是"记者"问,"霍乱先生"答。这种采访的构思,新鲜有趣,引人入胜。《给蚊子偷听了》则采取蚊子自述:"我是蚊子",一开头就自报家门,然后写它飞到弄堂里偷听居民们谈天,谈的是防蚊防疟,蚊子大为吃惊。丰富多样的巧妙的艺术构思,使得高士其的科学小品每篇都有一种新颖、奇妙之感，使读者在虚构的情节中，在引人入胜的故事中，不知不觉接受了丰富而正确的科学知识。

童话故事中常采用的比喻和拟人化的表现手法是高士其最喜欢使用的。高士其富有想象和联想的才赋，比喻常常用得新颖、生动而贴切，使一些肉眼见不到的菌类转化为人们熟知的具体可感的生活形象。例如他把细菌比作"贪吃的小孩子，它们一见了可吃的东西便抢着吃，吃个不休，非吃得精光不止"，高士其笔下的细菌形象往往具有鲜明的个性。例如写虎烈拉病菌，"原来这虎烈拉是一粒弯腰曲背的细菌，头上还有一根鞭毛像满清时代的辫子一般"。这些由于比喻而变得鲜明生动的细菌形象又在童话的，同时又是科学的世界中展开它们惊险神奇的游历，使得高士其的科学小品极富故事性，情节生动有趣，具有很强的吸引力和感染力。

高士其的科学小品往往采用杂文的笔法。高士其学习鲁迅的杂文技巧，在形象描绘科学知识的同时，常能巧妙地生发出一些联系现实的议论，为他的科学小品增添光彩。著名的科学小品《我们的抗敌英雄》的节选内容如下。

白血球，这就是我们所敬慕的抗敌英雄。这群小英雄们是不知道什么叫做无抵抗主义的，他们遇到敌人来侵，总是挺身站在最前线的。

高士其博古通今，在科学小品中常常穿插一些文学、历史、天文、地理等方面的知识典故和趣闻轶事，增加了文章的风采和趣味。

高士其以严重残疾之身，以惊人的毅力和巨大的热情，写下了如此丰富和精湛的科学文艺作品，给处在战乱中的中国儿童提供了丰美的精神食粮，他在中国现代儿童文学史上应该有自己的地位。

（四）柯岩与袁鹰的儿童文学创作

在中华人民共和国成立后出现的儿童诗人中，柯岩、袁鹰等人的儿童诗在当时影响广泛，形成了儿童诗创作史上的第一个高潮。

1. 柯岩

柯岩，1929年生，本名冯恺，1948年考入苏州社会教育学院戏剧系。由于一个偶然的机会，她开始了儿童诗的创作，从此与儿童文学结下了不解之缘。1955年，她在《人民文学》12月号上发表了处女作《儿童诗三首》，以生动的笔触和明快的调子表现了儿童的生活、兴趣和志向。这是她生活上的一个转折点，从此她开始为儿童写作。20世纪50年代中期到20世纪60年代中期，是柯岩儿童诗创作的高峰期。20世纪50年代发表、出版了《"小兵"的故事》（1956）、《大红花》（1956）、《最美的画册》（1956）、《"小迷糊"阿姨》（1959）等儿童诗和诗集。20世纪60年代还出版了《我对雷锋叔叔说》（1963）、《讲给少先队员听》（1964）、《打电话》（1964）、《红灯、绿灯和警察叔叔》（1965）、《照镜子》（1965）等儿童诗集。

（1）强烈的时代声音

一首诗，一部作品，能真切地反映出作家的思想感情、人格品质。柯岩善于从平凡的、看似琐碎的小事中发掘出富有情趣的充满诗意的东西，透过生活现象洞察儿童心灵的高尚，进而体现出那个时代的精神。幼小的心灵，崇高的志向，这是柯岩儿童诗的基调。在她的许多诗中可以看出这一特点：弟弟以为戴上爸爸的眼镜就能聪明博学（《眼镜惹出了什么事情》）；妈妈下班回家，看到的是儿子为了学马戏团演员的技艺而把家中的东西摔得七零八落的情景（《妈妈下班回了家》）；从孩子画框中不断变换的画中，读者看到的是美好的心灵和为人民服务的理想，也看到了一幅浓缩的时代发展的图画（《床头的画》）……柯岩的儿童诗取材虽少，但读者能从中感受到那个时代的脉搏。她善于把儿童置身于时代前进的洪流中来加以表现，从而使作品既表现了儿童生活的特点又不失为表现那个时代的氛围。

（2）生动的故事情节

柯岩的儿童诗，大都是通过"小故事"来展开的。她的成名作《"小兵"的故事》曾在1980年第二次全国少年儿童文艺创作评奖中获一等奖，它就是以几个有趣的小故事构成诗的框架的。其中《帽子的秘密》写的是儿童一心想做"海军"的故事：哥哥是个一连拿了几个五分的好学生，可不知怎么他的帽檐老是掉下来，为了弄清这个秘密，妈妈派弟弟去侦察，当弟弟刚发现哥哥扯下帽檐扮"海军"的秘密时，自己就当上了"俘虏"。于是哥哥下令将弟弟"枪毙"。可弟弟不愿意，反正我不能叫你们"枪毙"。柯岩用这个有趣的题材展开故事，活灵活现地写出了儿童渴望学习做人民海军的美好愿望。柯岩并不是为写故事而写故事，而是通过故事情节来刻画人物的心理。

（3）丰富的儿童情趣

柯岩的儿童诗还充满儿童情趣。《看球记》通过几个孩子看足球赛时的情景描写，表现了他们的性格、兴趣和爱好。特别是小弟这个形象写得很有特色。

夜里大家已经睡熟，
可是小弟还在梦里踢球，
一脚把被窝踢到地下，
还用脑袋拼命去顶枕头，
妈妈叹口气去给他盖被，
他一脚正踢着妈妈的手。
妈妈笑着把他侧过身去，
一看，背心上还用红墨水涂了个大"9"。

这种只有孩子干得出的"傻事"，恰恰体现了丰富而又高尚的儿童情感，这样的诗才能引起孩子们会心的微笑。

总之，柯岩的儿童诗大部分都表现积极的、催人向上的精神。即使针对儿童的缺点所写的诗，如《"小迷糊"阿姨》《我们怎样消灭两分》等也是揶揄中带鼓励，批评中带着微笑，体现了诗人"微笑着的诗情"。进入新时期后，她的作品形式变化较多，对生活、社会的思考也更加全面和深刻了，但除了题画诗在题材及表现手法上有所变化外，其他的如报告文学、小说等创作基调基本未变。

2. 袁鹰

袁鹰，原名田复春，又名田钟洛。还是个中学生的时候，袁鹰就开始创作儿童诗。袁鹰曾在上海共产党组织办的小报《新少年报》上发表过儿童故事和儿童诗，反映了穷苦儿童的生活。新中国成立后，袁鹰开始为孩子们写诗。1953年，当他看到美国和平战士罗森堡夫妇被残杀后，他们的两个孩子受到歧视和迫害，按捺不住心头的怒火，怀着愤怒和哀伤的心情，写下了《寄到汤姆斯河去的诗》，中学时代对人间不平所抱有的愤激之情又回到了他的诗中。

汤姆斯河的水，静静地流，
河水啊，你可知道孩子们的哀愁？
树上的黄叶悄悄地落下，
在奇怪：为什么孩子们紧锁眉头？

凄凉的气氛预示着孩子们悲惨的命运，然而，袁鹰指出，这不是命运，只因为他们是"不朽的罗森堡夫妇的后代"，接着袁鹰发出了这样的呼声。

魔鬼的黑手也许还会伸来，

孩子啊，对敌人要学会憎恨。
你们身边有千万个爸爸妈妈，
他们会教会你们怎样去对待敌人。
你们看河边上长着两棵小苗
为什么能经得住狂风暴雨？
因为大地就是它们的母亲，
土地会让儿女扶植成为大树。

爱憎分明的感情充溢于字里行间，丝毫没有虚饰和隐藏。这首诗发表后引起了很大的反响，许多小读者都非常关心两个孩子的命运。这首诗在1949—1953年全国少年儿童文艺创作评奖中获二等奖。它不仅道出了时代的心声、儿童的心声，也奠定了袁鹰创作儿童诗总的特色：深刻的政治内容与动人的抒情有机地、密切地交融在一起。

从1953年起，袁鹰一直没有间断为儿童写诗，出版诗集《篝火燃烧的时候》（1955）、《彩色的幻想》（1957）、《在美国，有一个孩子被杀死了》（1958）、《我也要戴红领巾》（1958）、《保卫红领巾》（1959）、《寄到汤姆斯河去的诗》（1959）等。

袁鹰还写过不少叙事诗，当他的笔一接触到人物时，便活跃起来，他的《刘文学》成功地塑造了奋不顾身同敌人搏斗，勇敢保卫集体财富的少年英雄刘文学的形象。袁鹰把叙事与抒情巧妙地结合在一起，既反映了少年英雄的事迹和英勇精神，又表达了强烈的爱憎。"塑造正面形象"是袁鹰创作儿童诗一贯追求的美学理想。《草原小姐妹》《保卫红领巾》等都是他这一创作原则的体现。《刘文学》在第二次全国少年儿童文艺创作评奖中获一等奖。

袁鹰还把笔伸向了国际政治舞台，这是他在儿童诗题材上明显区别于他人的地方。他或歌颂友谊如《远方的花种》《三毛和阿寥沙》，或把斗争锋芒指向帝国主义，歌颂各国人民的反帝斗争，如《七月十四日黎明》《团结起来斗两霸》《黎巴嫩小孩》。写得最深刻、战斗力最强的是几首揭露反动统治者残酷迫害儿童、疯狂实行种族歧视等罪恶活动的诗歌。

袁鹰的儿童诗始终具有一种饱满的政治热情，激励人们奋进。有的朗诵诗为配合政治需要，写得富有激情且外露，这是由于形势的需要。但作为诗的艺术，有的儿童诗由于作者意念太强，而往往给人一种"拔高"之感，同时也显得严肃有余而轻松、活泼不足。

第三节 现代中国儿童文学的春天

一、庐山会议与蓬勃发展的儿童文学

1976年之后,儿童文学和儿童读物的创作、出版、发行工作虽然重新开始得到人们的重视,儿童文学与刚刚起步的整个新时期文学一起出现了蓬勃的气象,但是这些作品在现在看来,除了儿童思想少于成人思想以外,政治色彩和文学色彩比较浓厚,并且也没有重视和强调儿童文学和少年儿童文学的特点。

1978年,全国文联、教育部等多个部门,在我国华东地区的江西省庐山市联合召开全国少年儿童读物出版工作的座谈会,从某种意义上来说是我国新时期儿童文学的重要转折点。

这次座谈会议的召开,不仅对中华人民共和国成立以来出版工作的教训与取得的成绩进行了总结,同时还对中华人民共和国成立以来儿童读物创作的教训以及获得的成就进行了一系列的有效总结,认真探讨了儿童文学艺术规律问题,提出了儿童文学应该具有少年儿童的特点,应该富有知识性与趣味性,要提倡题材、体裁多样化,坚决贯彻百花齐放、百家争鸣等若干原则性意见。

庐山会议还就加强少年儿童读物出版机构,发展和壮大少年儿童读物编辑、创作队伍,提高少年儿童读物水平和恢复少年儿童读物评奖制度等做了具体安排。

庐山会议前后,新时期文艺政策也得到了调整,确立了为人民服务、为社会主义服务的方向和百花齐放、百家争鸣的方针,为新时期儿童文学事业的发展解除了枷锁,指明了方向,也起到了极大的推动和鼓舞作用。

二、儿童文学活动蓬勃开展

(一)出版

根据庐山会议的精神,原有的中国少年儿童出版社和少年儿童出版社得到了充实和加强,紧接着天津的新蕾出版社和四川少年儿童出版社率先成立。大部分的省、市、自治区出版社也迅速充实或建立起少年儿童读物编辑室,大都发展、成立了专门的少年儿童出版社。

新时期伊始,这些少年儿童出版社和编辑室侧重出版经过时间考验的中外著名儿童文学作家的经典作品。例如,中国少年儿童出版社推出了一批儿童文学作家选集,如少年儿童出版社推出了《上海儿童文学选》(1949—1979),人民文学出版社在新中国成立三十周年之际推出了一批儿童文学作家作品和选集。

随着儿童文学形势的好转,这些少年儿童出版社和编辑室开始从侧重介绍经典作品,转向着力推出中外儿童文学创作的最新成果,编辑出版了《儿童文学丛书》(中国少年儿童出版社)、《中青年新作家短篇小说集丛书》(少年儿童出版社)等丛书,对外国儿童文学的译介也逐渐做到全面、及时和丰富。中国儿童文学与世界的关系,同国家与世界的关系一样,开始走向紧密,建立了越来越多的联系。

同时,对儿童文学遗产和成果的搜集、整理工作渐趋系统和完整,在增加了赏析和研究后介绍给广大的小读者,出现了《小图书馆丛书》(四川少年儿童出版社)、《中国儿童文学大系》(希望出版社)等包含中外儿童文学精华的作品集。

1979年,中国唯一一份儿童文学理论刊物《儿童文学研究》复刊。1981年,少年儿童出版社的《儿童文学选刊》创刊,成为我国当时最权威的儿童文学选刊。2000年,《儿童文学选刊》与《儿童文学研究》合并成《中国儿童文学》杂志,由中国作家协会儿童文学专业委员会与少年儿童出版社合办。该杂志是一份面向儿童文学创作、评论界的核心刊物,同时也成为文学界、师范教育界了解和把握当代儿童文学走势与品质的窗口。

另外,20世纪80年代以来,综合性学术期刊《浙江师范大学学报》还不定期出版了多期"儿童文学专辑",《文艺报》也设置了定期的儿童文学评论专版。

(二)评奖

1980年,第二次全国少年儿童文艺创作评奖授奖大会在北京举行,对1954年第一次全国少年儿童文艺创作评奖以来的儿童文艺创作进行了回顾。《马兰花》《神笔马良》《小兵张嘎》《小灵通漫游未来》等儿童文学力作获奖。

1981年5月,儿童文学界的泰斗陈伯吹倡议并捐款设立了儿童文学园丁奖,该奖每年评选一次;1988年改为陈伯吹儿童文学奖。该奖的评选范围是上一年度在上海地区公开发表、出版的各类儿童文学作品,每届获奖作品均由少年儿童出版社出版《陈伯吹儿童文学奖获奖作品集》。陈伯吹儿童文学奖对新时期中国儿童文学的发展,特别是对作为中国儿童文学"大本营"之一的上海地区儿童文学的繁荣做出了很大贡献。

首届(1980—1985)全国优秀儿童文学奖于1988年4月揭晓,该奖由中国作家协会主办,每三年评选一次。

宋庆龄儿童文学奖由宋庆龄基金会、团中央、中国作协等共同主办，设立于1986年，以为少年儿童提供更多、更好的精神食粮为宗旨，该奖每两至三年评选一次。

（三）交流、科研和教学

1980年中国作家协会成立儿童文学委员会，1980年10月文化部成立了少年儿童艺术委员会，1981年2月全国少年儿童艺术委员会成立，6月文化部又专门设立了少年儿童文化艺术司，并将它作为全国少年儿童艺术委员会的办事机构，这就形成了新时期少年儿童艺术的领导机构。少年儿童文化艺术司组织儿童文学讲师团到全国各地举办儿童文学讲习会。全国性的儿童文学会议得以经常召开，如1984年6月在石家庄举行的全国儿童文学理论座谈会；1985年7月在昆明举行的全国儿童文学理论规划座谈会；1986年5月在烟台举行的全国儿童文学创作会议；1986年11月在重庆召开的外国儿童文学座谈会；1988年10月在烟台举行的儿童文学发展新形势讨论会。

进入20世纪80年代，三个有全国范围内影响力的儿童文学学术团体相继成立。1980年，中国儿童文学研究会成立；1984年，全国儿童文学教学研究会成立，成员以高校教师为主；1984年，全国幼师普师儿童文学教学研究会成立。

国际儿童文学交流日益深入，中国学者在国际儿童文学舞台上开始扮演越来越重要的角色。1986年8月，中国宣布加入国际儿童读物联盟。2000年9月国际儿童读物联盟同意中国分会承办国际儿童读物联盟2006年年会。

1994年，中国出版工作者协会设立了少儿读物出版工作委员会。1998年，少儿读物出版工作委员会和国际儿童读物联盟中国分会首次统一组团参加了世界上最大的儿童书展——意大利波罗尼亚国际儿童书展。

高校儿童文学教学、研究工作也非常活跃。浙江师范大学于1979年成立了全国第一家儿童文学研究室，1979年招收中国第一名儿童文学方向硕士研究生，创建了儿童文学研究生课程体系。

截至2000年，先后有浙江师范大学、北京师范大学、华中师范大学、东北师范大学、上海师范大学、重庆师范大学和沈阳师范大学招收儿童文学方向硕士研究生。

三、老中青作家的辛勤耕耘

新时期初期，冰心、张天翼、严文井、陈伯吹等老作家继续积极为少年儿童写作；柯岩、任大霖、任大星、葛翠琳、洪汛涛、郑文光、金波、张秋生等一批新的中年作家成为20世纪80年代儿童文学创作的主力军；青年一代的儿童文学家在此时迅速成长，出现了像沈石溪、曹文轩、张之路、秦文君、陈丹燕、赵冰波、斑马、梅子涵、丁阿虎等为数众多的青年儿童文学作家群。

我国众多优秀的老年作家、中年作家和青年作家在20世纪80年代合力耕耘，推动和促进中国儿童文学的多个方面发生变化，无论是题材还是主题，均从以前的狭窄、单一逐步走向开阔、丰富，艺术样式和以前相比也更加多种多样，促进了我国的艺术探索不断地大力向前发展。与20世纪80年代整个文学氛围相呼应，儿童文学领域也不断出现先锋者探索的足迹，主题、题材、体裁等多方面出现了丰富多样的变化。老年作家、中年作家和青年作家努力在儿童文学的形式和内容上进行着创新。

20世纪80年代，新的儿童文学作家初入文坛的时候，就将超群绝伦的实力充分展现和显露出来。新的儿童文学作家在思想方面非常敏锐，并且敢于积极探索。也正是因为如此，出现了很多优秀的先锋儿童文学作品，如《祭蛇》《古堡》等，形成了以郑渊洁童话为代表的"热闹派"和以赵冰波童话为代表的"抒情派"等众多风格流派。

艺术探索虽然使新时期以来的儿童文学充满了生气和活力，但是在儿童文学的艺术探索中，并没有出现像成人探索文学中出现的那种难以理解的文字，说明热衷于儿童文学艺术探索的作家没有忘记自己的读者对象，也没有忘记它是儿童文学。

进入20世纪90年代以后，新时期初期的老作家和中、青年作家逐渐淡出儿童文学的创作，以作品整理出版的方式参与20世纪90年代的儿童文学进程。20世纪80年代初期的青年儿童文学作家走向中年，成了儿童文学创作的主力。此时，儿童文学艺术探索不仅得到了继承，而且逐渐内化，成为一种集体的自觉和实际的行动。

长篇儿童小说在20世纪90年代异军突起，曹文轩的《草房子》《山羊不吃天堂草》《根鸟》系列，秦文君的《男生贾里》《女生贾梅》系列，张之路的《第三军团》，斑马的《六年级大逃亡》等长篇佳作纷纷出现。

四、市场经济时代的儿童文学

中国儿童文学在新时期的发展与两个情形密切相关。一是改革开放以后，中国社会逐步从计划经济向市场经济转轨，1992年中共十四大做出了建立社会主义市场经济体制的决定,由此带来了整个社会结构的变化,也影响到了文学创作和出版。二是市场经济浪潮中随之而来的信息化、经济全球化的影响。在市场经济时代,中国儿童文学面临了新的机遇和抉择。

20世纪80年代,中国市场经济逐步建立,教育的发展为中小学教辅读物的出版提供了广阔的空间,1976年之后得到充实和新建的少年儿童出版社的实力实现了第一次增强,同时开始出现较高品质的儿童文学、科普、励志类图书。

进入20世纪90年代,随着经济体制的改革,各个少年儿童出版社也逐步与市场接轨,在选题、编辑、出版各个环节逐步实现市场化运作,市场利益和经济效益成为出版的一个更加现实的导向。同时,儿童文学也成为各类出版社的一个选题热点,纯真的情感和典雅的表达使得这一类出版物成了畅销书。

20世纪90年代,各个少年儿童出版社更加注重作品的原创性,如二十一世纪出版社注重推广幻想文学,浙江少年儿童出版社倡导幽默儿童文学创作。同时,中长篇作品的创作空前活跃,出现了一大批优秀的中长篇儿童小说,曹文轩、秦文君、张之路等作家的长篇佳作纷纷涌现,中国儿童文学在艺术容量上实现了很大的拓展,艺术表现手段也得到了新的丰富。

同时,和整个文学的氛围一致,中国儿童文学也越来越走向多样化。除了经典作品进入市场以外,还出现了低龄化写作等倾向。同时,也开始引入境外的图画书这种新型的儿童文学,给中国儿童文学提供了借鉴。

20世纪90年代,在市场化的影响下,中国儿童文学获得了新一次的发展。2000年,在成都举行的年度少儿读物订货会上,全国30家专业少年儿童出版社展销图书9000余种,其中当年5月份以后出版的新书占总数的一半以上,很多作品打破了传统的模式,中国儿童文学在图书装帧、设计、内容策划、出版形式等方面都实现了新的发展。

五、新时期以来儿童文学的发展趋势

新时期以来中国儿童文学的发展经历了一个从全民性的热情亢奋、争鸣论争,逐步走向一部分群体比较深入、理性地进行思考的过程。

1978年我国正式实施改革开放政策,并且在改革开放政策的影响下,很多国外的儿童文学观念源源不断地涌入国内,因此这也导致了我国新的中外儿童文学观念和旧的中外儿童观念在20世纪80年代初产生了非常强烈的碰撞。众多优秀的儿童文学作家在艺术的名义下,从理论到实践开展了各种各样的行动,实现了中国儿童文学在新时期的第一次开拓。理论上突破了中华人民共和国成立以来的许多界限，儿童本身得到了更大的肯定。新时期以后涌现出一批中青年儿童文学理论家，在儿童文学的讨论中引入了发生认识论等众多的西方哲学和文学理论，并且建构了有自己特色的理论体系；创作方面出现了一批先锋探索作家和作品，使得中国儿童文学在形式和内容上都有了新的突破。

在文学创作上，出现了曹文轩、梅子涵、班马、郑渊洁、赵冰波、彭懿等一大批先锋儿童文学作家。儿童本身的特性被这些作家所看重和强调，幻想和荒诞在此时被光明正大地允许，儿童文学的文体特征被他们强调。在王安忆的《谁是未来的中队长》里以"我"为代表的中学生开始了具有独立思想的思考，这种表现本身是"儿童本位"的一种体现，也是一种勇于探索和思考的时代精神的写真；梅子涵的《咖啡馆纪事》用一种令人耳目一新的文学形式写了中学生的生活。

20世纪80年代儿童文学理论研究蓬勃发展。1982年5月，蒋风公开出版了个人著作《儿童文学概论》；5月，高校合作编写的《儿童文学概论》在四川少年儿童出版社出版，这是继20世纪20年代之后再次出版《儿童文学概论》，并被广泛采用为教材，在培养儿童文学人才上起了一定的作用。

此后，涌现出吴其南、王泉根、汤锐、方卫平、朱自强、孙建江、班马、刘绪源、金燕玉等儿童文学理论家，探索"儿童性"和"艺术性"的最佳组合，注重"儿童本位"，出现了"儿童反儿童化""塑造民族性格"等理论争鸣的局面。

20世纪90年代，一批更年轻的作家进入中国儿童文学的视野，如彭学军、汤素兰、杨红樱等，形成了肖显志、薛涛等人组成的辽宁中青年作家群和由张洁、殷健灵等人组成的上海青年作家群。此时，儿童文学作家虽然不再像20世纪80年代那样狂热，但在行动上依然继续着先锋者的探索，积极吸收更多的外来儿童文学的有益营养，不断丰富着中国儿童文学的内涵。

20世纪90年代涌现出来的儿童文学理论家把儿童文学理论研究带入了一个系统化、规范化的轨道，在20世纪80年代争鸣和论争的基础上建构起中国特色的儿童文学理论框架。

六、现代中国儿童文学新时期名家作品研究

（一）金波和田地的儿童诗

1. 金波的抒情诗

金波，1935年生，河北省冀县（现为冀州市）人，1957年考入北京师范学

院中文系，学习期间就开始儿童诗的创作。他有不少诗被谱了曲，在少年儿童中广泛流传。其中，金波先生出版的《回声》这首优秀的诗集，为创作儿童诗打下了极为坚实的基础。金波先生除对中华人民共和国成立后少年儿童的生活进行详细的描写之外，也将少年儿童引入大自然中，同时在充满神奇色彩的大自然和众多儿童的心灵中找到某种契合，以便将自身的情感全面、充分地抒发出来，让众多的读者对生命和生活的美进行充分的领略、感悟和体会。例如，《浪花》《回声》《林中的鸟声》等都是出色的儿童诗。

进入新时期后，金波满怀喜悦地拿起笔为儿童尽情抒唱，先后出版了《林中的鸟声》（1979）、《会飞的花朵》（1979）、《我的雪人》（1982）、《绿色的太阳》（1983）、《红苹果》（1985）、《我们的七月》（1991）、《林中月夜》（1992）、《献给母亲的花环》（1999）等作品，在儿童诗领域不断进行开拓、创新，成为最专注且有创新和超前意识的诗人。1992年金波获得国际安徒生奖提名。

打开金波的儿童诗集，一股清新的气息扑面而来，使读者仿佛置身于色彩缤纷的大自然之中，到处充满了浓郁的诗情。作者并非简单模拟生活，更多地表现当今儿童蓬勃向上、热爱自然、热爱生活的青春气息。他们难免会犯些小错误（《弟弟有片小果园》），更多的是温和的同情（《鸟巢》《窗下》）。在他们生活中，也有黑夜的侵袭（《蛇》），更多的是充满阳光的春天，充满着"爱"和"美"（《我的雪人》《老师，我想念您》《我是谁》），体现出人与大自然的和谐。在大自然的怀抱中，表现新中国少年儿童有意义的生活，是金波儿童诗的主要内容，与此同时赋予这一切美和爱是金波儿童诗的主调。

金波通过对"美"的描写与赞美来表达他"爱"的主题。其中，金波先生创作的《春的消息》，以一种非常巧妙的方式将春天来临时的惊喜之情充分地抒发和表达出来。

金波除了直抒胸臆地表达自己对"美"的赞颂外，有时还通过细致的叙述去描写充满诗意生活的情致，用几个小镜头来表现生活的乐趣。《流萤》便是这样，诗人以饱蘸感情的诗句把读者带入黄昏时分，去观看捕捉流萤的情景，在深邃、浩渺的天空之下，诗人的感情在迸发："我从菜园里拔一根葱管，好放进几只流萤，让它闪出柔和的光吧，孩子，送你一盏翠绿的灯。"这奇特的构想、充满感情的表达，把诗人对儿童深沉执着的爱表现得淋漓尽致！可诗并未结束，"放萤火在你的枕边，我再编一个童话给你听，说在夏天的夜里，有一个翠绿的梦……"

不管是直抒胸臆，还是通过叙事的描摹来表现生活的情态，金波自始至终都注重"抒情"二字，也正是这一点才使他成为儿童诗创作中卓有成就的抒情诗人。

在表现手法上，金波的诗既继承了传统诗歌的写法，又吸取西方诗歌的特点，以委婉浓郁的抒情和清晰明洁的白描手法，表现儿童的可爱以及大自然的秀丽。

金波在探索，他虽然"使儿童诗这一文学品种日渐精美、深刻和丰富"。但他的诗也有不足，诗的题材不够丰富，因而有的作品读来似乎有一种似曾相识之感。诗人生活面较狭窄，反映当代儿童在社会生活中所产生的感受的作品不多，因此诗的时代性和现实感还有待加强。

进入20世纪90年代，金波追求诗美和诗意，注重诗歌的形式和内容的和谐统一。他开始探索新的诗歌表现形式，借鉴西方诗歌的形式进行尝试，创造出属于自己的金波十四行抒情儿童诗歌，并取得了丰硕的成果。其艺术表现力逐渐提高，如《十四行诗三题》《亲情》等作品都展现了诗人突破自我，寻求新的艺术表现力。

2. 田地的儿童诗

田地，原名吴南薰。1927年生于杭州。新中国成立后曾在《儿童时代》杂志社、浙江少年儿童出版社工作，先后出版过《告别》《风景》《南瓜花》《和志愿军叔叔一样》《他在阳光下走》《小树叶》《冰花》等诗集。《祖国的春天》获全国第二次少年儿童文艺创作评奖二等奖。他的诗作在20世纪50年代的少年读者中有广泛的影响,有的还被译介到国外发表。由于种种原因,诗人曾搁笔近二十年。1982年诗集《复活的翅膀》的出版标志着诗人诗的生命的复活，与此同时还出版了儿童诗集《冰花》。1982年后，他的儿童诗创作有了明显的提高，写出了《快乐的小精灵》《她和我一样》《溶溶的故事》《春风送来的客人》等有影响的诗。这些诗以简练的笔触，勾勒出儿童的幻想、心愿以及他们纯洁而美好的心灵。

在田地众多的儿童诗中，最有影响的还要算他的朗诵诗。曾获全国第二次少年儿童文艺创作评奖二等奖的《祖国的春天》，诗人以奇特的构思、跌宕多姿的画面，充满激情又清新的语言抒发了自己热爱祖国、热爱新生活的真情实感。写于1982年的《我爱我的祖国》，艺术手法虽然基本与《祖国的春天》一致，但思想感情显然更为深沉了。这首诗曾获中国作家协会首届全国优秀儿童文学奖。《真正的幸福》则用与少年对话的形式，告诉孩子们什么才是真正的幸福。另外《升起来啊，母亲的旗》也是一首较好的朗诵诗。

总之，田地的一些抒情小诗喜用拟人化手法，通过比喻的意象，表达纯真的美好，他的一些带情节的小诗写来活泼有致、引人入胜。他的朗诵诗擅长铺排，总是在繁简得宜、曲折波澜中表现情感的冲击力，在层层递进、层层上升的意蕴中加重感情的砝码，这样便于抒发诗人一唱三叹、循环回复的感情。他的诗节奏明快、音韵和谐、摇曳多姿，易于达到朗诵诗应有的效果。另外，不够精练、略显松散是他朗诵诗的不足。

进入20世纪90年代后期，由于身体原因，田地不得不放下手中的笔，着实令人惋惜。

（二）孙幼军与宗璞的童话创作

孙幼军和宗璞是新时期在童话创作上取得突出成就的童话作家。进入20世纪80年代以后，他们的童话创作更加成熟，越来越显示出各自鲜明独特的艺术风格。

1. 孙幼军的童话

孙幼军，哈尔滨人，1933年生。1961年，孙幼军发表成名作《小布头奇遇记》，受到儿童欢迎。长篇童话《小布头奇遇记》自出版以来，在小读者中产生了较大的影响，是20世纪60年代为数不多的优秀童话之一。之后他又创作了《萤火虫找朋友》《叔叔和月亮》等短篇童话。20世纪70年代末期，搁笔15年之久的孙幼军先生创作了很多被广泛流传的优秀童话作品，如《没有风的扇子》《吉吉变熊猫的故事》《小狗的小房子》等，取得了丰硕的成果。

《小贝流浪记》《小狗的小房子》等优秀的童话作品，在将他独特的风格充分展现出来的同时，也展现了非常高的童话艺术成就。这些童话以活泼、可爱的形象，神奇丰富的幻想和简洁明快的语言赢得了儿童的喜爱，在儿童间产生越来越大的影响。从儿童天真美丽的幻想出发进行巧妙的构思，创造奇妙美丽的童话世界，是孙幼军童话的一个突出特点。

他在创作童话作品的时候，大多取材于儿童的日常生活，因此充满了各种孩子式的有趣幻想。与此同时，在构思的时候也非常注重和强调孩子式的幻想，所以孙幼军先生描绘的幻想世界合乎儿童对现实所能理解的童话世界。

孙幼军童话幻想的夸张也注意兼顾儿童的审美情趣，既神奇有趣又十分合度，如"杨杨有一种'魔法'，他一哭便泪流成河，到处发大水，足以把外婆和爸爸妈妈的主意冲跑"。（《神奇的房子》）孙幼军巧妙地将这些夸张和神奇的幻想同主题的表达紧密结合起来，取得了强烈的讽刺效果。

他创作童话作品的突出特点之一是最大限度地塑造与儿童审美情趣相符合的一系列童话美好形象，重视和强调塑造的童话形象对儿童的审美教育作用。

孙幼军的童话极力避免说教和训诫。对于儿童身上的缺点，他经常利用童话进行委婉的讽刺。他更重视童话作品的审美教育作用，通过饱含感情的艺术形象感化儿童，对儿童产生潜移默化的影响。为此，他着力塑造了小贝（《小贝流浪记》）、小狗（《小狗的小房子》）等一系列生动活泼、真切感人的童话形象。

由于孙幼军十分熟悉儿童，了解儿童的爱好与兴趣，他笔下众多的童话形象都能准确地反映儿童特有的幼稚心理，符合儿童喜爱神奇、美丽有趣的幻想的审美趣味，极富儿童情趣。

孙幼军的童话语言很有特色，非常善于通过一种巧妙的方式把儿童口语经过一系列的提炼和加工，最终转化为自身的文学语言，不仅具有儿童特点，还非常简洁清晰。另外，孙幼军创作的童话作品不仅形象生动，动作性强，而且更为朴素优美，如《小狗的小房子》开头一段。"下了一场雨，把天空洗得更蓝，把树叶和草洗得更绿。小狗从他那薄木板的小房子里跑出来，看看太阳，打了一个喷嚏，又在院子里滚了两个滚儿，觉得开心极了。"

孙幼军童话的人物语言各有特色，很能体现人物的性格特征，《小贝流浪记》中小贝遇到狗妈妈时，小贝、狗妈妈和大白猫的一段对话非常精彩，短短几句就将小贝的倔强、狗妈妈的善良和大白猫的自私自利表现得惟妙惟肖，显示了作家深厚的语言功力。

孙幼军在20世纪90年代显示出极高的创作热情，创作了"怪老头儿"系列童话以及《嘻哩呼噜行侠记》等，准确把握了儿童真实心理的同时，也对儿童自然和生动的生活语言进行灵活运用，成功和巧妙地写出了儿童在实际生活当中的"趣"、烦恼和喜怒哀乐，从整个社会生存环境观察儿童。

2. 宗璞的童话

宗璞，原名冯钟璞，当代著名女作家，也是一位优秀的童话作家。1928年生于北京，1951年毕业于清华大学外文系。

20世纪60年代初宗璞发表了广为称道的著名童话《湖底山村》。进入新时期，她又陆续发表了十多篇精美的童话，1984年出版了童话集《风庐童话》，收入宗璞全部的童话，如《吊竹兰和蜡笔盒》《总鳍鱼的故事》等。她的童话想象优美、含意隽永、富有浓郁的抒情风格，并且带有一种婉丽秀美的气息，在当代童话创作中别具风采。

新时期宗璞的童话进一步体现了美育的要求,更加重视优美的童话意境。《冰的画》由冬日清晨窗户玻璃上各种不同的图案展开想象,将一个病中儿童从孤寂的房间引向美丽的幻想世界,充满了欢乐的气氛。

宗璞童话的语言委婉细腻、优美自然。她的叙述语言始终保持一种舒缓的节奏,同作品所抒发的感情和谐统一。宗璞的童话善用比喻,精美的比喻给她的作品增色不少。宗璞运用一系列别出心裁的比喻,把人们常见的花写得富有生气、充满诗意,显示了她深厚的语言功力和优美的想象力。

富有深邃的人生哲理,是宗璞童话的另一个显著特色。宗璞的童话总是充满丰富的人生体验。《吊竹兰和蜡笔盒》通过吊竹兰拒绝蜡笔盒给它涂上颜色的故事,表达了作者渴望保持自己本色的心声:"我从来不拒绝改变,但那必须从我自己的生命里发出来。"

(三)"动物小说"的开拓

儿童对动物似乎有一种天然的爱好,相应地,动物便成为儿童文学这个百花园里不可缺少的角色。动物小说采用了小说的艺术方式,加入了现代生活的内容。这种既特殊又历史悠久的小说样式,从新时期开始得到异乎寻常的繁荣和发展,称为"异军突起"实不为过。

动物小说数量多,涉及的主题也很多。如果按动物小说的角色分配划分,可分为纯动物小说和有人参与的动物小说;按主题划分,又有传统主题、社会道德主题、自然保护主题等;从接受意义上来分,有知识性、寓言性、讽喻性、教育性、惊险性、探索性等。

纯动物小说一般是对动物做直接、外在的观察和描绘,或者使动物"人性化",刻画动物的内心世界。这类作品一般不涉及人,即使涉及人,人也是处于较次要的地位。纯动物小说一般有两种类型,分别是趣味性的和寓言性的。趣味性的纯动物小说,如李子玉的《狐狸"渔夫"》、乌热尔图的《兔褐马》等。还有一类作品则不同,如蔺瑾的《冰河上的激战》、沈石溪的《蠢熊吉帕》等都有明显的寓意,写的虽然是动物生活,但分明折射出人类生活、人类观念的影子。

动物小说的另一类型是人与动物相互依存、相互斗争的主题。新时期以来,人与动物关系的动物小说按主要倾向可归纳为以下几种,即童心主题、社会道德主题、人与动物的相互对立或依存主题、自然保护主题等。

童心主题类。如果说童话是采用儿童的泛灵论思维来刻画童心的美好的话,那么这类儿童小说通常用天真无邪的眼睛来表现诗意盎然、童趣横生的动物生活，如邱勋的《雀儿妈妈和它的孩子》、杨植材的《我的花猫》等。

社会道德主题类。这类作品通过人和动物的遭遇反映社会问题，或透过动物的眼睛来描绘或评价社会生活，以表达作者政治的或社会道德的倾向。如刘厚明的《小熊杜杜和它的主人》，表达动物对人的真挚感情。还有一些是道德寓意小说，如李建树的《黄牯、黑拖和老豹》等。

人与动物的相互对立或依存主题类。写人与野兽的搏斗，显示人的智慧或动物的灵气，或者写动物对人的善意、人与动物的友好相处。如蔡振兴的《独眼鳄》，描写捕鳄大王姜老黑和他儿子与独眼鳄惊心动魄的较量。动物助人、救人有恩的故事则是新时期动物小说中最为普遍的情节模式，如乔传藻的《扎山和他的猎狗》、岑桑的《小哥俩与老猴苏苏》等。

自然保护主题类。传统的动物题材作品虽然也教育青少年要爱护动物，但大都着眼培养青少年诚实、善良、勇敢等美好道德品质。新时期有些作品已上升到生态平衡问题以及对人和自然、人和动物之间的关系进行哲理探索，这种探索目前日趋热烈。这类主题以乌热尔图的动物小说为代表，他的《老人和鹿》《七叉犄角的公鹿》等作品是名篇。

在诸多动物题材儿童小说作者中，沈石溪、乌热尔图最有代表性。

沈石溪，上海人，1952年生，18岁那年去云南西双版纳傣族村寨插队落户。他曾跟当地的傣族猎手闯荡原始森林，到动物王国探险猎奇，对千奇百怪的动物世界有较直接的感情体验。从1980年开始，他陆续发表动物小说《第七条猎狗》《白雪公主》等。沈石溪的大部分动物小说共同的主题是人和动物的亲密关系。他写纯动物小说不多，只有《象冢》《蠢熊吉帕》《双角犀鸟》《牝狼》少数几篇，这几篇都是含寓意的小说。

沈石溪描写人和动物关系的小说直接或间接地借用了猎手讲述动物故事，他的这些小说绝大部分采用第三人称转述语调，如《在捕象的陷阱里》即是如此，这些小说都是描写动物与人的亲密友谊的传奇故事。

20世纪90年代以后，沈石溪发表的作品有了新的开拓，他开始向自然保护主题靠近。《戴银铃的长臂猿》中驯猿南尼逃返故里，写出了动物对自由自在生活的向往。《在捕象的陷阱里》和《猎狐》把动物的母子感情写得真切感人。这样的小说较之以前的作品主题有所深化，从单纯的传奇故事发展到多方位的人道主义的哲理探索。

20世纪90年代以后，沈石溪的一些作品有了更大的突破，小说的描写视角发生了变化，更加注重描写动物界的弱肉强食法则。同时，他也对小说语体进行了探索。这个时期的代表作主要有《一只猎雕的遭遇》《狼王梦》《混血豺王》《鸟奴》《骆驼王子》等。

沈石溪的小说以祖国南部的西双版纳为背景，乌热尔图则以北方嫩江岸边鄂温克猎民生活为素材。乌热尔图就出生在只有一万余人的狩猎民族。他的小说大多是对童年生活的回忆，其中《马的故事》中的兔褐马三次被卖到异乡，它三次历尽艰险逃回故乡，这种对乡土的眷恋正是乌热尔图个人情感的写照。

乌热尔图的动物小说对生态保护和人与动物的关系做了探索。在他的中篇小说《雪》的创作谈中，他怀疑自己这个"做梦都在出猎的猎手"，"怕自己再次端起猎枪的时候会看到、听到猎枪的颤抖和尖叫"。如果说人类之间的战争是在直接杀人和摧残文化，那么人类的生态战争则在间接地消灭地球上的一切生命。《雪》写的就是大自然对人类的掠夺性征战的报复。同时，动物对人类的残杀也会进行反抗，有时"两只脚的野兽比四只脚的野兽更可怕"。乌热尔图的部分小说饱含了这种痛苦的反思与忏悔。

综上所述，新时期以来的动物小说无论在思想深度的开拓上还是在艺术表现的手法上，都有了突破和创新。这些作品透过动物主人公的眼睛来反映社会问题、批判现实生活，或是致力于对人和动物、人和大自然之间的生死与共关系的重新探索，寻求人与自然、人与动物以及人与人之间的那种和谐关系。同时，诞生了一批富有开拓、创新精神的动物题材小说作者。

第四章　新时期中国儿童文学艺术的发展

本章为新时期中国儿童文学艺术的发展，共分以下三节内容进行叙述，分别为新时期中国儿童文学的新观念、新媒体时代中国儿童文学的发展趋势、新时期中国儿童文学的深层拓展。

第一节　新时期中国儿童文学的新观念

20世纪80年代中后期出现了探索性儿童文学作品，并且也是我国儿童文学在发展过程当中备受关注和惹人注目的文学现象。人们虽然对怎么样的作品是探索性作品没有明确的看法，但是无论是这一名称，还是已经被人们归入该名称的优秀作品，不仅表现出宽泛性，还进一步表现出模糊性，也正是因为如此，所有试图在这些优秀的作品当中努力寻找其共同特征的难度也变得非常大。伴随着人们对这一名称的认可，以及更多具有特色的优秀作品被纳入这一范围，更多的人开始对该文学现象进行研究。

一、探索性儿童文学的特征表现

探索性儿童文学和传统儿童文学相比较，存在一定的差异，主要是被感觉到的。1987年前后刊物上出现了《鱼幻》《神奇的颜色》等诸多儿童文学作品，人们虽然无法将这些作品和传统的文学作品的差别准确地表达出来，但是依旧可以感觉到这些作品之间存在的差异。

作品的描写对象是陌生感的第一来源，具体而言是作品意象世界的外在形态。我国儿童文学的描写对象长期以来，始终被局限和束缚在社会生活领域当中，如革命传统故事等，即便是童话或者表现儿童游戏的作品，也会将其作为现实社会生活当中的某一折射或者象征。儿童文学的主要形象虽然是老师、战斗英雄等，以及由这些人物生活构成的故事是作为儿童文学的主要画面，但这些令人熟悉的画面与人物，在探索性的儿童文学当中逐渐地淡化或者隐去，逐渐被小镇、森林和老屋等取代，最终构成了传统儿童文学作品很少描写的神奇、独特的世界。

我国著名文学作家金逸铭先生创作的《长河一少年》，以一种非常巧妙的抽象形式，将我们人类的实际生存状态充分地展现出来，从高处全方位地俯瞰人生，充满神秘的同时也具有一定的突兀性。我国知名作家冰波先生创作的《毒蜘蛛之死》这部优秀的儿童文学作品给人带来对世界的思考以及对生命的探索；班马（原名班会文）创作的《野蛮的风》《鱼幻》等多部优秀的儿童文学作品，通过雄奇粗放和神秘幽古的笔调，对我国江南地区的古镇和原野进行生动细致的描写，一方面写出了沟通未来和远古的星球意识，进一步突破了以前传统儿童文学作品十分狭隘的界限，将开放的态势充分地展现出来。另一方面，也写出了通过各种方式努力摆脱和冲破受到现代城市文明严重束缚的少年，在神奇的大自然的感召下逐渐觉醒。

日本的文学研究有三个层次划分，一是远景文学，二是中景文学，三是近景文学。其中，远景文学是指对未来战争、科幻等进行详细描写和阐述的优秀作品；中景文学是指更加偏向于描写隐性文化的优秀作品；近景文学是指对我们人类周围比较封闭的空间进行深入描写和阐述的优秀作品。假如传统的儿童文学作品是近景文学，那么探索性的儿童文学作品更加偏向于远景文学与中景文学，比较具有代表性的优秀探索性儿童文学作品有《野蛮的风》《鱼幻》等。

需要注意的是，我国探索性儿童文学作品的变化不仅仅是题材选择上的变化，从索绪尔语言学的相关概念来看，把探索儿童文学作品当中的一系列情感意蕴作为所指，同时把其中的艺术形象作为能指，由此可以知道该意象层的变化。传统的儿童文学作品对儿童的日常社会生活进行了集中式的描写和阐述，有效借助了以社会为本的实际关照角度。众多优秀的作者在创作的过程当中从社会代言人的角度出发，用创作出来的优秀作品，对儿童的思想情感进行正确的指引和引导，最终科学、合理地有效整合到实际社会需要的轨道上。社会的和谐与一致是作品美学理想的重要核心，同时也是我国传统的社会理想在优秀儿童文学艺术上的具体投射。

形成此种美学理想合理性的前提是进一步认识和了解到，人在本质上实际上是一种独特的社会性存在。少年儿童向人的生成虽然是向社会的生成，但是具有一定的负面效果，主要强调社会对个体的进一步整合，严重地忽视了生命，尤其是个体生命在实际发展进程当中的各种需要，把应该全方位和谐有效发展的人最终变成了单向度的人。20 世纪 30 年代以来，这些负面效果集中体现在了中国儿童文学作品当中，出现了错误的社会意识。此种社会意识对中国儿童文学创作产生了很多不利的影响，创作出来的文学作品有很大的可能性对儿童幼小的心灵产生巨大的危害，甚至是戕害和扭曲，因此将该社会意识传达出来的文学作品也变得更加僵化和荒谬。探索性儿童文学在创作的过程当中疏离和淡化描写社会生活，从某种程度上来说也是更加清楚地认识到中国传统文学存在这一不良缺陷。探索性儿童文学疏离了社会生活的同时，开始走向神奇美妙的大自然，把生命和谐全面发展作为审美观照的关键尺度，也将其作为审美观照的主要视角，从本质的角度来看是对中国传统儿童文学社会的反叛。探索性儿童文学疏离以社会为本位的艺术理想，代表着对个性和自由的张扬，因此它的出现是新时期中国儿童文学领域人文主义思潮兴起来的反映之一。

觉醒的生命意识并不是代表着匡正或者疏离单向度的社会性儿童文学。新时期探索性儿童文学作品的出现，是在寻根文学思潮的巨大影响下逐渐产生的，并且在其深入的影响下快速发展起来。寻根文学实际上是通过不同的方式努力寻找中国文化重要的历史源泉，以便于将中国真正复活。

众所周知，文学有着非常古老的审美意识，探索性儿童文学作品一方面不仅偏向和侧重于对我们人类生命之根的深入研究和探索，还侧重于对神奇美妙的大自然在运动的过程当中表现出来的生生不息的研究和探索，另一方面既偏向于深入探索和研究少年儿童生命当中蕴含人类生命的活力，又进一步研究和探索了在少年儿童全方位和谐发展的过程当中，此种原始生命活动的重要意义和作用。深入的研究和探索主要基于此种认识，即生命意识作为关照角度之一，和社会意识相比较处于更高的层次，因此生命意识可以涵盖社会意识。当众多优秀的作家在创作探索性儿童文学作品的时候，把描写对象转向审美领域，实际上是将人类对美、世界等的理解充分反映出来。人类生命的活力随着现代文明的快速发展，呈现一种衰减的趋势，这是非常普遍的现象之一。尤其是在大都市当中，现代文明高度发达导致人和自然之间的联系从童年时期被切断。我们人类文明的程度越高，异化也就越大，因此人们对自然进行重新感受，以及通过不同方式努力追求生命的生生不息，已经成为非常普遍的趋势和现象之一。成人文学寻根意识是把古代优秀的文化，以一种巧妙的方式和现代文化产生不可分割的紧密联系，并且成人文学领域的寻找还包括了支撑中华民族重要的生命之根。因此，从这一层面上看寻根文学和探索性儿童文学实际上也是同一美学指向。

探索性儿童文学和传统儿童文学相比有很大的差异性，主要表现在探索性儿童文学作品努力追求或者刻意追求一种与传统文学作品完全不相同的独特主题实现形态，因此它也是儿童文学的文学化运动之一。其实在新时期众多优秀作家完全明确和确定文学创作切入角度的时候，这一点已经基本被决定了。作品的意蕴对其实现形态有着很大的决定性作用，当中国传统儿童文学将努力教育和培养少年儿童最终确定为第一个重要目标的时候，中国传统儿童文学会把作品的形式与内容分离，同时把作品的形式作为进一步传达作品内容的关键手段和方法。

在众多优秀的教育型儿童文学作品当中，无论是作品结构，还是作品中的相关人物等，大多数情况下均不具有本体意义。为了充分满足传统内容的各种需要，会促使教育型儿童文学选择线性的故事性结构。探索性儿童文学在最开始的时候，并没有将向儿童传达某些确定认识作为目标，主要是把儿童真实的生存状态充分地展现出来，将儿童和大自然在发展过程当中的欣欣向荣、生机勃勃的重要精神进一步展现出来的同时，也将众多优秀作家对生命和人生相关的一系列体验、感受以及感悟传达出来。无论是体感和感受，还是更深层次的感悟实际上都是一种情绪，因此也与感性形象有着十分紧密的联系，这与文学独特的存在方式相符。

探索性儿童文学要完成的一定不是传统或者一般意义上的艺术回归。中国在1978年全面实施改革开放政策以后，国外众多的理念和观念源源不断地传入国内，对中国文学产生了非常大的影响。尤其是20世纪80年代中后期，中国的文学观念更是处于普遍更新的潮流当中，众多优秀的探索性儿童文学作家深受其影响。此时，他们心目当中的儿童文学已经是现代意义上的文学。所以，这些优秀的探索性儿童文学作家在积极促进和推动儿童文学不断回归艺术的同时，也非常主张和强调"艺术变法"。探索在这里的意义主要指的是在儿童文学当中，通过实验把不相同的现代艺术技巧巧妙运用其中的可能性。

从描写对象更加贴近于作家原始体验和感受的层面看，众多优秀的探索性儿童文学作家在创作的过程中注重作品画面的原生性。这些优秀的作家在创作的时候对印象派绘画进行了充分的借鉴，通过各种方式努力、生动地描绘人对所有事物的第一印象。例如，我国知名作家班马创作了《那个夜，迷失在深夏古镇中》，在这部作品当中作者创造了一个迷宫一般的江南古镇。当读者在阅读这部优秀的儿童文学作品跟随主人公进入迷宫时，第一感受是神秘，像一个好奇者突然进入了一个神秘的迷宫，这也许就是作者创造这一神奇艺术世界的真正用意所在。探索性儿童文学作品将画面的原生性感受充分凸显出来，使得很多具有人为性质的故事性结构在这一文学领域当中的地位逐渐被削弱。例如，知名作家金逸铭先生创作的《长河—少年》运用交响乐的结构对画面进行相应的组织，自然时空被分割成不同的画面，无法辨认。意象是空间并置，各种短镜头的有效组合，使读者的视点在意象和意象之间来回移动，使读者在阅读的过程当中经常被有意识地打断。意象层产生的一系列变化会非常自然地投射到这些作品的外在层次上，因此无论是艺术性的叙述方式，还是艺术性的语体，均已经成为新时期探索性儿童文学作家的一种自觉追求。与此同时，新时期探索性儿童文学在整体结构方面也比以前更加完善，如众多优秀的探索性儿童文学作者在创作的时候非常不满足，不仅追求形而上的象征内容，也努力地追求歧义和多义。新时期探索性儿童文学把现代不同形式和类型的文学技巧，以一种巧妙的方式运用在儿童文学当中，从而在20世纪80年代让儿童文学真正地融入中国文学现代化的浪潮中，进一步推动和促进中国新时期探索性儿童文学的快速发展。

二、探索性儿童文学的范式创新

由于经常发生接受上的阻隔，探索性儿童文学常被批评为"无视"读者，这种看法其实是相当肤浅的。探索性儿童文学并不"无视"读者，它只是试图探索在新的基点上建立新的"作家—读者"对话关系的可能性。

作家面对读者，常有两种不同的姿态可供选择。一种是先确定比较明确的读者范围，按读者特定的阅读视界确定自己的作品内容和叙述方式。在这种对话方式中，读者的形象比较鲜明，作家受读者阅读视界的制约也比较明显。另一种是创作时没有事先确定读者范围，虽然谁都不是事先确定的读者，但谁都可能成为作品的读者。作家独白式的写作，自顾自地表达自己对生活的感受、认识、理解，采用任何自己喜欢的说话方式，不必顾忌它是否会给读者带来阅读上的障碍。这种写作方式并非没有自己的对话者，它的对话者是任何可能和作者心灵相通，有大致相近的文化心理和审美趣味的人，是一种愿者上钩的对话类型。这种创作方式受读者阅读视界的制约不甚明显，作家的主体意识能得到较充分的表现。一般文学大多属于此类。探索性儿童文学对儿童文学对话方式的变革，首先便表现为在对上述两种对话方式的选择上做出了不同于传统儿童文学的调整。

这种调整主要表现为作家的对话姿态从主要属于前一种方式，到一定程度上偏向后一种方式的转变。一方面，探索性儿童文学并未忘记自己是儿童文学，它所设计的隐含读者在总体上并未完全越出少年儿童的阅读视界这个大框架，这从班马等人作品的题材选择、意蕴内涵直至表现方式等都可以看出来。另一方面，探索性儿童文学设计的隐含读者的接受能力在向较高层次移动，作者心目中的读者也不像传统儿童文学有较为明确的指向性。作家对自身声音的关注也明显超过了对对话者声音的倾听,如冰波的前期童话忧伤美丽,轻风流水般的叙述使人感到一种心灵相通的温馨。《神奇的颜色》《狮子和苹果树》《毒蜘蛛之死》等作品,表现的主要是作家自己对异化、对现代人在现代社会应采取的生活态度等的感受、理解,情绪朦胧,意蕴艰深。表现上不用童话惯用的人物、故事结构,用情绪、意念结构,场景和场景间大幅度地跳跃,中间还加入相当多的个人象征,隐含的阅读视界至少已达到少年儿童阅读视界最高层次的边缘,甚至越过了这一界限。金逸铭的《月光下的荒野》等作品采用众多的单句和彼此孤立的意象,将这些意象按作家意念进行组合、配置,作家主要关心的也是自身情绪的传达,非少年读者的接受。班马一系列作品具有更强的实验性。《鱼幻》等作品虽用良好的艺术表现将作家的意念掩藏得很深,但其更强调表现作者对生活、艺术的理解,非读者的阅读兴趣的倾向仍清晰可见。

对此,探索性儿童文学的作者是有着自己的考虑的。他们认为,儿童文学作者深入地表现自我,深入地表现自己的"原生心态",与少年儿童的接受不仅不矛盾,还正好找到了契合点。作品表现的作家感受越原始、越接近无意识,儿童越容易接受。儿童的心理主要是原生、自我中心的,他们对外来图像的接收、认识也主要依赖"感知"而不是"认知"。因此,儿童可能接受不了属于"认知"范围的重大社会主题,却可以"感知"同样包含了重大深沉生命意识的感性图像,如儿童无法接受抽象的宗教教义,但教堂的神秘氛围可以在儿童心灵上培养出具有审美根基的宗教精神。作家越是深入自身的原生心态,就越接近儿童的心理真实,越与儿童心灵相通,越具有儿童文学的本体意味。儿童文学成人作家越深层次地进入无意识状态,越有可能与儿童自我中心状态达到某种沟通。在"原生性"心态"造象"上,迸发出种种有原型意味的艺术,浑然遥远又人心自通。这样,探索性儿童文学的本体论、创作论、接受论就完全统一起来了,统一的基点就是自然、生命意识、原生心态。

探索性儿童文学的接受观开辟了建立新的儿童文学对话方式的新思路,恢复了作者在儿童文学"创作—接受"关系中的主导地位,对儿童文学挣脱"儿童水平",提高自身艺术品位起了极为积极的作用。其中一些作品获得了很大的成功,如班马的《六年级大逃亡》《沙滩上有一行温暖的诗》,冰波的《狮子和苹果树》,韦伶的《出门》,梅子涵的《蓝鸟》《双人茶座》,以及沈石溪、蔺瑾等人的动物小说等。这些作品经常不止有一种单纯或者简单的意义指向,情感通常含蓄生发，类似于有自身生命的动力结构，可以在一定程度上给众多读者提供多种创造的可能性。

实际上，也是由于此种对话方式，逐渐形成了探索性儿童文学容易被人攻击的弱点，同时此种攻击还存在一定的可能——直接震撼探索性儿童文学的重要理论基石。

关于"看不懂"的议论在探索性儿童文学刚刚诞生时就出现了。如果说一种新创作范式的出现让读者感到不习惯是一个普遍现象，对那些由于误解发出的"无视读者"的批评也可以存而不论。探索性儿童文学似乎不能不正视这样一个事实：它在相当长的时间里仍未能消除读者的陌生感。不可以将客观方面的原因忽视。中国儿童文学长时间以来，始终被局限和束缚在相对比较固定的创作模式当中，众多读者不仅习惯了此种模式，也已经习惯了作家对他们的适应。当探索性儿童文学突然将创作方式改变的时候，让众多的读者去适应它，同时运用了很多新颖的表现方式，接受自然出现困难与阻隔，也不可以期望众多读者在比较短的时间内快速完成调整。很多探索性儿童文学作者虽然有拯救意识，但是想要真正让读者适应还需要一定的时间和努力。因此，评论界应以最大的宽容等待时间去进行最后的评判。

问题在于，探索性儿童文学倡导并身体力行的对话方式能在多大程度上经得起理论和实践的检验。

探索性儿童文学作家似乎混淆了儿童的心理现实与儿童的审美能力的界限。他们似乎觉得，人有什么样的心理、行为，有什么样的经验图像，就能天然地与表现了这种心理、行为的作品相通，能将与经验图像相近的外来图像转化为审美对象。例如，儿童心理积淀着更多非社会性文化原型，更具有前逻辑、潜意识的原生性质，因而必然能与表现了这些特点的艺术形象相契合；反之，儿童社会性较差，与表现较多社会内容的艺术难以相通。事实似乎并不如此，天然地具有某种心理、经验与将这种心理、经验作为审美对象加以接受之间实有着相当的距离。儿童虽然天真、稚拙，但能将天真、稚拙当作一种审美对象予以观照并非易事。真正欣赏天真、稚拙的经常是成人；儿童较之成人有更多的自然性，欣赏自然美却相当困难。中国文学是直到魏晋才将自然美作为审美对象的。儿童阅读文学作品，遇到集中描写自然环境的段落经常是跳过去的。作者有过这样的经验，以通常的方式给几个四五岁的孩子念普希金的《渔夫和金鱼的故事》，然后让他们复述，几个孩子在讲到老渔夫几次走向大海时，对作品中关于大海变化的描绘几乎都视而不见，全部略过（其实大海的变化在这儿并不只是具有渲染环境的意义）。这说明自然美形式感更强，因而也更具有难度。因此，当探索性作品将一些和儿童原生性心态相近的艺术图像呈现在他们面前，以为他们很容易接受时，实际上这些图像却可能远超出了他们的接受能力。

探索性儿童文学作家提出的儿童能接受按成人作者原生性心态创造艺术形象，另一依据是儿童接受文学作品的方式是"感知"的而非"认知"的，能感知和认知的难度是不一样的，这同样是一个尚待证明的理论命题。在文学接受中，"感知"和"认知"从来都是不可分离的。"理解"一直是欣赏的中心环节。离开理解，感受将变得没有方向。知觉的选择性，或此或彼的性质，正是意向性的一个方面。我们不可能在同一刹那注视某一事物不遗漏另一事物，在肯定某一事物的同时，我们也就否定了别的事物。感觉到的东西我们不一定立刻理解它，只有理解了的东西才能更深刻地感觉它。审美知觉是审美经验的内化，是将有意识的审美注意转化成了心理化、生理化的审美习惯，它的形成其实比一般浅层次的审美注意、审美理解更为困难。儿童的泛神论、自我中心心理虽与审美知觉有相近、相通之处，但二者本质上是不同的。很难设想一个没有或少有审美经验的儿童能有较高水平，能欣赏较高层次美学形态的审美知觉。探索性儿童文学之所以发生接受上的阻隔，探索性儿童文学的对话方式之所以未能收到预期的效果，原因或许正在这里。从这儿出发，我们或可对探索性儿童文学的整体文学观做出较全面的批评性反思。

三、探索性儿童文学作品的叙事革新

20世纪80年代中期至90年代初，当代儿童文学史上出现了一批探索性儿童文学作品，儿童文学作家班马、梅子涵、张之路、董宏猷、金逸铭、陈丹燕等摆脱传统儿童文学的宏大叙事模式，强调叙事技巧和写作方法，倡导为儿童写作、与儿童平等对话的创作理念。这是一股引起相当大争议并对儿童文学创作产生了一定影响的创作潮流，既与同时期先锋派文学相呼应，又明显体现出儿童文学在叙事形式上的实验、困扰、调整与反思。

20世纪80年代以来的中国文学围绕着思想解放等命题展开了一系列创作和论争。1987年到1990年之间，儿童文学领域的重要刊物《儿童文学选刊》连续从其他刊物收集选登了一批小说、童话，并命名为"探索性作品"加以关注和讨论，呼吁儿童文学界对该现象引起关注。探索性作品以强烈的表达欲望所折射出的历史焦虑感，直接影响了文本的话语选择和叙事特征，在文学观念和文学写作上的重要作用至今仍不容忽视。

（一）20世纪80年代儿童文学场域内的成人与儿童

探索性儿童文学作品的兴盛时间集中于20世纪80年代中期到20世纪90年代，与"先锋派文学"的主要时间段大致一致或稍有滞后，同时在叙事指向上受寻根文学和现代派影响，注重形式，可见文学场的发展脉络深深影响了儿童文学子场域。

1. 先锋派文学的社会文化语境

20世纪80年代以来，文学虽然一再表示要寻求自己的独立品格以及人性的张扬，但纵观各种叙事文本、人性以及文学美学规律的揭示一直是高居"大写的人"的位置，追求民族国家的宏大叙事。即使20世纪80年代前半期短暂兴起过"意识流"写作，其叙事动机也是隶属于"探索现代人的灵魂世界"的标题之下。文学虽然不再附庸于阶级斗争，但我们还是可以看出经济、政治等社会文化场域如何形塑了文学创作的外部语境。

20世纪70年代末进入改革开放时期，西方经济和科技的涌入迅速加快了中国现代化进程。随之而来的是思想文化层面的现代性冲击着国人的精神领域，与西方的差距立刻演化成一种民族焦虑感渗透到精神生活。此时寻找民族文化之根、走向世界、重建国家昔日之辉煌的意识，成了每一个中国人内心深处抑制不住的奋斗动力。在这种主流话语引导下，文学从"反思派"走向"寻根派"，力图写出民族生存的历史文化谱系，并用现代意识观照民族进入现代化进程后所遭遇的价值危机。因此，即使20世纪80年代前期即已提出"回归文学"、张扬人性的艺术主张，所有人性和"我"都不由自主地加入了宏大叙事的行列。在意识形态充分活跃的时期，文学再次承担起启蒙和"救赎"的历史重任，儿童文学也承担着塑造未来民族性格的天职。这是20世纪以来将"童年"成长叠加在国家未来的又一次深入体现，儿童形象无不以抽象共性的面目传达出深刻隐喻，个人话语以及个人写作带来的叙事创新还未能引起重视。

直到20世纪80年代中后期，文学的个人化写作因及时提供了艺术上的新颖形式，凸显出自己的价值。前期的启蒙意识被搁置，文学写作在重新发掘自身的意义。此时先锋派文学兴盛，不再显示主题的历史深度，开始将注意力转向叙事技巧，文本形式和语言的创新因素成为首要表现的内容。先锋派文学在此时的文化特性复制难度非常大。假如现代时期的先锋精神发生在众多小团体不同类型的活动与宣言当中，此时的先锋派文学有着难以复制的文化特性。在20世纪80年代的文化语境中，许多被冠以先锋的作品都得到了主流文学的承认，发表在发行甚广的主要文学杂志上。也就是说，这些作品和作者首次面世时均已获得主流"承认"，这预示着先锋精神在产生之初即已消解，很难被称为真正的先锋，极端的语言实验停留在了有限的形式层面。先锋派文学中的精英启蒙话语和主流意识形态杂糅而生，其对现代性的诉求与20世纪二三十年代的现代文学或鲁迅小说的先锋性与现代性都有明显区别，这最终导致了大多数先锋小说作家在20世纪90年代以后的转向。众多作家将以前比较极端的实验主义摒弃，开始创作更有市场，以及可读性更强的优秀儿童文学作品。

先锋派文学的生成机制与文化特性在同时期产生的探索性儿童文学作品那里获得了同质性表达。

2."探索性作品"在儿童文学场域内的地位

寻根派文学和现代派文学在20世纪80年代前期，通过主流社会思想气氛和氛围，在文学场当中占据了非常权威的重要地位。同时与主题内容相比较，作家的个人表达方式并没有被重。文学形式十分注重个人语言技巧，在20世纪80年代中期以前一直没有进入主流话语圈。随着我国全面实施改革开放的政策，国外众多先进的理念和观念开始大量地传入国内，国内众多优秀的作者在其深入影响下，创作方式发生了很大的变化，同时在20世纪80年代中期文学形式有了兴盛的可能。文学场结构的变化促使和推动很多优秀的作家在创作的时候开始热衷于对叙事技巧的追求，从而在评论界逐渐成为关注的中心与焦点。先锋派文学虽然在创作的过程当中有意识地与意识形态中心保持距离，期望可以通过对形式的创新，书写个人的相关经验，但是此种个人化的写作方式，被快速二次创造，逐渐成了文学场当中新的权威。

在儿童文学领域，以揭示社会问题、反思历史的少年小说和"热闹""抒情"派童话为主流的儿童文学子场域在20世纪80年代中期出现了新的局面，被命名为"探索性作品"的叙事文本迅速成为另一个讨论的中心。

首先，文学场内具有举足轻重地位的评论界关注的焦点，转移到了先锋派文学，其中在众多优秀的探索性儿童文学作品当中，比较具有代表性和标志性的儿童文学作品是《鱼幻》，其在叙事方法上有令人耳目一新的改观。可见文学场内中心地位的变更也影响到了儿童文学子场域，"探索性作品"对叙事技巧的重视和个人经验的书写逐渐占据场域内主要地位。

其次，新时期探索性儿童文学作品虽然分散在各个不相同的刊物当中，作者和作者之间没有形成某一特定的团体，也没有形成较为统一的主张，但是随着探索性儿童文学作品的快速发展，《儿童文学选刊》于1987年开始"探索性作品"的集中选载和评论，权威性刊物将其界定为一类，很大程度上宣布了场域内这一群体文化资本拥有的合法性，从而确立了叙事文本的中心地位和历史影响。

（二）叙事语境中的成人与儿童

当不同创作流派分别在儿童文学场域中占据中心地位、获得话语权时，文本叙事的对象，同时也是场域内行动者之一——儿童又在何处？成人对儿童想象方式的变化也必然通过场域内不同流派对话语中心地位的争夺体现出来。

王泉根教授将20世纪80年代的少年小说主题总结为"问题小说""代沟小说""身边小说""男子汉小说""工读生小说"等几种类型，此时儿童作为集体群像的符号标记出现，文本叙事中的每个人物都足以代表一种社会问题或现象，引起成人社会的讨论。除此之外，被讨论的是和主流话语信息有着紧密联系的文本的重要主题内容，搁浅和忽略了作为文学形式本身的重要叙事意义和作用。也正是因为如此，成人的救赎心态，从实际意义上来说带来的是儿童作为个体特征的严重失语与缺席，作为社会问题的符码，不仅被相关权力话语想象，同时还被"言说"。

在新时期探索性儿童文学作品当中，儿童失语状态发生了一些变化，成人作者通过各种不同的方法和手段努力寻找和众多少年儿童读者可以站在平等层面相互对话的有关途径。班马在1987年阐述了创作《鱼幻》时的思考和动机："谁说孩子们的内心直指向未来，其实在他们心中，星际航行和古代事情是并存的，只有他们才天生地接近洪荒、巫术和古人，只是他们无法讲清种种远古情绪。""儿童文学的创新突破，更重要的应该是在开拓儿童读者'接受'上的新领域，而不是仅为形式上的一味出新，或题材上的出格。""所谓'接受美学'上的'接受'，其真意并不在读者爱不爱看，接纳不接纳作品，而是旨在探索作品应如何在阅读进程中才完成，唤起读者在读解上的主体意识。"[①]

无论是班马的陈述还是其思考，都在一定程度上将对成人和儿童两者之间关系的反思十分明显地表现和显示出来，与此同时不仅开始不断地努力寻找少年儿童作为他者更加真实的重要精神世界，也努力探寻文本叙事当中的阅读体验、感受，以及读者的语境。他越过了现实读者的主体认同，认为作品的意义在于唤起读者在读解上的主体意识，其中"读者"仍然停留在隐含读者（理想儿童）的层面，因此与其理论上对儿童的认识呈现出明显的矛盾和偏差，这影响了作家的叙事选择。在此时的儿童文学场域中，成人为儿童预设一种理想化的成长方式。

因此，20世纪80年代中后期的"新潮"或"探索"因其中心和合法，更类似于有限度地反叛。与先锋派文学开始书写"我"这一个人化叙事的发展路径稍有不同，儿童文学形式"探索"的先锋性直接针对"童年——国家未来"这一现代隐喻关系的反抗，力图回到真实的"儿童"与"童年"本质层面进行阐释。实际上，"儿童"依然作为"他者"存在，作者反复探索的是如何传达"他者"的声音，与其所反抗的"宏大叙事"中的"儿童"并无本质区别。这正是"探索性作品"的作家从"儿童"出发的理论与个人化叙事探索出现错位的重要原因。

从以前用文学救赎和拯救儿童到如今的为儿童写作，从中国儿童文学的宏大叙事在新时期的深入影响下逐渐转向"儿童"的小叙事，"探索性作品"对"儿童"和"儿童文学"的思考是20世纪80年代中后期一个极为明显的表现。

第二节 新媒体时代中国儿童文学的发展趋势

广泛的阅读人群和强大的政府、社会、民间推动，为中国儿童文学的未来发展造就了良好的发展环境。在这样的背景下，可以预见未来中国儿童文学的发展会迎来下一个，或者更下一个"黄金十年"，也可以预见中国儿童文学进一步繁荣发展的趋势。

一、品质为王的趋势

未来，中国的儿童文学作家会获得更加自由的创作环境。新媒体带来的革命

[①] 班马，楼飞甫. 关于《鱼幻》的通信［J］. 儿童文学选刊，1987（3）：55.

性变化是获得了言论自由。每个人都可以通过自媒体来表达自己，从个人的生活琐事到国际关系问题，只要愿意都可以发表意见并形诸文字，推送到互联网上，成为海量信息的一部分。要在海量信息中被人看见，并不是单靠把话说出来就可以做到的，还要看自己说的是什么和怎么说的。自古以来，作家面临的问题就是"说什么"和"怎么说"，这是一个古老的问题，也是一个永恒的问题。"说什么"，需要作家拥有更敏锐的艺术触角，去发现人类心灵的隐秘或者社会生活中还未被揭示的真相；"怎么说"涉及作家艺术技巧和创造水平的高低。

未来肯定还会有新的媒介，更加吸引我们的眼球，带给我们比今天的电子媒介更好玩、刺激的体验，我们会比今天更深地卷入其中。需要注意的是，媒介只是工具，它改变的只是阅读的方式，而不是阅读本身。

新媒体带来了图像的直观化，文字的诞生起源于先民的图画记事，它是从图画进化而来的，它的诞生意味着人类的思维趋向更高的境界。如果我们有这点认识，我们就不会相信我们最终会丢掉文字，选择重新回到图画。文字思维是人类保证能够更深入地思考存在的一种思维，它的严密性和表达的特殊功能是图画无法替代的。

阅读是知识的累积，是经验的拓展，是心灵的沟通，是文明的行为，也是让我们变得更文明的途径。只要人类还是文明人，阅读就不会终止。只要阅读存在，好作家、好作品就永远存在。因此，作为作家，保证作品的质量才是最正确的选择。

对高品质文学作品的要求是阅读的必然。借助无处不在的网络联结，全世界可以共享知识和信息，每个人都有一座图书馆。因此，未来的人会更加见多识广。作家不再是知识和见闻的贩卖者，当然作家也并不是无事可做的，他可以高度升华人类的精神或者深度挖掘人性。儿童文学作家可以解读成长的密码，了解童年的秘密，带领儿童领略奇妙的自然万物，畅游浩瀚的宇宙时空、历史未来……世界有多丰富，文学就有多丰富。

对高品质儿童文学作品的追求，也是未来儿童文化产业的必然要求。对儿童文学出版来说，对品牌与品质的追寻也是出版产业对财富的追求。只有高品质的儿童文学作品才能从畅销变为长销，从长销变为出版社的品牌，进而成为文学的经典。

二、国际化趋势

儿童文学应该是最没有国界、最不受时代局限的。因为不管是民主社会还是专制国家,不管是黄种人还是白种人,人人都希望儿童健康快乐、包容友善、勇敢正义。由于历史的原因,中国的文学长久以来并没有得到国际社会的承认,让文学走出国门、走向世界,让中华文化融入世界文明,一直是中国人的梦想。未来,这种情况肯定会发生改变。

首先,随着中国国力的增强,中国出版产业以强劲的发展势头已经开始向海外扩张。2012年1月,二十一世纪出版社集团携手麦克米伦出版集团,在北京成立了麦克米伦世纪童书公司,凭借麦克米伦出版集团的全球优质少儿图书内容资源,以及二十一世纪出版社集团成熟的出版平台和发行渠道,向国内青少年奉献世界儿童文学经典与畅销精品。如果说麦克米伦世纪童书公司还只是让国外优秀的童书资源走进来,和以往的版权引进并没有本质区别的话,那么2015年9月浙江少年儿童出版社和澳大利亚新前沿出版社的签约就具有了崭新的意义。在第22届北京国际图书博览会上,浙江少年儿童出版社收购澳大利亚新前沿出版社的签约仪式在综合馆浙江展区举行,成为该届北京国际图书博览会的一大焦点。这是中国专业少儿社进行海外并购的第一次探索。有了探索,一定还会有更多的后来者。未来的中国童书出版产业不再是局限于中国国门之内的出版产业,而是国际化的出版产业。国外的童书公司可以落户中国,中国的童书出版企业也可以遍布世界各国。中国文化走出去不再只是纸上谈兵的战略,而是实实在在的行为。中国童书产业有了国外的出版基地,下一步自然就是培育海外市场,培育自己的海外读者。

2000年后,中国作家、插画家与世界各国的出版商、作家、插画家的合作已经越来越频繁和深入。最初我们说到国际合作,基本上是指版权贸易,把海外已经出版的童书翻译引进中国或者把中国作家的童书翻译介绍到国外。现在的合作方式越来越多,也越来越深入。例如,曹文轩在2013年和巴西画家共同推出的图画书《羽毛》。"中外出版深度合作"项目在2010年正式启动,每一次都会邀请国内外两位优秀的作家,在相同的体裁和题材下相互合作,共同创作,之后约请两个国家的插画家和翻译家,相互为对方创作出来的作品配图与翻译,最后把由众人共同完成的作品,装订成一本完整的图书,并且用两个国家的语言在各自的国家出版发行。从某种程度上来说,在同一本作品当中运用相同的体裁和题材，不仅实现了跨越国界和语言的立体演绎，还进一步实现了有效跨越艺术形式的立体演绎。当前，"中外出版深度合作"项目已和欧洲瑞典和希腊的两个国家开展了深入的合作。

在以往的国际性童书展会上，中国长久以来都扮演观光客的角色，在现在的国际童书博览会上，中国童书的重要性日益彰显，中国多次作为主宾国在国际童书博览会上现身。

其次，中国儿童文学虽然比西方起步晚，但是经过一百多年的探索与学习，已经积累了宝贵的艺术经验，涌现了大量优秀的作品。更为重要的是，随着中国现代化进程的不断深入，中国人的儿童观与儿童文学观都已经发生了深刻的改变。作家一方面尊重儿童的存在，更尊重艺术的创作规律，另一方面也更坚定了中国的文化自信和艺术创新。文学是创造，是差异化的存在，在未来中国的儿童文学作家会用自己的作品，丰富世界儿童文学的殿堂，带给世界各国的儿童阅读的快乐，给他们童年以成长的滋养。

三、与儿童文化产业广泛融合的趋势

随着儿童文化创意产业的发展，未来对于儿童文学的需求不仅限于儿童阅读，还包括儿童产业。

联合国教科文组织在对文化产业进行了全方位的深入研究和探讨之后，将其定义为生产非物质性或者物质性艺术以及创造性产品的产业。文化产业通过对文化资源的大力开发，生产了众多知识性商品，以及提供了一系列知识性服务，使文化产业既具有产出收入的潜力，又具有创造财富的巨大潜力。文化产业作为产业之一，和其他产业相比存有很大的差异性，主要围绕着文化服务和商品进行了一系列活动，如生产、分配等，并且经过发展之后逐渐形成了一种独特产业。传统产业活动大多数情况下是围绕着物质商品开展的，文化是文化产业的重要核心所在。

儿童文化产业不仅可以为儿童提供各种文化性精神产品，如动画片、图书等，还可以进一步推广到儿童衣、食、住、行在内的一切生活中。当人们往这些物质产品中注入儿童文化元素之后，它便会变成一种文化商品，获得和一般的物质产品不一样的价值。例如，一支普通的铅笔和一支印有维尼熊卡通图案的铅笔，在市场上的售价是完全不同的，对于儿童的意义也不同。前者只是一支普通铅笔，具有写字功能；后者能唤起儿童对小熊维尼相关产品的兴趣或者记忆，或许是他曾看过的有关维尼熊的动画片，或许是听过的维尼熊的故事，这些都会给他带来更愉快的文化体验。

一直以来，在儿童文化产业链中，儿童文学就是重要的一个链环。优秀的儿童文学作品支撑着儿童文化产品的成功开发，为儿童文化产业提供了文本基础，也为儿童文化产业发展提供了精神指引。因此，现在儿童文学的艺术进程从实际意义上来说，既参与了现代儿童文化精神，又对现代儿童文化精神起到了十分重要的推动和促进作用。

在未来，儿童文学在儿童文化产业中的作用会更加突出，由此带来的是儿童文学作家的写作活动与儿童文化产业的联系更加紧密，儿童文学作品的产业链开发也比今天更普遍。同时，这也不可避免地会带来儿童文学产业化与文学化、儿童文学的经典性与娱乐性之间的矛盾。

四、多元并存的趋势

自20世纪90年代以来，中国儿童文学回归的"儿童本位"的思想，有效克服和摆脱了以前"儿童文学是教育儿童的工具"这一错误观念的严重制约和束缚，并且通过不断向"儿童性"的回归等诸多进程，最终构建了新时期的中国儿童文学。众多优秀的作家在这一时期的创造思想空间活跃，在创作的过程当中充满了活力，创作的环节和氛围都极度自由，创作的时候不再受到众多条框的限制、禁锢和束缚。每一位作家在创作的时候都能够充分按照自身积累的生活经验和天赋特长来进行，如喜剧化和漫画化的作品、厚重的史诗等。老年儿童文学作家、中年儿童文学作家和年轻儿童文学作家均能将自身的才情充分发挥和挥洒出来，创作出众多优秀的儿童文学作品。

众所周知，儿童文学实际上是读者对象最明确的文学。读者的阅读需求一方面会对儿童文学的繁荣产生影响，另一方面也会对儿童文学的进一步发展产生影响。时代在进步，科技在发展，如今人们的日常生活水平也逐渐提高，因此人们开始更加注重和强调儿童教育，此时儿童文学阅读对儿童成长有着重要的作用。随着中国儿童文学事业的不断发展，其分类也更加细化，种类多种多样，如类型化作品，主要是在商业化的写作背景下产生的，大多数情况下故事比较轻松、文字浅显易懂；图画书类型的作品比较适合亲子共同阅读；纯文学精品类型的作品在内涵和思想方面比较丰富和深刻，并且艺术上乘；少年文学类作品比较适合青少年阅读等。不同类型的作品使中国少年儿童美好的童年生活变得更加丰富多彩，除此之外也可以充分适应不同层次读者的各种阅读需求。

未来的儿童文学观念会更加开放包容，儿童文学的分类会更细化，会更注重读者的不同阅读需求。中国小康社会已全面建成，普通家庭对优秀儿童文学作品的需求会比现在更大，因此中国儿童文学会继续保持快速发展的态势，迎来黄金时代。

五、更"新"，更"混"，更"融合"的趋势

未来是一个"混搭"的时代。未来当然还会有更多的新媒体、新技术，这些新技术会带来新的机会，可能会让儿童文学出现更多适合新媒体的新体裁，就像在微博时代出现了"微童话"，在网游时代出现了"网游儿童文学"一样。

新的技术也可能让传统的儿童文学体裁获得新的生机。以童话为例，童话在纸媒时代并不是一种特别受欢迎的文学样式。在畅销书排行榜中，校园小说是最受欢迎的样式。因为童话表达的是一种梦想，不是现实的描摹，而是愿望的满足，它虽然不贴近生活本身，但是关乎人的心灵世界。在移动互联网时代，每个人的内心都是一座孤岛，独自一个人身处孤岛中，在物质条件得到满足的情况下，便想寻找心灵的慰藉。童话更适合于这种状况下的阅读，也更适合于亲子之间的互动阅读。于是"混童话"成为国内最受欢迎的原创童话首发平台之一。"混童话"是一个微信公众号，同时建有新浪官方微博，大量才华横溢的原创童话获奖作者在这里发表作品，如冰心奖、全国优秀儿童文学奖、《儿童文学》金近奖、香港青年文学奖等获奖者，上百位原创童话撰稿人在"混童话"平台上写作。知名画家、设计师、知名美术院校的师生以及爱好者、插画团队为"混童话"创作大量原创插画。"混童话"还与国内多个知名儿童教育机构、教育专家、儿童心理专家、出版人、童话漫画作家、插画师有合作关系。"混童话"未来将升级为所有人给所有人讲童话的大型互联网平台，各类创作者及主播可以通过这个平台提供丰富的原创故事及多媒体内容，改变现代亲子互动的生态。

和童话一样，一些原本小众的文学样式，借助新媒体平台，得到了发展，如诗歌就是如此。随着移动互联网的出现，"为你读诗"之类的平台随处可见，诗歌热又悄然兴起。

2015年10月16日，"混童话"在上海参加了以"新传播、新广播"为主题的第十一届"东方畅想"全球华语广播创新节目大赛，他们制作的童话剧《天堂的雪鞭子》从全球231件作品中杀出重围，获得第六名。

"混童话"是一个移动互联网原创童话首发平台。"混童话"平台的建立得

益于近两百位资深人士志愿热心参与"混童话"的采编制作,包括设计师、童书编辑、音乐制作人、软件开发工程师、资深广告公关策展人士、数字渠道营销负责人等。

在"混童话"平台上,读者不仅可以读(这里指阅读)到童话,看(这里专指看图)到童话——童话的内容被插画家精心画出来了,还可以"听"到童话,许多童话被志愿者朗读出来,发到平台上,有的还被精心编成了广播剧,如《天堂的雪鞭子》。

"混童话"可以说代表了未来文学发展的某种趋势。新的媒体与原有的文学体裁结合,出现某种全新的生成。因为旧有的形式为寻找突破,会和新媒体结合;新媒体为了发展,也会寻找旧有的资源。相信未来的儿童文学表现方式一定会更"新",更"混",会和新的媒体更"融合",会给读者带来更好的阅读体验。

第三节　新时期中国儿童文学的深层拓展

1978年,中国进入改革开放的历史新时期,中国当代文学包括儿童文学进入了一个完全崭新的时代。1978年,召开了"全国少年儿童出版工作座谈会",这次会议对儿童出版工作进行了大致的统计,从中华人民共和国成立一直到1977年,全国的儿童读物编辑和少儿出版社的数量分别是20多位、2个,全年出版的少儿图书是192种,并且有很大一部分是旧版的重印,真正属于儿童文学的更少。由于我国对儿童文学领域的重视,通过不同的方式努力发展我国的儿童文学领域,一直到2008年我国的专业少年儿童出版社共有34家,国内共有520多家出版社争相出版与少儿有关的读物,同时少儿报纸和期刊分别有110多种和140多种。少儿图书的年出版品种发展到现在每年有一万多种。众所周知,作家是文学的重要生产力,我国儿童文学作家的队伍发展到现在,已经有老、中、青儿童文学作家三千多人,其中优秀骨干作家有一千多人。今日中国已成为名副其实的儿童文学、儿童读物生产、出版大国,并正在向强国迈进!穿越这一组的数字对比,改革开放折射出儿童文学的七色之光组成的绚丽画卷,让我们深深地为之鼓舞与感动。

如果说新时期的成人文学是奔腾激荡的大江,那么新时期的儿童文学就像欢快涓流的小河。小河虽然没有大江那般的壮阔、雄浑,但它也在不断地奔涌,不时掀起属于自己的新潮。它勇敢地超越了自我,开始进行自我价值的建构。

新时期的中国儿童文学不仅冲破了以前工具论的樊篱，还将以前传统的概念化和公式化彻底打破，之后中国儿童文学经过多年的锻造和发展，最终得到了全新的美学素质，这些美学素质蕴含了非常浓厚的时代精神，同时还催化成观念，具有一定的思辨性特征。新时期的中国儿童文学实际上已经是一个充分适应各个不同年龄阶段少年儿童特征的多层次、多维度的重要艺术载体。与此同时，新时期的中国儿童文学还肩负着全面培育民族下一代精神性格的重要责任与神圣使命。

一、从教育工具走向多元价值

我国以前传统的儿童文学观念比较习惯于以某种过于机械、单向的线性眼光来扫描文学现象。作为我们这个东方古国的传统信条之一，"树人"的观念是根深蒂固的，我们的民族对于教育的理解从来是单向的输入——"教化"。这种传统信条一经移入儿童文学，就被普遍看作启蒙读物，只有一种十分单一的功能，即教化儿童。中国儿童文学的创作走向长时间受到"中心任务配合论"，以及"教育的方向性"的严重影响和束缚。

回归五四和文学是20世纪八九十年代中国儿童文学的第一回合。中国儿童文学的新潮理论在新时期的初始阶段，把重点和核心放在努力纠正儿童文学是教育儿童工具论的错误束缚观点，同时"儿童文学是文学"是当时新时期初始阶段提出的新潮命题之一，非常具有儿童文学自身的鲜明特色。新潮主要指的是文学应该从艺术这一条错误的道路上，努力回归正确的道路。理论界人们在对"童心定律"进行了更加深入的研究和探索之后，对其进行了重新评价，与此同时也组织和开展了对众多理论问题的进一步探索和讨论，如教育性和趣味性、儿童化和成人化等。"儿童本位论"在五四新文化运动期间非常流行，因此人们也对其历史真相进行了深入细致的观察和考察，同时还提出了评价周作人儿童文学观的主要问题是实事求是。1985年出版的《周作人与儿童文学》、1986年出版的《中国现代儿童文学史》、1987年出版的《现代儿童文学的先驱》等多部优秀现代儿童文学作品，在当时的主要价值是从新文化运动当中寻找中国儿童文学的传统精神以及理论资源。这些优秀现代儿童文学作品的出版，不仅向学术界充分揭示了现代儿童文学的艺术积累，还向其揭示了非常丰富的理论内涵，使更多的人更加清晰地看到和认识中国儿童文学理论传统不是"小儿科"。除此之外，这些优秀著作的出版不仅在一定程度上为新潮理论全新的方法、观念等提供了极为有益的参照，还提供了十分关键的启示，如童话的文化人类学研究、儿童文学是"属于第三的世界"观点等，均是从这些优秀的现代儿童文学作品当中获得启发的。

中国儿童文学作品经过众多优秀理论家和新锐作家的共同努力和拓展，改变了以前传统的思维定式，并且在其影响下不再臣服于以前狭隘的创作模式，以及较为单纯的教学信条，开始由生活的知性层面和感性层面，上升到哲学和文学的深层次结构，并且不断深入研究、探索和挖掘未来公民的重要精神性格，同时深入挖掘和探索民族心理的积淀层次。新时期儿童文学不仅对文化背景进行了有效的强化，还全面强化了对人格形塑、认识功能等多个方面的探求和思考。无论是儿童文学作家追求和张扬什么，还是中国儿童文学的状况怎么样，实际上均和中华民族下一代的"国民性"有着非常直接的紧密联系。因此，中国儿童文学应该担负起让未来公民在精神方面的素质得到较大幅度提升的重任，也应该担负起对"国民性"进行全方位改造的重要任务。中国儿童文学在通过不同方式努力突破"教育工具论"的过程当中，其重要的创作生产力得到持续性的提高。全新的艺术格局在经过一段时间的发展以后，最终取代因循守旧的板块结构，其中统率此种全新艺术格局不断奔突向前发展的热流主要有两股，一是新潮童话，二是少年小说。

少年小说是第一个对传统文学保守苟安局面产生强烈冲击的小说。在我国知名作家刘心武先生创作的《班主任》这部优秀文学作品冲击波的强烈影响下，凭借执着求真的精神以及全方位感应生活的敏锐，为花园催生了新的生机和绿意。王安忆女士在1979年创作的《谁是未来的中队长》这部小说当中以爽快的写作姿态和深刻的主题，在我国的儿童文学界引起了第一阵骚动。这篇小说无论是在家长和教师还是在众多的少年读者当中，均引起了巨大的反响，把中国儿童文化从对"伤痕"的描写真正地拉入"反思"，之后我国大批优秀的作者在其影响下先后创作出了很多同类型的优秀儿童文学作品，如《台阶上的孩子》《乱世少年》等。这些优秀的儿童文学作品拥抱现实的同时，更加地直面人生，也正是因为如此这一类的儿童文学作品不仅引起了众多家长的兴趣，还引起很多少年读者的兴趣。

儿童文学的新生之光最终在小说领域诞生了，并且发展速度非常快，影响范围也十分广，在当时催生了很多全新的创作现象，如心理体验、象征手法等。通过大胆地指出现实生活当中的错误和触动到当时社会的弊端，帮助更多的少年读者重新认识与评价的"问题小说"，如《破案记》《祭蛇》等；将以前艰苦革命岁月充分反映出来的"战争小说",如《奇花》《荒漠奇踪》等;站在儿童的角度,对两代人的心灵产生的强烈碰撞以及相互理解进行详细描写的"代沟小说",如《美》《老人和黑帽子》等;积极引导少年儿童对"心理性断乳"在身体和心理方面产生一系列变化进行正确认识,平衡少男少女青春时期紧张心理的"身边小说",如《少女罗薇》《上锁的抽屉》等;将动物和人两者之间存在的关系充分地展现出来,巧妙地借助艺术化的动物形象,将人的本质进一步体现出来的"动物小说",如《老人和鹿》《冰河上的激战》等;注重和强调把对生活的独特感受全面表达出来,将丰富的伦理、情理以及哲理融为一体的"哲理小说",如《孩子、老人和雕塑》《白色的塔》等;对失足少年命运进行深入剖析和探索,以及将迷途羔羊拯救和解决的"工读生小说",如《黑箭》《喀戎在挣扎》等;对少年阳刚气质礼赞,并且勇敢和大胆走向正确人生道路的"小小男子汉小说",如《弓》《脚下的路》等;对小说手法艺术的创新努力追求,比较侧重于超前未知事物的"探索小说",如《蓝鸟》《鱼幻》等。

　　中国儿童文学小说的创作在这一时期呈现出一幅热闹繁荣景观,艺术手法多种多样的同时,小说的主题也非常地多元化,虽然铸就了"杂树生花,群莺乱飞"的局面,但是这一时期的中国儿童文学的艺术仍旧取得了不错的成绩。新时期中国儿童文学取得成就最好的是小说创作,其中部分小说毫不逊色于我国当前的成人文学作品。新时期中国儿童文学创作将以前传统和狭隘保守的局面,以及创作中非常单一的教育性彻底打破,从某种程度上将众多优秀作家对我国伟大民族精神全新的理解和追求充分地展现出来,同时也将中国儿童文学全新的艺术性格以及美学方面的理解进一步地展现出来。

　　新时期中国儿童文学的创作将以前传统的逻辑规范、封闭性的故事程式彻底地打破,在创作的过程当中采用和传统的结构、形象等完全不同的方式,将全新的美学意识非常明显地体现出来。在动态和开放的艺术空间当中,新潮童话对自我进行不断追求的同时,也积极地充实个性,通过不同的方式努力营造出一种全新的审美意象和幻想艺术。"抒情派"和"热闹派"是新潮童话创作的两大派别,这两个派别在风格上存在很大的差异,风格迥异,在当时受到了很多读者的欢迎和喜爱。其中"抒情派"主要是以冰波先生作品为典范的优秀儿童文学作品,如《小青虫的梦》《窗下的树皮小屋》等,在创作的过程当中非常注重和强调对相关人物形象心理、情节以及梦幻的生动刻绘,详细描写、广泛传达、深入体会一种情绪体验、艺术氛围以及审美愉悦,不仅把作者对少年儿童世界的温馨和关爱充分展现出来,还在一定程度上将冰波先生对人生的思考以一种隐秘的方式表达出来。"热闹派"比较具有代表性的优秀作家有彭懿、朱奎等,这些优秀的作家在创作的时候以"走火入魔"和"天马行空"式的人物组合,以及时间、空间的独特安排,最终构建起十分独特的艺术模式,主要表现在变化多端和节奏跳跃,无论是故事的人物形象还是故事的相关情节,都非常夸张和离奇。例如,《阿嗡大夫》《皮皮鲁外传》等优秀的儿童文学作品,都将汪洋恣肆和洒脱自如淋漓尽致地表现出来,除了和读者的释放欲念相符合以外,也和读者的接受心理十分相符合。

除此之外,新时期中国儿童文学还有一种独特风格的童话创作,具体而言是把人类文明发展以一种巧妙的方式与幻想艺术有机地结合在一起,从而让童话成为历史文化信息的重要艺术载体,如《它们》《总鳍鱼的故事》等。对全新童话创作风格的积极探索,还在一定程度上将对童话形象十分单一的反拨淋漓尽致地展现出来,努力塑造丰满的艺术形象,同时使其具有一定的立体化。例如,我国知名作家彭万洲先生创作了《一只不愿掉尾巴的狗》这部优秀的儿童文学作品,在这部作品当中对狗敢于冲破传统樊笼的决心,以及大胆越轨的行为进行详细的描写。众多优秀的中青年作家在新时期的童话创作当中依旧是中流砥柱,是重要的翘楚与中坚力量,其中比较具有代表性的中青年优秀作家有张秋生、孙幼军等。

新潮童话以其张扬游戏精神的审美目的和某种超越童年经验的写作立场,结束了童年作为一种隐喻教训或图释概念的形象化教育工具的时代,使千万小读者像小鹿斑比一样,步入一个卡通世界,开开心心地享受属于童年时代的梦幻和梦幻般的童话。

二、从成人中心走向儿童本位

一种文学样式的悲哀莫过于艺术个性的泯灭。一种文学样式的幸运莫过于本体意识的自觉。

儿童文学实际上是为儿童服务的文学,作为一个概念,不仅意识到接受对象对文学自身某些比较特殊的需求,也强烈地意识到接受对象的规定性。按道理来说,虽然这是一个不需要申明和证明的简单问题,但是在较长的时间内,人们不能,也不敢提儿童服务,基本只能和成人文学共同跟着为"政治"和"为工农兵"服务,写出与成人社会有关的政治运动与斗争生活,以一种巧妙的方式纳入有效配合成人意志、需要的政治轨道当中。在以前,虽然从来没有人提出儿童文学应该为成人服务的相关艺术纲领,但是在某些比较特定时期的文化语境,以及特定的历史文化背景下,人们在很早之前就已经把儿童文学捆绑在以成人运动和成人意志为重要中心和关键走向的实用性、功利性上。为了让"儿童文学观"可以为成人政治提供更多、更好的服务,众多优秀的儿童文学创作者在创作的时候为了和政治目标保持一致,不断向着人文学的艺术范围和艺术样式靠近。由于儿童文学创作和人文学创作在多个方面相近,如艺术构思、创作方法等,导致儿童文学创作和儿童世界的距离越来越远,儿童文学和人文学两个领域的创作日益近似。

中国儿童文学在正式进入新时期以后,对自身以前严重扭曲的形象进行了重新审视,继承和发扬了"成人中心主义"中科学、合理的有利因素,抛弃和否定了"成人中心主义"中消极、错误的不利因素,也抛弃了其最终带来的苦果。中国儿童文学在不断努力寻找自我的过程当中,对自我形象进行重新塑造,让儿童本体观念回到原来的位置,并且将以前颠倒的服务关系重新理顺。此种儿童本体观念的复归一方面在中国儿童文学的接受对象上充分地展现出来,即少年儿童精神世界的多维表现,以及对其更深层次的有效把握,另一方面除了表现在对少年儿童的自主性和自信心上的充分理解之外,还表现在对自尊心和独立性上的进一步尊重。随着新时期中国儿童文学的不断发展和进步,其审美意识和创作思想演变主要特征是"走向少儿",和少年儿童之间的距离越来越近。

从历史性的层面出发,对少年小说系列形象具体演变的过程进行深入的分析和研究,从某种意义上来说对我们更加深入地理解和认识新时期中国儿童文学"走向少儿"的重要本体意识有着不可忽视的重要认识意义和作用。少年小说系列形象共包括四个系列,分别是扭曲型、迷途型、自立型以及断乳型。

扭曲型小说的主要特征是让人们看清楚"初级阶段"市侩哲学、斗争哲学给下一代人留下的严重心理创伤,同时让人们认识到治疗这一心理创伤的紧迫性和严重性。

迷途型小说的命题是请求家庭、学校和社会不要歧视、冷落和伤害处于转化状态、孤独状态、迷失状态的少年儿童,应该给予他们充分的关怀、理解和信任。因此,这是对严重蔑视少年儿童人格的某些社会偏见的强烈谴责,同时是对少年儿童世界需要人道精神、人性精神以及人情精神的强烈呼唤,比较具有代表性的作品是《三色圆珠笔》《绿色钱包》等。和成人相比较,处于被动、幼者以及弱者地位的众多少年儿童其实更加需要被人类群体关爱和爱护。众所周知,儿童文学不仅可以感化少年儿童的心灵,还可以进一步美化少年儿童的心灵,因此儿童文学和成人文学相比较,更加需要高高扬起人道精神。

自立型小说对少年儿童"内世界"的认识与理解、探索和研究，与扭曲型、迷途型小说相比层次更深。众多优秀的作家在创作的过程当中，对正处于全新自我开始觉醒阶段少年儿童所具有的独特心态有正确、合理的充分认识、了解和把握，同时把少年儿童的此种独特心态置于"代沟"的巨大矛盾当中，在社会文化的相关背景中对少年儿童的个性进行全方位发展。我国知名作者刘心武先生创作了《我可不怕十三岁》这部优秀的文学作品，当中的"我"通过各种方式努力用自身的价值观，以及充分掌握和了解的所有知识，对一系列的行为进行有效的规范，不再盲目相信和执行成年人发布的指令。我国知名作家曹文轩先生创作的《古堡》这部优秀的文学作品，塑造了两个具有自立精神的"男子汉"形象。他们在生活中按照自身的意志行事，面对问题的时候用自身科学、合理的判断正确地解决问题，并且属于这一系列的优秀文学作品还有很多。例如，李建树创作的《蓝军越过防线》当中敢于且大胆地将自我表现出来，在野营活动中把以前传统的形式主义摒除，率先冲上贡戈尔峰的"蓝军"少年张汉光；曹文轩先生创作的《弓》对自谋其食、自食其力，不要别人施舍的温州弹棉花孩子进行了详细的描写；优秀作家陈丽创作的《遥遥黄河源》，在这部文学作品当中描述了17岁的少年路哗独自一人寻找父亲，首次接触到人生复杂的课题等。众多优秀的作家对小说主人公刚萌芽的自强意识和自立意识给予了非常强烈的支持，既将当代少年儿童努力奋斗和昂奋进取的阳刚气质充分表现出来，又将当代少年儿童新的健全的文化心理进一步地展现出来，这些优秀的文学作品也直接肯定了少年儿童的自立、自强精神。怎么样科学、正确与合理地对待当代少年儿童的行动自主性，以及思维方面的创造性和人格方面的独立性，是积极引导当代少年儿童走向社会和成熟的不可忽视的重要课题，同时对强化和培育民族下一代精神性格当中的多种阴性基因，如开拓能力有着非常重要的作用和意义。所以，自立型小说少年儿童形象的出现，和提出的一系列问题实际上有着十分特殊的重要审美价值和意义。

　　扭曲型、迷途型和自立型小说，有效借助外部世界和相关人物的紧密联系，对少年儿童的精神进行详细的阐述和描写。对于断乳型小说而言，直接切入少男少女"内世界"的深刻裂变，将人生黎明风景线的众多求索、困惑以及隐秘直接、充分地揭示出来。现代心理学家在经过对其深入地研究和探索之后，认为人的完整的一生当中会经历"生理性断乳"和"心理性断乳"两个时期，其中前者主要指的是少年儿童逐渐长大不用吃奶来补充营养，后者主要指的是少年儿童在走向成熟的进程当中对个体独立的期望和渴求，通过不同的方式努力积极地寻找父亲和母亲影响不到，且属于个人的小天地，最大限度地摆脱大人的"势力范围"，并且对大人的监视做出一系列的反抗。该系列的小说以一种巧妙的方式将少年儿童主体人格的尊重，进一步推向了每一个个体以及独立存在的精神领域。众多优秀作家在创作的过程当中更加倾心和侧重于对无比天真、可爱以及纯情少年丰富心理世界的全方位理解和充分的把握，同时也更加致力于多样化与个性化的艺术刻绘，不仅给人美的遐想，还在一定程度上给予人们更多的人道精神。

随着时代的发展，新时期中国儿童文学事业得到了快速的发展，特别是小说一方面成功将众多优秀作家的创作视野拓展和延伸到人物的"内宇宙"当中，另一方面把众多少年儿童的接受心理以巧妙的方式与审美意识、当代意识有机地相互融合、沟通，进一步加快向"人学"回归的速度，科学、合理地指引和引导年幼一代由"自然的人"向着"社会的人"有效地转化，从而最终用于全面培养出全新人格和具有较高素质的新一代国民。中国当代儿童文学通过不同的方法和手段对自身已经扭曲的形象进行了相应的完善和修复以后，终于回归到童心的海洋当中，使中国儿童文学自身获得了重要价值和位置，还获得了珍贵的艺术生命。

新时期的文坛关注儿童文学的美学原则，将其美学原则高高举起。中国儿童文学的美学原则是对人的意识进行重建，努力塑造我国未来良好的民族性格。我国知名作家曹文轩先生于1988年创作了《中国八十年代文学现象研究》这部优秀的文学作品，在该部文学作品当中专门列出了一章对儿童文学进行深入的研究和探讨，大力提倡儿童文学承担着塑造我国未来民族性格的重要天职。知名作家汤锐女士于1990年创作了《比较儿童文学初探》，对新时期中国儿童文学"人的主题"问题进行了更加全面的研究和探讨，同时也明确了新时期中国儿童文学主题的重要核心是积极塑造未来民族的性格。新时期的中国儿童文学只有真正站在全面、积极地塑造未来民族性格这一层面和高度，才有一定的可能性创作出既具有强度，又蕴含历史内容的优秀文学作品。一方面，作为具有功利性质的观念之一，充满了各种忧患的情绪，并且对社会责任感进行了重点强调，另一方面也是中国传统儿童文学主旋律——"树人"观念的变奏与延伸。儿童在"人的主题"的旋律和旗帜下均指向了未来，无论是儿童的存在还是儿童的意义，都和民族的生存与意义有着不可分割的联系，有机地融为一体。因此，儿童文学作家除了进行着儿童文学和人类命运两者之间的重要对话以外，同时也进行着和未来民族性格的关键对接，不可忽视。

无论是儿童的成长还是子女的存在，在我们人类的文化当中经常将其作为生命的有效延续。中国儿童文学对成人、社会来说，是和少年儿童在精神方面进行沟通、交流以及文化对话的重要桥梁，将成人和社会对下一代的设计、愿望和现实的社交生活充分地反映出来，因此中国儿童文学的永恒主题是怎样造就未来一代的全面成长和发展。人的价值取向在整个新时期儿童文学当中，始终偏向和侧重于具有独立个性的少年儿童，成长主题的变化也在一定程度上将现代中国人的成长观念正在逐渐接近西方的成长观念充分地反映出来，同时众多优秀的创作者受其影响，在多个方面进行了一定的更新，如人物形象、成长目标等。随着1978年改革开放政策的全面实施，国外很多思想和观念源源不断地传入国内，促进和推动我国新时期儿童文学的快速发展，同时从20世纪80年代以后，在这一领域经常出现关于对积极塑造"小小男子汉"的全新形象、"阳刚之气""叔叔"型硬汉的呼唤，特别是出现对当代少年儿童成长主题多角度和多层次描写的小说，把"塑造未来民族性格"和"人的主题"的旗帜直接推向了新时期中国儿童文学创作的"高潮"。

综上所述，在以上一系列新潮理论和创作实践的合力作用下，中国儿童文学在价值方面的功能得到有效提升，不仅增强了众多优秀作家的责任感，也增强了其重要的使命意识以及相应的人文担当。

三、从单一标尺走向细分读者

中国儿童理论界从20世纪50年代以来，曾经长期围绕着儿童文学的诸多问题，如特点、定义等进行多次的探讨和争论，同时伴随着文化背景的不断变化，儿童文学逐渐和政治问题产生了一定的联系。成人文学在进入20世纪80年代以后，随着国外众多的观念源源不断地传入国内，在其影响下摆脱和突破了很多陈腐观念的限制和束缚，发展速度呈几何式增长。中国儿童文学和成人文学相比较，还有很多问题没有厘清和得到充分的解决，如中国儿童文学能否将日常生活当中的阴暗面反映出来；能否通过文字和图片的形式将少年儿童朦胧的情愫体现出来等。儿童文学在发展的过程当中依旧受到了很多的阻碍，创作者在创作方面受到了非常严重的制约和束缚。同时，也直接证明了儿童文学最根本性的理论课题还没有得到完美的解决，具体而言是中国儿童文学界长时间以来，"创作现象丰富性"和"儿童文学标准单一性"之间存在矛盾错位的问题，即从完全不相同的接受对象的层面出发，将其作为重要的理论依据，一方面不仅对儿童文学的价值功能进行相应的涵盖，还对儿童文学的本质特征进行一定的统率，另一方面也对中国儿童文学的艺术创造提出了一些具体的要求，从某种程度上来说只要是不符合"认定标尺"的就不属于儿童文学。因此，儿童文学产生了一系列的问题，且十分混乱，创作者各抒己见，导致中国儿童文学在这一时期受到了非常严重的阻碍。

随着我国在 1978 年 12 月全面实施改革开放政策以来,和世界上各国国家的联系逐渐增多,国内的经济、文化等多个方面得到了快速发展,同时国外众多理论源源不断地传入国内,我国儿童文学在其影响下和以前相比有了很大的进步,在文坛出现了很多优秀的儿童文学创作者,并且也为我国众多优秀的儿童文学工作者提供了全新的参照系。在经过进一步的发展之后逐渐形成了多维度和全方位接纳美学信息的网络结构,以及促使儿童文学工作者形成了自身的主体思维方式。在形成的网络结构当中蕴含丰富的变革资源,既包括发生认识论,也包括接受美学。其中,接受美学十分明确地指出了文学作品从实际意义上来说是为读者存在和创作的,文学作品需要真正地被读者所接受和理解,也只有这样文学作品的社会功能与美学价值才能真正地实现,从而最终成为优秀的艺术。

儿童文学主要是由三个不同的层次组成的,分别是少年文学、童年文学以及幼年文学。不同年龄阶段的接受机制不同,一方面既对少年文学、童年文学以及幼年文学这三个层次各自的艺术要求有着重要作用,又对这三个层次文学的美学思想和特征起着决定作用,另一方面对三个层次文学的美学思想、特征以及艺术要求有着一定的制约性。少年文学、童年文学和幼年文学均有充分维护自身独立艺术个性的权力,并且这三个层次的文学均以其自身的文学价值起着十分重要的作用,如审美、认识等作用,最终目的是积极培育,正确指引更多的少年儿童成为这一时期的"新人",在具有高雅精神性格的同时,也具有非常健全的文化心理。

中国儿童文学本体意识的自觉主要分成两个阶段,首次自觉是在文学这一大系统当中以一种巧妙的方式把儿童文学从中分离出来,第二次自觉是把儿童文学分成三个不相同的层次,即幼年文学、童年文学、少年文学,同时也对幼年文学、童年文学以及少年文学这三个不同层次文学的艺术使命,以及审美特征进行了各自的界定。正是因为如此,从实际意义上来说这是我国儿童文学理论批评历史上的一次重大变革,同时也是一个大进步,促进和推动新时期儿童文学的快速发展。

自此,作家有了更为明确的服务对象,以及不同服务对象对具体文学的审美要求,从而使创作更有针对性与内驱力,激活儿童文学的创作生长点。在少年文学方面,我们既有少年小说的大面积丰收,又有少年报告文学的异军突起,如孙云晓的《十六岁的思索》《一个少女和三千封信》,刘保法的《"一片云"心中的阴云》《星期日的苦恼》,庄大伟的《出路》,秦文君的《失群的中学生》,谷应的《大世界中的小孩子》等;散文创作也迭出新作,如全国优秀儿童文学奖获奖作品陈丹燕的《中国少女》,班马的《星球的细语》,吴然的《小鸟在歌唱》,

郭同的《孙悟空在我们村子里》等。在童年文学方面，以新潮童话为主流的童话创作突破了旧有的思维模式与落俗陈套，通过天马行空般的想象、夸张，魔术似的变形组合，从荒诞的角度切入现实生活，向着真正属于童年时代的童话迈出了一大步。儿童诗创作虽然不如童话那般引人注目，但一批执着耕耘的出色诗人及时献出了成果，其中金波的《在我和你之间》《妈妈的爱》，樊发稼的《春雨的悄悄话》与寓言诗集《大树和蘑菇》，高洪波的《喊泉的秘密》《飞龙与神鸽》以及徐鲁的《我们这个年纪的梦》，刘丙钧的《绿蚂蚁》等，荣获中国作家协会全国优秀儿童文学奖或其他奖项。在幼年文学方面（儿歌、幼儿诗、低幼童话故事等），形成了一支老、中、青三代协力并进的队伍，他们携着幼者的梦、成年的悟，给生活在《紫罗兰幼儿园》（郑春华）和《呱呱幼儿园》（谭小乔）的小朋友们送去《365夜故事》（鲁兵主编）的玫瑰梦，《黑猫警长》（诸志祥）追捕《开直升飞机的小老鼠》（郑渊洁），《翻跟头的小木偶》（葛翠琳）经历了一场类似《小蛋壳历险记》（冰子）的遭遇，《小猪奴尼》（鲁兵）带着《快乐的小动物》（薛卫民）《虎娃》（鲁兵）和《岩石上的蝌蚪》（谢华）去看《东家西家蒸馍馍》（张继楼）……在这片天趣可掬的温馨园地，人们同样感受到了新时期多姿的社会生活带给儿童的快乐，感受到了儿童文学观念变革的穿透力与美学追求的新维度。

对于中国儿童文学接受对象的年龄段问题，虽然很早之前有人提到过，但是无论是创作系统在理论方面的阐释和学术宣言，还是多层次中国儿童文学的具体划分，不同年龄阶段少年儿童的实际接受特征出现的时间相对比较晚，是在20世纪80年代中期。

在这一段时间内，众多优秀的创作者紧紧围绕"本体论"和"多层次说"两个方面的命题，进行了深入的研究和积极的探讨，并且逐渐出现和形成了百花齐放、诸家争鸣的繁荣局面和景观。我国知名作者班马在创作的过程当中从儿童精神世界出发，将儿童原生性的心态作为关键基点，通过不同的方式努力寻找儿童文学当中特殊的存在空间；刘绪源先生通过对中国儿童文学的长期研究和探索，最终论述和证明了儿童文学的艺术母题有三个，分别是顽童、母爱以及自然，他认为应该更加侧重和关注成人文学和儿童文学两者相通和相同的地方；我国知名创作者汤锐在对中国儿童文学进了系统的研究和探索之后，提出了将成人—儿童双逻辑支点作为重要基础的，具有开放式的儿童文学相关理论。以上说法虽然有一定的相通之处，但是又有着各自独特的见解，同中有异的同时，和而不同，使得更多优秀的创作者在理论方面发散思维,从而进一步加深了人们对儿童文学最本质特征的认识和理解。

新潮理论的出现在一定程度上对中国儿童文学的学术话语及相应的思维空间起到了很好的活跃作用,并且更加重要的意义是为中国儿童文学作家的进一步创作准确地找到属于自身的美学定位,即少年、童年和幼年文学作为文学的重要组成部分,除了具有用理论保护自己,充分按照文学特殊规律办事的权利以外,还有独特的艺术章法和创作规律,在整个文学当中具有重要的存在价值和很高的文学地位,并且将我国儿童文学长时间被压抑的"生产力"直接有效地激活,从而真正促进和推动了我国儿童文学创作的快速发展,并且最终形成了多元并存的繁荣局面。

我国在进入20世纪90年代以后,幼年文学、童年文学和少年文学,三个层次相互呼应,每一个都有着自身的特色,其中三个层次中的少年文学,与童年文学和幼年文学相比较更是一枝独秀,异军突起。比较典型的优秀作品有以沈石溪先生为代表创作的《红奶羊》《一只猎雕的遭遇》等动物小说;以曹文轩先生为代表创作的《红瓦》《草房子》等现代少年成长小说;等等。幼年文学经过一段时间的发展,不仅在艺术追求上取得了进步,同时也在自身的理论建设方面取得了很好的突破性进展,促进和推动了我国幼年文学的快速发展。其中可以充分代表20世纪90年代幼年文学研究全新水平的著作共有两部:一是我国知名作家黄云生先生创作的《人之初文学解析》;二是《幼儿文学概论》,这部著作主要由张美妮和巢扬共同完成。童年文学的发展,和幼年文学、少年文学相比较稍显缓慢,还有待于更多优秀的创作者为其开辟出发展和进步道路。

新时期儿童文学以上三方面的拓展及由此而生的发展态势,不是一种偶然、孤立的现象。它的外部动因在于宽松、和谐的文化生态与开放的社会背景。正是这种局面与背景,对儿童文学提出了在当今世界激烈竞争的严峻现实中,注重培育我们民族未来一代健全的文化心理的使命,要求为实践这一使命充分发挥儿童文学多功能、多层次的作用,并为其提供多维度接受美的信息的参照系数。从文学的内部动因来说,作为新时期中国一个重要组成部分的儿童文学,它的价值观念、思维方式、审美趣味、文化品位、研究手段的变化与整个文学是同步的。"小儿科"得力于大文学的哺育与催化,反过来又以自身的发展推进着当代文学蔚为壮观的新潮。

实际上,在我国1919年5月4日的五四运动当中,产生了具有现代意义的儿童文学作品。我国儿童文学作品的首次变革是五四运动时期,这一时期的突出成就不仅包括发现儿童世界和转变儿童观，还包括首次从文学系统当中脱离出来的儿童文学，经过发展逐渐成为自觉服务儿童的艺术载体之一。以文学研究会作家群为骨干的建设者，以及周氏兄弟为骨干的拓荒者，为我国的儿童文学开辟了一条全新的现实主义道路，为中国的儿童文学奉献了首批创作硕果的同时，也奉献了理论收获。从历史的角度来俯瞰现实，儿童文学的第二次重大变革是我国的新时期，其主要的实践成果和美学尺度一方面不仅是儿童世界的再发现，还是儿童文学主体特征的再确立，另一方面是以一种巧妙的方式把儿童文学分成三个不相同的层次，即少年文学、童年文学、幼年文学，同时进一步界定和实践了多层次的相关观念。新时期的儿童文学需要在全面实现自我价值、艺术个性自觉的进程当中，对文化心理、国民素质等产生更深、更广的影响和作用。从某种意义上来说，这也是我国儿童文学在20世纪八九十年代进行深层次拓展的重要意义和价值。

第五章　中国儿童文学艺术的未来发展方向

本章为中国儿童文学艺术的未来发展方向，分为以下两节内容进行阐述，其中第一节为跨世纪儿童文学的整体走向，第二节为现实主义：中国儿童文学的发展主潮。

第一节　跨世纪儿童文学的整体走向

跨世纪儿童文学，在经历了 20 世纪 90 年代计划经济向市场经济转型的阵痛与调整以后，从不适应到逐渐适应，从出版滑坡到逐渐走出低谷，终于迎来了良性发展的新阶段。在进入 20 世纪 90 年代之后，中国的儿童文学本身开始呈现出较为明显的"稳扎稳打，不断前行"的态势，最终走向自身的文体自觉。值得注意的是，其中的"自觉"主要表现为能够更加清醒且理性地理解与把握儿童文学的价值功能、服务意识、审美特征。

一、走向当代少年儿童的生命世界

儿童文学有其独特的接受对象和服务群体（少年儿童），这是一种重在表现少年儿童生活世界及其精神生命成长的文学，是少年儿童喜欢看的文学。对于儿童来说，自身永恒的追求就是"成长"，并且，这也是儿童文学的永恒话语和艺术母题。中国的儿童文学在发展到 20 世纪 80 年代之后，逐渐开始追随着成人文学的脚步前进，成人文学本身在创作历程当中存在着"伤痕"—"改革"—"寻根"—"实验"等过程，儿童文学也在少年儿童的系列形象的塑造上进行了"扭曲型"—"迷途型"—"自立型"—"断乳型"的嬗变。具体来说，重点揭示了在变革的过程当中成人社会与儿童的生存状态之间的关系，重点表现了在儿童世界当中成人文化居高临下的投影与整合。直到 20 世纪 90 年代之后，儿童文学本身所具备的美学兴趣已经从最初对儿童世界与成人文化之间的关系的描写，转变为重点关注与儿童文学相关的儿童世界与儿童文化,更为重视对少年儿童在生命成长过程当中的心路历程、各种有趣的话题以及能够凸显出的社会文化文脉进行深入刻画。在20世纪90年代,儿童文学当中最为生动的创作景观与美学目的就是表现成长,表现儿童的世界与儿童文化本身。很多有实力的优秀的儿童文学作家开始将"成长"作为自身日后在文学创作中的主要方向,甚至于北京作家曹文轩就直接将长篇小说三部曲《草房子》《红瓦》《根鸟》统称作"成长小说"。

曹文轩,1977年于北京大学中文系毕业之后留校任教,是江苏盐城人,在20世纪90年代,成功升任教授与博士生导师,开始担任北京作家协会副主席的职务。曹文轩多年来一直从事着当代文学的研究与小说的创作。其中,经其本人创作的长篇小说主要有《山羊不吃天堂草》《草房子》《红瓦》《细米》《根鸟》《天瓢》《青铜葵花》等,出版的学术著作有《中国80年代文学现象研究》《20世纪末中国文学现象研究》等,并且还有很多的作品被翻译为英、法、日等国的文字,荣获了国际安徒生奖等40余种奖项。其中,《草房子》这一作品的背景为20世纪60年代的江南水乡,主要描绘了乡下男孩桑桑刻骨铭心、终生难忘的六年小学生活的故事。少年人目睹或者直接经历了一系列故事,有少年之间的真挚纯洁的纯情,有不幸的少年在与命运相搏时的悲怆与优雅,有外貌丑陋的男孩坚守自己的尊严,也有老人于垂暮之时的一刹光彩,等等。凡此种种,清晰又朦胧地烙印于少年人桑桑的童心世界当中。《草房子》远离城市生活,把孩子们拉到贫穷的"油麻地"乡村。透过桑桑的眼睛,一起望见这里的悲喜人生。油麻地中的人们尽情与大自然亲近,他们的快乐倍显真实,苦难中充满自足的欢悦,虽然生活中也有矛盾,但人际的冲突最终趋于和解。作品淋漓尽致地描绘了人性的丰富与多样,以纸月为代表的纯美人物的塑造,让人们仿佛捡拾起一个久远的失落。"草房子"则化作美的意象,成为生命的象征。油麻地中人的生活犹如这坚韧的茅草,朴素而华贵。桑桑等少年人具有疼痛感的成长,使《草房子》成为童年世界的一次盛大回归。《草房子》出版后大受欢迎,并被改编成同名影片。值得注意的是,在曹文轩的作品当中,对童年生命在成长的过程当中所面临的对未来的憧憬、对现实的烦恼以及挫折与苦难等都进行了生动的刻画,借助情感的力量、智慧的力量、美的力量深深震撼着所有读者,所以,在评论界也常常将其称作"古典主义的胜利"。

值得注意的是,成长本身就是一个十分复杂的过程。与成长相关且较为经典的儿童文学作品有上海女作家秦文君的校园儿童群像系统四部曲《男生贾里》《女生贾梅》《小鬼鲁智胜》《小丫林晓梅》，江苏女作家黄蓓佳的校园长篇《我要做好孩子》《今天我是升旗手》，重庆女作家谭小乔的校园长篇《小船飘摇》，以及由王小民、仝慧铭、黄喆生、代士晓、秦润华、詹国强6位中学教师撰写的能够对校园生活与素质教育进行深层次的反映的《"蓝宝石"少儿长篇小说丛书》等。以上这些被列举出来的作品将成长放置于现阶段这个经济改革与社会文化转型的大背景之下进行观照，能够通过对少年儿童的成长的描写尽力折射出当下社会生活的现代强光，最终充分展示出了当代少年儿童的积极向上、活力四射、极具个性的精神特征，充分表现出了他们的人生观、理想观、道德观、审美观以及走向成熟、走向人生的必然态势。另外，深圳特区高中生郁秀创作的校园长篇《花季·雨季》以及上海殷健灵、萧萍、张洁、曾小春、王蔚等人创作的《花季小说丛书》，则采用"现在进行时"的写作方式，极具特色地描绘了同龄人成长过程当中所发生的故事。这些作品有着强烈的青春自叙传色彩，受到同龄人的广泛欢迎。甚至于《花季·雨季》在多次刊印之后，总数已经超过了100万册，斩获了多个全国性的奖项，最终创下了20世纪90年代儿童文学的奇迹。

相比于上述诸多作品的写作姿态，武汉的作家董宏猷所创作的梦幻体儿童小说《一百个中国孩子的梦》有着十分明显的不同。在这部小说当中，使用了十分独特的艺术构思，对一百多位年龄、民族、家庭背景等不同的少年儿童所拥有的成长梦、童年梦、理想梦进行了全方位、多角度的描写，最终构筑出了一个宏大且神奇的儿童艺术世界。另外，天津女作家谷应历时12年创作出了系列散文集《中国孩子的梦》，通过对56个民族的少年儿童进行调查、走访，最终深刻地描绘出了56个民族少年儿童丰富多彩的生活以及内心的向往，也描绘了他们的快乐与困扰以及各种由孩子们亲手制作的艺术作品，充分展现出了各个民族对于自己民族往昔的怀念以及对未来的憧憬。上述两部作品可以看作20世纪90年代儿童文学中的佼佼者，由此使得曾经不断高扬的"成长"文学又迈向了新高度。

二、走向多元共生的创作状态

在20世纪80年代的童话创作中，曾有"热闹型"一派，20世纪90年代的儿童文学则表现出一种平静的状态，并不似20世纪80年代那样大声喧哗，所有人都在这一时期尽力打造属于自己的"美学"的艺术品。之所以出现这种情况，不仅是因为20世纪80年代儿童文学的观念重建与艺术积累，还因为中国的儿童文学已经在市场经济环境的影响之下逐步走向成熟。试以20世纪90年代创作实力最为强劲的少年儿童小说为例，来瞭望一下这种多元共生、各标一帜的景观。

曹文轩，在20世纪80年代极力倡导"儿童文学作家是未来民族性格塑造者"，之后的时间里也始终坚守着自己曾经许下的"追随永恒"的美学承诺，努力通过自己的作品对人性智慧当中的高贵永恒进行深刻体现。在曹文轩的小说当中，有着优美的诗化语言，充满忧郁悲悯的人文关怀，并且始终执着于古典主义的审美情趣。曹文轩在进行创作的时候，积极追求着艺术感染本身所能够带来的震撼效果，追寻着文学本身的永恒魅力，与此同时，也在广泛吸收着西方古典儿童文学中以安徒生童话为代表的悲剧精神。所以，曹文轩自己的作品在很大程度上直接超越了儿童生活题材，进入了人的本质生活领域当中，充分展现出了生命人格本身的辉煌。我们可以通过了解曹文轩本人的追求，明白真正具有文学品位的"小儿科"也同样能在文学之林中长成参天大树。

秦文君，被称作"雕塑当代少儿群像的高手"，曾在黑龙江大兴安岭插队落户当知青，20世纪80年代初回上海，在少年儿童出版社、中国福利会出版社任编辑、社长等。秦文君于1980年开始文学创作，主要作品有长篇小说《男生贾里》《女生贾梅》《小鬼鲁智胜》《小丫林晓梅》和《花彩少女的事儿》等。秦文君将作品的美学目标定位在"感动当下"，将描写对象定格在小学五六年级与初中这一学生群体。她的作品紧贴当下校园生活，具有一种清新活泼、幽默风趣的灵气，其中的几位主要人物形象同时穿插于几部小说之中，分别担任着主角，由此创造出一种网状形式的人物群像艺术新格局。

值得注意的是，由董宏猷所创造的梦幻体儿童小说可以被我们看作另外一种艺术追求。其中，《一百个中国孩子的梦》在明确了基础文体特征为小说叙事之后，对童话本身的幻想、夸张、荒诞、变形，以及散文的抒情、诗化的语言、纪实文学的写作风格等各种文学要素进行充分的借鉴，最终成功突破了常规的儿童小说的文体边界，构建出一个开放的小说艺术空间，由此使得儿童文学的文体实验获得了丰富且新鲜的经验。

中国的儿童文学创作之所以在20世纪90年代有着蓬勃的生机活力，就是因为在当时存在着一大批执着于艺术追求的作家。在当时，广州的小说童话作家班马对"儿童—原始思维"的把握与对"力—游戏"的张扬；北京作家张之路有着对生活的敏锐洞察力以及酣畅淋漓的叙述风格；北京作家孙幼军在童话创作中的智慧与章法；张秋生的童话精巧且深邃；浙江作家冰波的童话典雅且唯美；北京诗人高洪波经营儿童诗的诗艺功力与对幽默风格的机智把握等，都给人留下了深刻印象。人们徜徉于沈石溪所创造的动物小说当中，领略着刘先平探险文学的魅力，与此同时，江南儿童文学又为儿童文学插上了两面崭新的美学旗帜，分别是 1998 年江西二十一世纪出版社出版的《大幻想文学中国小说丛书》与 1999 年浙江少儿出版的《中国幽默儿童文学创作丛书》。值得注意的是，在儿童文学当中，存在着两大当行本色，分别为幻想与幽默，但是，令人遗憾的是，在很长的一段时间里，我们并未对其进行过多的关注，至少是并未将其作为儿童文学本身的基本美学品格进行张扬。这两套丛书集中了任溶溶、孙幼军、高洪波、张之路、秦文君、董宏猷、班马、彭懿、梅子涵、周锐、庄大伟、葛冰、李建树、金曾豪、韩辉光、任哥舒等一批老中青实力派作家以及更年轻的韦伶、汤素兰、薛涛、左泓、杨红樱等新秀的最新创作成果，其中推崇的美学精神与不断进取的姿态，深深地冲击了世纪之交的儿童文学，与此同时，也对下一个世纪的儿童文学本身的审美追求与艺术格局产生了深远的影响。

　　宏伟壮丽的文学大厦是需要依靠思想艺术均属上乘的精品力作来支撑的。中华人民共和国成立 50 周年期间，中宣部、文化部、中国作协等部门向全国推出了"50 周年国庆重点献礼文艺项目"，其中十部长篇小说里面，就有两部少儿长篇，分别是曹文轩的《草房子》与秦文君的《男生贾里全传》。这意味着儿童文学小说创作的艺术水准的全面提升，表明其已经丝毫不亚于成人文学小说创作。

三、走向多层次、多渠道的儿童文学建设

　　在 20 世纪 90 年代，因为受到市场经济与多元传媒的强有力的冲击，怎样有效增加儿童文学新的创作增长点，并尽力提升创作生产力成为最为重要的课题。其中，值得关注的是，若想要充分激活创作生产力就需要有效调动起作家的生产积极性与原创力。所以，20 世纪 90 年代的儿童文学在保证作家的队伍建设并确保现有资源不会流失的前提之下，充分开展了一系列饶有新意的举措。

　　首先，需要重点引领小读者积极参与到文学创作当中，寻找有天赋与发展潜力的文学新人进行培养。在 20 世纪 90 年代的儿童文学创作当中存在一个十分重要的现象，就是"少儿参与"。其中，北京的《儿童文学》《东方少年》，上海的《少年文艺》《巨人》《儿童时代》，天津的《少年小说》，江苏的《少年文艺》，辽宁的《文学少年》等刊物就经常性地举办各种与儿童文学相关的征文活动以及夏令营、讲习班，从其中发现文学新苗，从而为儿童文学输送新鲜血液。甘肃少儿出版社组织的《少年绝境自救故事丛书》（十种）与北京少儿出版社策

划的《自画青春丛书》（九种）在激发"少儿参与"方面是成功的典范。前者将绝境故事的梗概公布出来，广泛征求、吸引小读者设计自己的自救方案，每个故事都须由一个作家和一百位小读者共同参与方可最终完成；后者采取"一帮一"的形式，让肖铁、陈朗等九位北京小作者在陈建功、毕淑敏、肖复兴等九位名家的指导下，修改完成自己的校园青春故事。这两套丛书的运作过程与出版，有效地推进了校园文学活动的开展，成功激发了少年儿童对文学的热情与期待，也在少年心田播下了儿童文学的种子。

与此同时，还实施了另外一项重要的举措，就是邀请成人文学作家参与到儿童文学创作当中。如今，已经有很多大型的创作丛书面世，主要有1997年山东明天出版社《猎豹丛书》《金犀牛丛书》以及1999年湖北少儿出版社的《鸽子树少儿长篇小说丛书》等。值得注意的是，在山东明天出版社出版的两套丛书当中，有沈石溪、周大新、阎连科、简嘉、陶纯、于波、苗长水七位军旅作家以及王安忆、毕淑敏、池莉、张炜、迟子建、刘毅然六位实力派小说作家参与其中，湖北丛书当中有竹林、赵玫、蒋子丹、林白、唐敏等清一色女作家参加。到了1998年与1999年的时候，河北少儿出版社又出版了两套大型的少儿长篇小说创作丛书，分别为《金太阳丛书》与《黑头发丛书》，其中，前者主要包含了陆星儿、王小鹰、竹林、谭元亨、肖复兴、成一、蒋韵、冯苓植、刘兴邦九位著名作家，后者则存在北董（董天柚）、朱新望、玉清（张玉清）、阎萧、姚彩霞、查岭、曹舰、刘晓滨、赵金山九位河北作家，值得注意的是，这里是河北作家关注儿童文学的一次集体亮相。一直以来专注于成人生活世界的成人文学作家突然开始进行儿童文学的创作，尽管在此过程当中这些人对于当代儿童精神世界与阅读兴趣的把握存在一定程度上的不妥，但是需要注意的是，这么多成名的作家集体进军儿童文学，本身属于一件好事，所以我们一般可以认为，中国儿童文学在经历了新时期发展以来的第二次高潮之后，可能也会在日后的发展当中遇到第三次高潮。

四、走向儿童文学的国际对话

20世纪80年代的儿童是在电视前长大的一代，20世纪90年代的儿童则是伴随着电脑、网络、卡通长大的一代。如今的世界格局主要表现为经济全球化、政治多元化，并且，借助飞速发展的各种高科技以及信息高速公路的全力建设已经使得整个世界越来越小。如今在世界文学与儿童文学当中，人们关注的焦点、热点与难点主要是人类经历与正在经历的苦难，涉及战争与和平、生态环境与可持续发展、青少年犯罪等问题。需要注意的是，儿童文学本身并没有边界，在 20 世纪 90 年代，儿童文学的视野已经从之前的中华大地走向了亚洲儿童文学，也进一步走向了世界华文儿童文学，最终实现了更为广阔的世界儿童文学的交流与对话。值得注意的是，那些全人类都关心的话题，也成了中国儿童文学创作当中的新题材与重要的主题。基于此，安徽作家刘先平先生创作了"大自然探险长篇系列"四部曲，分别为《大熊猫传奇》《呦呦鹿鸣》《云海探险》《千鸟谷追踪》，还创作了探险纪实散文集《山野寻趣》；四川诗人邱易东则通过少年人的视角，基于"全人类"的高度对地球中的种种不合理进行反思，最终创作出长篇诗集《中国的少男少女》。另外，陕西作家李凤杰受到了挚爱的影响，最终创作出了长篇失足少年教育纪实文学《还你一片蓝天》。令人欣慰的是，刘先平与李凤杰所创作的作品已经获得第四届中国作家协会的"全国优秀儿童文学奖"，甚至于刘先平的大自然探险长篇系列，因为文章当中所表现出来的浓厚的地球家园意识也被英国文坛翻译了过去。

在 20 世纪 90 年代，一种较为流行的儿童文学创作走向就是向年幼的一代传递生态环保理念、人类自审意识，期望通过文学创作的方式积极参与到人类可持续发展战略当中。其中，一直以来有着"植物王国"称呼的云南省在这方面一直走在前列，早在 20 世纪 80 年代，以乔传藻、吴然、沈石溪、辛勤等为中坚力量的云南"太阳鸟"儿童文学作家群就投身于这一课题的创作当中，并最终在绿色散文、动物题材等的创作方面获得了较大的成就。其中，乔传藻创作的《醉鹿》以及吴然创作的《小鸟在歌唱》分别获得了中国作协第一、二届全国优秀儿童文学奖，沈石溪的动物小说《第七条猎狗》《一只猎雕的遭遇》《红奶羊》更是荣获"三连冠"。将生态环保与动物等作为创作题材的作品且能够多次获得全国性的大奖的作家当中，云南的作家数量最多。另外，重庆部分儿童文学作家所创作的与长江三峡相关的作品，北京新秀保冬妮昆虫童话三部曲《屎壳郎先生波比拉》等，湖南少儿出版社的《中国最新动物小说丛书》以及天津新蕾出版社的《金狮王动物小说丛书》等，创作的主要目的就是培养下一代的地球家园意识，激发少年儿童对于大自然的深沉热爱。这些作品时刻传达出热爱大自然、保护地球母亲的国际性儿童文学主题。除此之外，广州作家班马创作的、荣获第五届宋庆龄儿童文学奖童话类大奖的长篇小说——《绿人》，也是 20 世纪 90 年代不可多得的童话佳作。"绿人"是生活在西南大森林绿叶上的"小型绿色隐形智能生物"，每一片绿叶里都住着一个绿人。但他们在现代社会遭遇到了灭顶之灾,尽管科学考察队已经揭示了他们的秘密生活史,并正在努力设法营救,但绿人家族始终不肯向人类发出求救信号。作品本身亦真亦幻,情节方面悬念迭出,讲述了一个"绿人"不断进行逃亡的悲情故事。《绿人》是一部极具神秘魅力的童话,拥有着强烈的人类自审意识、生态环保意识、可持续发展意识,蕴含着十分深刻的国际主义意味。

20世纪90年代的儿童文学是整个20世纪儿童文学的最后延续与总结,也是开启新世纪儿童文学的珍贵精神资源与艺术积累。20世纪90年代的儿童文学的整体走向带给21世纪儿童文学许多有益的启示。

第二节 现实主义:中国儿童文学的发展主潮

20世纪中国儿童文学的发展思潮、审美取向以及深蕴在这种特殊文学背后的文化观念和文学精神,就是现实主义精神,并且,现实型文学在这之中占了上风。

现实主义主要是指除了一些存在于细节中的真实之外,还需要对典型环境当中存在的一些典型的人物进行真实的再现。现实主义文学十分重视对现实进行关注,直面人生,真实地对现实生活进行反映,具有较强的客观性,并且,在描绘的过程当中,会严格按照生活的本来面貌精确细腻地进行描写。在现实主义当中,作家在对客观事物进行描写的过程当中,需要隐含主观性与理想性;重视写实,追求对细节描写的真实性与典型性;重视观察与体验生活中的细微之处,最终使得艺术描写能够在外观与细节方面真实地反映出实际生活的形态、面貌、逻辑。

一、中西原创儿童文学的不同艺术取向

文学作品本身属于一种较为特殊的精神产品,并且,文学生产从本质上来说可以算是一种原创性的生产。文学创作本身需要有新意,绝对不可重复,另外,原创文学就是指作家充分发挥出自身的智慧与才情而进行的有独立性、创新性、探索性的写作劳动所获得的精神成果。对于大多数作家来说,文学本身就是为了给人们创造出一个与现实世界不同的虚拟世界,使其成为世人能够超越现实的精神家园。文学作品属于作家审美想象的物态化产物。一般而言,若是我们只以审美想象的张力进行研究,那么可以将现代作家的原创文学划分为两种类型,分别为幻想型文学、现实型文学。

幻想型文学本身就是进行审美幻想。其中幻想就是创造，而创造就是无中生有，幻想存在的根本目的就是想象出在真实世界当中并不存在的事物，并且，在创造完成之后，赋予其"内心的真实性"。幻想型文学本身就是作家在一个完全虚构的状态之下实现对文学作品独创性的审美艺术生产，主要表现为超越现实的特点，十分重视突出主观，有着明显的理想主义与浪漫主义色彩，在创作过程当中会对夸张、变形、魔幻等方法进行充分运用，本质上并不追求生活的真实，只是遵循着情感的逻辑，最终目的就是通过创造性的想象与典型化逼近本质的真实。所以说，幻想型文学在创作的过程当中，需要作者本身有着无穷的想象力，与此同时，还需要具备与之匹配的文字转化能力。值得注意的是，因为存在于现实世界当中的人、事、物很难符合幻想型文学的需求，所以，很多作家都将神话、传说、民间传奇甚至于原始巫术、图腾崇拜等作为自身进行幻想型文学创作时的重要素材。在文体方面，世界上的幻想型文学主要分为以下几种类型：童话、幻想小说，或者有着童话小说化倾向的童话，又或者有着小说童话化倾向的小说。其中较为出名的一些作品有：丹麦安徒生的《海的女儿》；德国霍夫曼的《金罐》；英国金斯莱的《水孩子》；卡罗尔的《爱丽斯漫游奇境记》；法国乔治·桑的《格里布尔奇遇记》；英国麦克唐纳的《北风的背后》；意大利科洛狄的《木偶奇遇记》；英国吉卜林的《林莽传奇》，波特的《兔子彼得的故事》；美国鲍姆的《绿野仙踪》；英国巴里的《小飞人彼得潘》；瑞典拉格洛美的《尼尔斯骑鹅旅行记》；英国格雷厄姆的《柳林清风》，米尔思的《小熊温尼菩》；法国圣埃克絮佩里的《小王子》；英国的《狮子、女巫和衣橱》；芬兰杨松的《魔法师的帽子》；英国托尔金的《霍比特人》《魔戒传奇》三部曲；达尔的《查里和巧克力工厂》；意大利罗大里的《洋葱头历险记》；美国勒奎恩的《地海传奇》三部曲；英国罗琳的《哈利·波特》系列童话；等等。

需要注意的是，在现当代的欧美长篇幻想型儿童文学的创作当中曾出现了两类十分重要的形态，一种是以托尔金的《魔戒》系列和勒奎恩《地海传奇》系列为代表的史诗性"虚拟历史现在进行时"类型。这种类型成功为后来人开拓了幻想型文学的新边界，并且成功构建出了有着自身特色的"第二世界"，并且，它是以历史现在进行时形态出现的，有着属于自己的历史、文化、语言、文字等，比如，在《魔戒》系列所表现的"中洲"世界以及《地海传奇》表现的"地海"世界。托尔金的《魔戒》系列成功启迪了人们创造出了电脑科技的"虚拟世界"，并且，令人惊讶的是，虚拟世界这一概念的出现也对电影编导乔治·卢卡斯产生了巨大的影响，促使其在之后创作出了《星球大战》之类的科幻电影。另外一种就是以刘易斯的《魔厨》《魔椅》等七部"纳尼亚神魔国"系列和罗琳的《哈利·波特》系列为代表的"当代世界与幻想世界连通型"类型。值得注意的是，这一类作品的特点主要表现为两个空间进行转换，一般会由主人公从现实世界的某个特殊的地点进入"第二世界"。就比如罗琳的《哈利·波特》系列中，主角就是从伦敦火车站的乘坐神秘的火车前往霍格沃茨魔法学校，开启了绚烂的魔法生活。

幻想型文学之所以存在就是为了使人们能够在自身的内心世界创造出一条永无止境的心路之旅，最终在心路之旅的无限延伸中感应与体验超验世界的极乐极美。

现代作家原创文学的第二种类型是现实型文学。需要注意的是，现实型文学的主要特征就是审美联想，这是一种再造性想象的精神产品，其中再造就是对已经存在的事物进行再加工。所以说，现实型文学的生产过程本质上就是基于提供的客观事实，并根据客观现实，正确认识现实、面对现实，对已经存在的现实生活进行集中、概括、提炼、加工的过程，并且需要做到"源于生活却又高于生活"，使之更加典型化。现实型文学本身有着以下三个基本特征：现实性、再现性、写实性。值得注意的是，现实型文学本身十分重视且擅长进行描写，并且，在描写当中需要努力做到与现实"酷似"，并确保既不夸张也不变形，就算出现夸张和变形，其根本目的也是能够更好地表现现实。

在世界范围内的现当代原创儿童文学当中，东方的儿童文学主要以中国为代表，走的是现实型文学的路线。一般而言，这种文学主要就是对现实进行描摹、反思、评判、想象等，极力追求实现逼真、传神的艺术效果，重点关注文学本身的认识作用与教育作用，会对少年儿童的意识形态、价值取向、国族认同、人生态度等产生深远影响。西方的儿童文学则以欧美为代表，更加偏向幻想型儿童文学，更为重视对文学本身的想象与诗性的强调，更加崇尚人的欲望与情感的释放，追求奇特、神秘的艺术效果，偏向于表现文学本身的审美作用与娱乐作用，不仅会对少年儿童本身的精神性格、审美情趣、想象空间产生影响，也会影响人的境界与灵魂。因为受文化传统与文学传统的影响与制约，中国古代的少年儿童所能够接受的原创文学形式就是民间群体所生产的口头的文学作品，主要就是民间童话与童谣。另外，需要注意的是，中国的作家开始进行个体原创儿童文学的时间是新文化运动的前后，当时，叶圣陶创作出了短篇童话集《稻草人》，这是中国第一部作家个体生产的原创儿童文学作品。这条路就是现实型儿童文学的原创生产道路，也是现实主义文学道路。从20世纪20年代叶圣陶的《稻草人》到20世纪30年代张天翼的《大林和小林》延续至今，中国现实型儿童文学的生产、发展与传播形成了自身鲜明的民族特色、时代规范与审美嬗变。

第一，直面现实，重在再现。在20世纪的早中期，原创现实型作品所需要直接面对的就是成年人的现实生存与现实问题，而且众多的文学作品经常会与成年人的革命、救亡、运动、中心等联系起来。发展到20世纪八九十年代的时候，中国的原创儿童文学中最深刻的变化就是将之前所坚持的"成人中心主义"转变为以儿童为中心，所需要直面的现实也直接从成年人的现实转变为儿童的现实生存与现实问题，而这也正是20世纪中国儿童文学的"革命性位移"。值得注意的是，在新时期，儿童文学产生的原创生产的突破、变革与发展也是这一"革命性位移"的审美嬗变的结果。

第二，强调文学的认识、教化功能与作家作品的社会责任意识。中国现当代原创儿童文学在与社会和时代无法也无须割舍的联系中，始终坚持承担着自己对未来一代精神生命健康成长的文化担当与美学责任，最终创造出属于自己的象征体系与文类秩序。

第三，强调实现民族化与现代化的统一以及中国风格与时代精神的统一。重点关注整体精神，积极体现出个人对大众社会、民族贡献对人生意义的价值观，积极推崇寓教于乐的方式，重点表现童心童趣，尽力使用符合儿童审美接受心理与思维特征的方式进行创作。

对于未来的新世纪原创儿童文学的发展，我们不但不能够放弃现实型儿童文学的生产，还需要坚持将已经创作出的一流作品推向世界，使得世界能够认识并把握中国儿童文学的创作事实与成就。另外，我们还需要重点关注并大力发展幻想型儿童文学，以期获得突破，从而生产出有着中华民族特色的一流的原创的幻想型儿童文学。在儿童文学当中，最重要的两点就是现实与幻想，而中国儿童文学若是想要向前发展，就需要重视现实与幻想。我们以曹文轩为例，他主要进行着未成年人小说的写作，也就是成长小说，其中被创作出的作品主要包括《草房子》《山羊不吃天堂草》《红瓦》《根鸟》《青铜葵花》等，这些作品都深刻地汲取了现实的养分，是为了满足如今的少年儿童精神生命健康成长的需要而创作的。但是需要注意的是，曹文轩的作品中所表现出来的现实主义精神以及对现实型文学的构建、方法、意境、情趣、格调等与过去的现实型儿童文学并不相同。我们还能够从曹文轩的作品当中看到张扬与幻想，崇尚人的情感与欲望，关注人的精神、灵魂与境界，追求艺术永恒与审美感动。他通过儿童文学的价值取向对人的情感、性格、精神与灵魂施加影响，更为重视人性的养成，而不是重点关注对人的意识形态、社会认知、人生立场等进行影响。我们能够在他的小说创作中轻而易举地感受到浪漫的、诗意的、想象的、空灵的、飞翔的特质。这就与传统的现实型儿童文学作品存在较大的差异。一般而言，我们认为曹文轩的小说属于一种现实型构架与幻想型精神有机融合的结果，这种写作模式对于我们如今所进行的原创儿童文学的生产有着较大的启发性。

总的来说，在 21 世纪的中国原创儿童文学发展过程当中，需要注意以下两点：其一，需要实现现实型与幻想型的互补与协作，最终为我们的少年儿童创作出更加多元的儿童文学作品；其二，应当积极探索中国特色的创作模式与风格，使得最终形成的风格不但与过往的原创不同，也迥异于西方的原创，最终成功为新世纪的少年儿童提供优质丰厚的精神食粮。

二、中国文学、文化的现实主义传统

值得注意的是，儿童文学本身属于一种能够充分表现浪漫主义精神的文学，是一种能够广泛被儿童喜欢、接受，且十分契合儿童的精神世界的文学，由此我们就能够明显发现，其本身与成人文学有着明显的差别。于是，我们借此对中国 20 世纪的儿童文学进行研究的时候发现，中国儿童文学整体上属于一种"沉下去"的文学，即紧贴地面的文学，主要表现出来的是一种现实主义气质，吸引人关注社会现实、关注当下的文学。部分情况下，中国儿童文学本身也拥有着"成人化"的气息。值得注意的是，在 20 世纪，为什么中国的儿童文学在走向与思潮上会表现为现实主义而不是浪漫主义，这就需要我们对相关原因进行多维度的探究。

文学本身是一定的社会历史文化的审美物态化的最终产物，我们一般会从中国文化传统、文学传统，尤其是 20 世纪中国特殊的文化语境以及这一时代对文学包括儿童文学的特殊要求出发进行考察。首先，我们需要对中国的文化传统与文学传统进行研究。

从整体上看，中国文化是一种以儒家思想为主要思想基础与价值取向的文化。尽管中国的传统文化当中不但有儒家思想、道家思想、法家思想、墨家思想等思想，在春秋时期还出现了百家争鸣的情况，但是需要注意的是，中国数千年的文化传统的走向就是将儒家文化作为主要的思想基础，这是一种对现世今生重点强调，并崇尚脚踏实地的生命文化。在中国的儒家思想当中，核心思想就是"经世致用、内圣外王。"其中，内圣就是指需要具备较高的身心修养与文化素养，对外能够治国理政平天下。所以说，在儒家的思想当中，"士"需要关心现实、关心国家与民族的利益，还需要关心政治。受到此种机制取向的影响，中国的文学传统也受到了深远影响，也影响到了中华民族的文化心理结构。最终在历朝历代的"士"的践行影响之下，中华民族的精神性格最终形成，具体表现为清醒的现实主义，提倡脚踏实地、实事求是。

因为中国的文化精神受到了儒家思想的影响，所以中国的传统知识分子本身始终有种使命意识、责任意识、社会担当意识，兼具献身精神，更为强调理想与坚守。孔子十分提倡"学而优则仕"，而这也是孔子对读书人与知识分子的非常高的要求，这句话主要是说，一个人既然是一位优秀的人才，不但学问好，文章也写得漂亮，那么就应当拥有远大的理想与抱负，当官做事，为百姓谋福祉，为天下谋公利，而不是为自己谋私利，最终服务于国家、民族、大众。孔子本人十分反感有了好学问就摆架子，隐居深山，非得别人多次邀请才出山。"学而优则仕"这句话本来深义存焉，但是后人对其进行了误读与曲解，甚至堕落到将读书作为升官发财撞大运的捷径与敲门砖，很明显，这与孔子的思想背道而驰。

受到中国的文化精神与民族文化的心理结构的影响，中国文学在传承过程当中建立了重要的传统，就是"文以载道"。值得注意的是，这是一种具有实用主义的文学思想，也是中国古代文学理论的核心观念。不管是文学创作还是写文章的过程当中，首要目标是进行"载道"，其中，"道"是内容，是目标理想，是价值取向，是民族精神。

中国古代的文学传统，更为重视对现实的关注，重点关注脚下的土地，文学创作的最终目的是治国平天下。在中国文学当中，能够感染无数心灵的作品大多数是那些关注现实的作品，如《诗经》中的《伐檀》《硕鼠》，或者是杜甫所创作的能够反映民间疾苦的诗词"三吏三别"等，毕竟，就算是创作《离骚》《天问》等浪漫主义作品的屈原，最终也是需要回归现实的，回到自身所处的楚国的土地上，在意识到并不能够通过仰望星空解决脚下大地的种种矛盾困境的时候，最终只能够带着满腔遗恨沉到汨罗江当中。中国文学的传统，有着现实主义精神、浪漫主义情怀，由此也就造就了我们古代作家的两种性格，具体表现为，若是能够伸展自己的抱负，受到朝廷重用，就会"先天下之忧而忧，后天下之乐而乐""致君尧舜上，再使风俗淳"，将朝廷、国家、民族的利益作为自己的价值追求和抱负。值得注意的是，在中国的古代文学当中，很多作品所表现的关于现实的、民族的、社会的问题，其整体遵循的价值取向就是儒家的"经世致用"，最终深刻体现出作家的精神性格与文学功效。另一种性格表现为，若是作家本人的愿望没有实现，遭遇逆境，那么就会使用道家思想对自己进行安慰，就比如李白的"仰天大笑出门去，我辈岂是蓬蒿人"，或者是归隐山林的陶渊明所作的"采菊东篱下，悠然见南山"都可佐证。所以说，在中国古代文学当中，有山水诗、性灵派，还有纯粹表现个性、张扬自我的文学。我们能够明显发现，这类作家走的是另一个极端。

存在于中国古代的两大文学作品直接开创了中国文学的传统。一是能够代表黄河流域文明的《诗经》传统，主要反映了中国古代北方中原地区的汉民族的文化心理与审美表达，并且，需要注意的是，中原地区一直都是中国古代政治文化的核心。在《诗经》当中，风、雅、颂整体上体现的就是现实主义；二是以屈原《离骚》为代表的南方长江流域的文化传统，有着与主流的北方中原文化不同的浪漫意义。正是《诗经》与《离骚》的互补共生，成功开启了中国文学传承数千年的艺术版图，从整体上说，中国文学的总体价值取向是以黄河流域《诗经》的现实主义精神与传统为主脉的。

上述传统会直接影响到近现代文学，甚至会影响到20世纪中国儿童文学的创作。值得注意的是，近现代的中国儿童文学作家似乎有着天生的使命意识、责任意识以及使用自己的文字为民族进行服务的意识。我们可以使用叶圣陶的童话《稻草人》作为例子进行解析。《稻草人》是1922年由商务印书馆出版的短篇童话集，也是中国第一部原创童话作品。这里我们要具体分析的是其中的一篇短篇童话《稻草人》。

《稻草人》本身的艺术结构有着三段式的描写，所选用的题材也是20世纪初期的中国破产农民的不幸遭遇。在故事当中，稻草人目睹了老农妇辛苦一年的成果被蝗虫啃噬；看到了渔民的孩子冻饿在船上；看到了命运凄惨的妇女最终跳河自杀的不幸遭遇。尽管稻草人看到了所有，但是自己并没有能力呼喊、奔跑、施救，只能日复一日地挥舞自己的破扇子，并且，就算是这一动作也需要借助风力的帮助才能够实现，由此就能够深刻地描绘出稻草人内心的焦虑与痛苦。若是他没有看到、听到，就不会难过了，偏偏他看到了、听到了，却无能为力，最终也只能无奈且痛苦地倒在黄土地里。值得注意的是，在这里，"稻草人"是一个具有象征性的童话人物的形象，并且，这一人物有着自己的良知，想要有所作为，但是，稻草人的手与足都是被捆住的，所以只能够默默地被插在田地里，保持静止，不能够移动，这就是稻草人的痛苦与定位，而这正是中国近现代时期的知识分子所面临的巨大的精神痛苦与焦虑。在叶圣陶的笔下，稻草人是一个极具同情心，但是没有足够的力量且没有合适的办法对环境进行改变而帮助他人的人，这是新中国成立之前有良心知识分子的典型，所以说，叶圣陶借由稻草人写出了中国知识分子的苦恼，凸显了稻草人的象征意义与文化意义。在《稻草人》中充分体现了中国几千年来所传承的，受到"家国文化"思想影响之下的知识分子的精神传统与文学传统。

所以说，我们应当对稻草人这一形象进行深入的理解，毕竟，它是一个了不起的艺术形象，代表着我国在20世纪的知识分子的经典形象，他们性格如何，有着怎样的担当与痛苦都能够从稻草人这一形象当中寻找到。

中国的文化传统与文学传统所能够体现出的现实主义精神以及相关价值取向会直接影响到20世纪的中国儿童文学的创作。

第一，叶圣陶开辟了20世纪中国儿童文学现实主义的创作道路。这条创作道路是关注现实民生、关注社会问题，要解救人民大众的苦难，要实现知识分子经世致用、解民于倒悬的抱负。

第二，叶圣陶开创了中国原创儿童文学的道路。值得注意的是，叶圣陶在中国儿童文学史上的地位与安徒生在世界儿童文学史上的地位相似，安徒生完成了世界儿童文学史上从民间童话到作家原创童话的转型，叶圣陶则完成了中国儿童文学史上从民间童话到作家原创童话的转型。在叶圣陶的不懈努力之后，通过有着充分艺术价值的作品的典范性启示，中国的原创儿童文学作品才逐渐增多。

第三，叶圣陶为中国作家原创童话积累了新鲜的艺术经验。就比如童话的题材内容、人物形象、创作技巧、文学语言，其中最为突出的是"为人生而艺术"的儿童文学取向等，也都能够在《稻草人》中充分体现出来。

总的来说，我们若是对20世纪的中国儿童文学进行研究，就能够清楚地发现《稻草人》的重要性。简单来说，《稻草人》就是中国儿童文学现实主义传统的一个发端。

叶圣陶之后的中国第二位有着代表性的中国原创童话作家应当为张天翼。值得注意的是，正是张天翼完美继承并弘扬了叶圣陶的儿童文学原创传统，直接将现实主义精神真正推向了一个新的高度，开始将社会的变革与现实的斗争融入自己的作品当中。

张天翼的代表作品有长篇童话《大林和小林》《秃秃大王》《金鸭帝国》，其更是想着通过《金鸭帝国》对人类社会发展史进行揭示，整部作品分成四部，分别写原始社会、奴隶社会、封建社会、资本主义社会。作者希望通过童话艺术的方式对各种类型的人类社会进行揭示，因为当时的思想界与政治界正在对中国的社会历史性质进行讨论，所以张天翼希望通过四部童话参与到这场讨论当中，由此我们就能够发现，他十分自觉地追求将文学创作与社会的变革与斗争进行紧密的结合。

在 20 世纪 30 年代之后，中国的儿童文学始终坚持以童话、小说为核心，并且越来越与现实进行结合。中国儿童文学从整体上说，取得重要文学成就的是小说与童话这两类叙事性文学作品，它们所张扬的也正是现实主义精神，而这也是被文学史验证了的不争的事实。

以上就是能够形成 20 世纪中国儿童文学现实主义思潮的原因之一。从整体上看，我们能够明显发现，中国文学更多的是对现实进行关注，脚踏实地，实事求是，这与中国文化的特性紧密联系。

三、中国儿童文学的时代、社会现实语境

从某种角度进行观察，我们能够明显发现，现代的中国儿童文学在建设的时候所处的背景缺乏传统儿童文学资源，甚至我们能够在一定意义上将现代中国儿童文学的建设看作白手起家，需要靠自己的打拼才能够实现。

因为现代的中国儿童文学的建设者更多地将自己的眼光放到外面，积极向外寻找合适的资源，所以，在五四时期前后，中国儿童文学需要做的最为要紧的一件事就是对大量的西方儿童文学进行翻译介绍。

值得注意的是，这种对西方儿童文学的翻译集中的兴奋点与关注点主要为一种幻想的、浪漫的、诗性的文学，以童话为主。但是从文学精神上来说，这也正是我们不足的地方。所以在当时出现了很多被翻译的主体为幻想型文学的儿童文学。甚至于这种翻译能够追溯到晚清时期，但是需要注意的是，晚清时期的翻译与日后的五四时期的翻译存在着"质"的区别。在晚清时期出现的大部分儿童文学翻译都是为"救亡图存"服务的，其存在的主要目的是启蒙，所以说，进行翻

译时更多地将目标锁定在教育、爱国、科学等层面上，翻译也多是采用意译。其中，"意译"就是为我所取，这种翻译方式也会因此在一定程度上对原著进行改变。在晚清时期，翻译的目的很大程度上基于成人的功利，并没有对建构中国现代的儿童文学加以重视，也没有充分认识到要从西方学习儿童文学之为"儿童文学"的本质性的、精神性的内涵。

到了五四时期，翻译出现了变化，逐渐从最初的"意译"原则转变为了"直译"原则，简单来说就是原封不动地翻译西方儿童文学，之所以这么做，根本目的就是从儿童出发、从建设我们民族自身的儿童文学出发对外来文学进行借鉴。通过直译的方式，使得西方儿童文学作品中的题材内容、语言方法以及其中所描述的各民族的文化背景、风俗习惯等都事无巨细地翻译出来。由此，才算有了真正意义上的外来儿童文学。我们可以从西方的儿童文学当中对儿童文学精神、儿童文学品质以及儿童文学特殊性的东西加以借鉴，最终为我们的儿童文学建构提供合理的参照。普遍来说，我国出现的真正意义上的外国儿童文学翻译是从五四时期开始的，为之后的中国现代儿童文学的建构起到了巨大的作用。其中，以下两个作品的翻译就十分典型地说明了当时两个时期的翻译的差异。

第一个就是对安徒生童话的翻译。在五四时期之前，安徒生童话就已经被翻译过来了，其中有一部翻译童话有着巨大的影响，叫作《十之九》，使用文言文的方式进行翻译。当时正处于文言文向白话文转型的过程当中，所以使用文言文进行翻译也是可取的，但是该书的译者是依据晚清的时代背景进行翻译的，而且在整体上也始终坚持为我所用的思想，所以最终的译本与安徒生童话的原本存在着一定的差距。译者在进行翻译的过程中总会在童话当中寻找一种教育性的作用，由此就使得安徒生童话本身的"儿童化"特色被有意无意地淡化甚至抹除掉了。直到五四时期，开始出现了与之前完全不同的安徒生童话的翻译方式，主要就是将原本的作品采用直译的方式进行翻译。

另外，还有一个翻译作品，就是对意大利艾得蒙多·德·亚米契斯所著的儿童小说《爱的教育》的翻译。值得注意的是，《爱的教育》在20世纪20年代被夏丏尊翻译之前就被人翻译过，并且，翻译者在当时还有着较大的影响力，叫作包天笑，最初的译名为《馨儿求学记》，但是需要注意的是，这一版翻译完全就是为了某些特殊的需求进行翻译的，在译本当中还存在一些改写的情况，最终做到了"为我所取、为我所用"。包天笑在翻译的过程当中，为了能够更好地使翻译的结果适应中国的国情，就在翻译的过程当中创造性地加入了部分中国文化背景的元素，如清明节上坟，或者添加了有着中国特色的糖果糕点，这就使得最终的翻译成果不再具有原本的意大利风情了。

在之后的20世纪20年代，夏丏尊重新对其进行翻译的时候，将原本的书名翻译为《爱的教育》，因为整本书讲的都是爱，无论是师生之间，还是父母、子女之间，尤其是同学之间的友爱等，最终表现为互相同情、理解、关心、宽容。经过夏丏尊翻译之后的《爱的教育》在20世纪二三十年代至20世纪四十年代期间，火遍大江南北，再版三十多次，一跃成为当时中小学生必须阅读的课外读物，所以我们能够很清晰地明白这本译著有着怎样的影响。在1949年之前，中国的中学教育史上有句话叫作"北有南开、南有春晖"。春晖中学位于白马河畔，在20世纪20年代的时候就曾聚集了一大批优秀的现代文学文化名人，其中担任过教师的就有夏丏尊，他也正是在这里翻译了《爱的教育》。只有到了白马湖畔，才能更真切地感受到夏丏尊等人的那种平和、冲和、淡泊，且极具传统文化韵味的风格，才能够真正地明白他们的作品为什么最终会是那种模样，他们又是为什么要投入儿童文学创作当中。

在五四时期，翻译的根本目的就是建设中国文学，所以为了能够对外国儿童文学的精神、内涵、形式、风格等进行充分的领会、把握、借鉴，就需要使用直译的翻译方法。而当时我们没有丰富的儿童文学资源，所以就需要借鉴西方儿童文学，以便更好地对西方儿童文学当中的幻想文学、浪漫主义、游戏精神等进行吸收与借鉴。并且，在对中华民族本土的儿童文学进行建设的过程当中，相关建设者也着实希望能够与西方的"这种"儿童文学融合、接轨。但是这毕竟只是一厢情愿，并没持续较长的时间。之后，中国的儿童文学很快就被现实主义思潮吸引与裹挟，而在这一方面，叶圣陶的童话创作有着较为典型的意义。

叶圣陶本人就曾经说过，自己创作童话的一个原因就是自己在任职小学教师的时候发现当时的中国并没有供给小学生阅读的作品；另外一个原因则是自己受到了西方儿童文学作品的影响，在阅读了安徒生童话与格林童话之后产生了自己也想试一试的念头。所以说，他在最初创作的时候有着较强的模仿、学习西方幻想型的儿童文学的痕迹，创作的多是一些田园牧歌式的、儿童本位的、有着浓郁浪漫主义色彩的作品。就比如他的童话处女作《小白船》：从远远的天边驶来一条船，船是白色的，天是蓝的，水是清的，船上坐着可爱的、纯洁的孩子——他们要去寻梦，要到远方去。叶圣陶十分喜欢这种意境，创作出诗意的、幻想的、浪漫的、充满理想主义色彩的文学。最开始的时候，叶圣陶的童话都充满着作家一厢情愿的理想主义、田园牧歌式的弹唱。但是很快，他在创作儿童文学作品的时候就被一种名为现实主义的文学思潮影响，最终走上了另外一条创作道路。

叶圣陶本人是文学研究会的发起人之一，并且也是其中的得力干将。叶圣陶本人在创作童话的时候，也在积极地创作小说，就比如《潘先生在难中》这一小说，就是将现实人生中的种种不幸遭遇作为创作的主题，之后将描绘的对象框定为社会底层的民众以及中小学教师。由此我们能够明显发现，在当时的创作过程当中，叶圣陶本人是分裂的，一方面需要在童话当中建构出一个梦幻的世界，一方面又需要在小说的创作当中直面现实，对人世间的苦痛加以表现。而这种在创作上的分裂直观表现出了当时叶圣陶内心的分裂与痛苦。但是在后来的发展当中，他开始接受"为人生而艺术"的文艺思想，自己所创作的童话也逐渐开始走向现实主义。其中，最能够体现这一转变的童话作品就是《稻草人》。尽管在之后，叶圣陶的创作当中也存在追寻浪漫天国的童话作品，但是需要注意的是，他最主要的创作风格已经转变为了面向现实主义。

中国儿童文学选择现实主义并不是偶然的，而是一种时代与社会的必然选择。现代中国儿童文学起步于战乱频仍、兵荒马乱的时代，中国也曾经经历了百年的特殊社会背景与文化语境，所以特殊的中国现代儿童文学就此生成，当时的中国无时无刻不在救亡图存，所以我们并不能够寻找到叶圣陶的《小白船》当中希冀的田园牧歌，也不能够寻找到幻想的、诗性的、浪漫的天国。在这段艰苦的历史当中，文学的首要任务就是为民族、文化的大目标服务，直面现实，勇敢直白地告诉孩子们"真实"的现实主义道路。所以说，我们在对 20 世纪三四十年代的文学进行研究的时候，需要明白，哪些是战争时期的文学，其中，儿童文学所具备的最发达的文体、最具影响力的文体就是直面现实并且能够最快、最直接地反映社会现实问题的文体，如小说、报告文学、儿童戏剧。而诸如童话一类的距离现实较远的文体，就表现得较为薄弱。甚至于在 20 世纪 30 年代，有作家专门撰文称安徒生童话本身是有害的，会对我们的少年儿童产生危害，需要推崇的是能够直面现实的作品，如小说《鸡毛信》《小英雄雨来》，以及童话《大林与小林》等。

总的来说，中国儿童文学现实主义思潮的形成与民族危亡、革命启蒙、社会变革有着密切的联系。

四、中国儿童文学的实用主义与作家使命

中国儿童文学现实主义思潮的形成与我们中国儿童文学的实用主义价值取向相联系。在动荡年代，儿童文学创作需要追求现实主义，直面现实的惨痛，通过创作反映出当时少年儿童的生存境遇以及奋力抗争的合理性是十分正确的事情，但是发展到20世纪五六十年代的和平时期，对于儿童文学的创作本身应当转变为以儿童为本位，并尽力为儿童服务，创作出幻想的、浪漫的文学。然而，我们发现事实并非如此，当时的儿童文学依旧坚持以现实主义为主，以成年人的兴趣为兴趣，以成年人的意志为意志。为何会出现这种情况，就需要与当时的文学观联系起来进行研究。

在当时盛行的文学观本身有着某种实用主义甚至是功利主义的倾向，并且，还对儿童文学产生了影响，曾经存在过较为典型的现象，如下所述。

首先就是科学文艺、科幻文学的创作。当然，我们需要明确的是，科幻文学本身是作为另外一种类型的文学存在的，并不能够等同于儿童文学。但是需要注意的是，儿童文学本身与科幻文学有着十分紧密的联系，在中国，若是科幻文学离开了儿童文学就会失去庞大的生存空间与发展平台。之所以会出现这种情况，其中最重要的原因就是这两种文学存在着根本的、精神上的联系。简单来说，都是张扬幻想、强调诗性，都是指向未来的文学；并且，这两种文学的主体读者对象都是青少年儿童。20世纪五六十年代的科幻文学和科学文艺有一个价值取向，就是以科幻文学和科学文艺作为普及科学知识的手段。其中，"科幻科普化"属于一种典型的实用主义，希望通过科幻文学向少年儿童普及科学知识，科幻文学需要承担普及科学知识的功能。我们能够明显发现，这与科幻小说的本质特性相悖。

值得注意的是，科幻小说本身是一种科学与未来共同进入现实的文学，是一种直接面向未来的文学，它的存在与科学、科学精神进行了紧密结合。若是将一般的文学创作与科幻文学的创作进行比较，我们就能够基于时间维度发现，一般的文学在兴趣与兴奋点的设置上主要集中在"今天"或者"昨天"，简单来说就是关注当下或者回顾历史，但是基于整体的角度对科幻文学进行研究，我们能够明显发现，其自身的兴奋点主要集中在"明天"，面向未来，即对未来的科技发展、社会发展等进行畅想，有着较为鲜明的前瞻性。所以说，科幻文学本身属于十分典型的后现代文学、先锋文学、未来文学。

在20世纪五六十年代的儿童文学创作中有个关键词，那就是"少先队"。但我们看新时期的儿童文学，则很少有"少先队"。而这也正与文学观念有关。在20世纪50年代由张天翼创作的小说《罗文应的故事》就是关于少先队的文学。并且，值得注意的是，在20世纪五六十年代的儿童文学中经常会出现解放军叔叔、少先队的辅导员等形象。少先队文学是20世纪五六十年代儿童文学创作中重要的板块，当时的很多诗歌也是以表现少先队生活为主的，如金近的《小队长的烦恼》等。这都与实用主义的文学理念有关。

在新时期，儿童文学的创作本质上依旧属于现代主义思潮，其中主要表现为强调对现实进行关注，并且，这一时期的"现实"逐渐从最初的成年人的现实转变为少年儿童的生存状况的现实以及精神成长状态的现实。值得注意的是，在大多数所谓的成长小说当中，这一现象尤为明显，行文之间格外关注少年儿童在成长中的各种苦恼、憧憬、追求、理想等，这些现实都是儿童的问题，我们将其看作一个重大的转变。

新时期儿童文学创作之所以还是走的现实主义道路，最为关键的因素就是中国儿童文学作家天生具有的历史责任感与文学使命感，而这也正是形成我国儿童文学现实主义思潮的原因。

对于中国的作家，尤其是其中的儿童作家来说，在创作过程当中，一直有着一种强烈的社会责任感，总是希望通过自己的作品对下一代的成长进行健康的引导与教育。叶圣陶那一代的儿童文学作家始终秉承着帮助、教育儿童认识人生的社会责任感，并且，这一思想在日后的发展当中不断延续，直到20世纪80年代出现的以曹文轩为代表的那一代作家所坚持的儿童文学关系到我们民族未来的性格这一理念，最终将儿童文学与这一重任进行了紧密结合，由此我们就能够发现，一直以来儿童文学作家的文化担当意识都十分强烈。正是因为在儿童文学创作的过程当中有着这种社会责任意识与社会文化关怀，所以直到20世纪八九十年代的儿童文学依旧有着"回到'五四'、回归现实"的口号存在。在当时还有一大批优秀的儿童文学作家将主要精力放在对现实、人生、人性等的关注上，还在进行着写实的小说创作。对于这些儿童文学作家来说，他们关注的是儿童的现实，关注的是当时儿童遇到的种种问题，如儿童的生存、儿童的权利、儿童的现状、儿童的情感、儿童的未来等。并且，在儿童文学当中，涉及与儿童相关的具体问题的就是报告文学，其中主要会涉及升学问题、单亲家庭的问题、独生子女的问题、流浪儿问题、农村留守儿童问题等。

值得注意的是，在文学界，不是只有小说与报告文学等体裁重视对现实问题的关注，儿童诗在创作当中也会对其加以关注。就比如在四川作家邱易东的儿童世纪诗集《地球的孩子，早上好》当中，就对生态环境进行了重点关注，在诗中描绘了因为两伊战争期间造成的空气污染，最终导致喜马拉雅山上降下了一场黑色的雪。诗人通过诗的语言竭力呼吁人们关心环境、停止战争、实现和平，由此就表现出了强烈的现实感。在20世纪，中国的儿童文学界弥漫着一股现实主义创作思潮，这一思潮之所以能够形成，其中一个原因就是中国作家本身所具备的强烈的社会责任感以及文学使命感。

参考文献

［1］孙建江.二十世纪中国儿童文学导论［M］.南京：江苏少年儿童出版社，1995.

［2］朱自强.中国儿童文学与现代化进程［M］杭州：浙江少年儿童出版社，2000.

［3］刘绪源，儿童文学的三大母题［M］.上海：华东师范大学出版社，2009.

［4］汤锐.现代儿童文学本体论［M］.南京：江苏少年儿童出版社，1995.

［5］李利芳.中国儿童文学价值论纲要［J］.吉林大学社会科学学报，2022，62（5）：118-131.

［6］吴翔宇.中国儿童文学语言本体论：问题、畛域与路径［J］.湖南师范大学社会科学学报，2022，51（4）：1-11.

［7］张国龙.中国儿童文学文体研究的状貌、问题和方法［J］.中国文学批评，2022（2）：77-84.

［8］朱自强.中国儿童文学研究的三种方法［J］.中国文学批评，2022（2）：85-92.

［9］李娜.也谈当代儿童文学的审美性和价值导向［J］.汉江师范学院学报，2022，42（1）：37-40.

［10］吴翔宇.新时期儿童文学主体性建构的机制、过程及反思［J］.浙江师范大学学报（社会科学版），2022，47（1）：68-78.

［11］胡迎节.浅谈儿童文学的特征、教育功能及其现实展望［J］.新纪实，2021（31）：26-28.

［12］王帅乃.当代儿童文学中的长幼关系书写［J］.南开学报（哲学社会科学版），2021（6）：158-166.

［13］刘艳.儿童文学在小学语文教育中的地位和价值探究［J］.佳木斯职业学院学报，2021，37（10）：82-83.

［14］谭旭东，伍美珍.新时代我国儿童文学的实绩、价值与发展方向［J］.少年儿童研究，2021（8）：5-9.

［15］李利芳，江璧炜.儿童文学价值评价问题研究［J］.湖南大学学报（社会科学版），2021，35（4）：86-91.

［16］张国龙.中国新文学少年儿童形象塑造的价值旨归［J］.中国社会科学，2021（7）：88-113.

［17］崔欣欣.儿童文学在小学语文教学中的现状及对策研究［J］.品位·经典，2021（13）：161-163.

［18］刘俐俐."以美均衡真善"的儿童文学价值观念［J］.社会科学战线，2021（1）：166-172.

［19］偰嫭，黄凯.中国现代儿童文学分龄分类的出版探索：以商务印书馆早期儿童文学出版为例［J］.探索与批评，2020（2）：69-83.

［20］李雪伊.形象学视角下的儿童文学翻译探究［J］.外语研究，2020，37（5）：84-88.

［21］王泉根.中国现代儿童文学的理论深耕与多维建构［J］.现代中国文化与文学，2020（1）：109-135.

［22］谭梅，杨叶.核心素养视阈下儿童文学与小学语文阅读教学研究［J］.教育与教学研究，2018，32（11）：21-27.

［23］董建爽.小学语文教师儿童文学素养调查研究［D］.上海：上海师范大学，2022.

［24］章曦瑶.曹文轩儿童文学创作研究［D］.石家庄：河北师范大学，2020.

［25］祝铭.儿童文学审美价值研究［D］.济南：山东师范大学，2019.

［26］韩雄飞.中国儿童文学的身体书写研究［D］.长春：东北师范大学，2017.

［27］孙娜.童心的回归与守望［D］.金华：浙江师范大学，2014.

［28］李静.曹文轩儿童文学观研究［D］.扬州：扬州大学，2014.

［29］曹忠华.儿童文学视野下小学神话类文本教学探究［D］.苏州：苏州大学，2014.

［30］田媛.新时期儿童文学中的生态伦理意识研究［D］.济南：山东师范大学，2013.